KB040013

문장은 전투다 글고
표현은 양보할 수 없다

— 김훈

달 너머로 달리는 말

김훈 장편소설

파람북

얼음 벌판

북

사막

자작나무숲

역참로

목장

사막

산맥

바다

단의 창성

나하
奈河

팔풍원

명도
溟島

입천단

뇌운령

여불귀산

대황원

사막

비혈마 고향

초원

사람

목(木)　　　　　초나라의 왕. 단을 정벌하는 일을 큰아들 표에게
　　　　　　　　　물려준다. 군대를 출정시켜놓고 스스로 쪽배를 타고
　　　　　　　　　나하의 하류 쪽으로 사라진다.

표(猋)　　　　　목의 장남으로 초의 왕위를 이어받는다. 군대를
　　　　　　　　　거느리고 단의 상양성을 공격했으나 이기지는 못하고
　　　　　　　　　돌아온다.

연(然)　　　　　목의 차남이고 표의 동생. 정치와 군사에 뜻이 없고,
　　　　　　　　　벌레나 짐승과 더불어 놀며 방랑한다.

젊은 무녀　　　　이름이 없다. 연의 동거녀. 연과 동행하면서 인간과
　　　　　　　　　벌레 사이를 통역한다.

추(芻)　　　　　단나라 변방의 무지렁이 백성. 최초로 말 잔등에
　　　　　　　　　올라타서 달린 사내. 무당 요의 아버지. 말타기의
　　　　　　　　　놀라움을 이웃 부족장에게 가르쳐준다. 부족장은
　　　　　　　　　비밀의 노출을 막으려고 자객을 보낸다.

요(姚)　　　　　추의 딸. 추가 집을 비운 사이에 말 총총과 눈이 맞는다.
　　　　　　　　　발각되자 백산으로 달아나서 무당이 된다.

칭(秤)	단나라의 왕. 상양성이 위태로워지자 자신의 가짜 머리를 초나라 군대에게 넘겨주고 살아나지만, 진짜와 가짜 사이를 헤맨다.
황(滉)	단 왕 칭의 군독. 상양성 방어진에서 전세가 불리해지자 스스로 투석기에 올라가 몸을 적진으로 발사시킨다.

말

총총(驄驄)	신월마 혈통의 푸른 말. 추의 딸 요와 눈이 맞아서 살다가 추의 칼을 받는다.
야백(夜白)	비혈마 혈통의 수말. 단나라 군독 황의 전마(戰馬)로 여러 번 출전한다. 달릴 때 목덜미 핏줄로 피보라를 일으키고 밤에는 이마에서 푸른빛이 난다. 군독 황의 최후를 보고 스스로 이빨을 빼서 재갈을 벗는다.
토하(吐霞)	신월마 혈통의 암말. 초 왕 표가 왕자 시절부터 타던 말로 단나라와 벌인 전투에 나가 전공을 세운다. 야백의 새끼를 배나 잃게 된다.
청적(靑赤)	표의 말. 젊은 수말이다. 광선의 각도에 따라서 몸 색이 푸른색, 붉은색으로 변한다. 표가 단으로 출정할 때 타고 간다.
유생(流生)	토하의 몸속에 자리 잡은 태아. 사람들에 의해 태중에서 독살된다. 토하는 태아를 유산하고 몰락하는데, 유산된 넋은 발생하지 않은 시간과 공간 속을 흘러 다닌다.

차례

앞에

초

이 세상은 저절로 펼쳐져서 처음부터 이러하고, 시간은 땅 위에 아무런 자취를 남기지 않는다고 초(草)나라 『시원기(始原記)』의 첫머리에 적혀 있다. 초나라는 문자(文字)가 허술했다. 『시원기』 속의 이야기들은 오랫동안 입으로 전해오다가 조각으로 흩어졌고 후세에 글자로 옮겨졌다. 바람이 물 위에 알을 슬어서 여러 목숨이 빚어졌으며, 목숨이 있고 형체가 없는 것들과 형체는 있고 목숨이 없는 것들은 서로 부를 일이 없고 찾을 일이 없어서 맨 처음에 이 세상의 온갖 것들에는 이름이 없었다.

살림이 늘고 목숨의 갈래들이 퍼지자 이것저것에 이름이 붙었다. 말(言)이 늘어나서 세상에 넘쳐나자 사람들은 이 땅

저 땅의 이름을 부르면서 칼과 활을 들고 싸웠다. 『시원기』의 이야기는 들쭉날쭉하나 왕이 땅에서는 사슴을, 하늘에서는 구름을 타고 다니면서 신선 행세를 하던 시절부터 초나라 사람들은 왕을 '탕'이라고 불렀다. 초와 단(旦)의 싸움이 시작된 시절의 탕은 이름이 목(木)인데, 시조부터 몇 대째인지는 확실치 않다.

초는 수많은 유목 부족을 통합하면서 나하(奈河) 북쪽의 대륙을 차지했다. 초는 싸우기 전에 투항하는 부족들을 거두어 노예로 삼았고, 맞서는 무리는 모조리 죽이고 묻었다. 부족들은 멸족을 각오하지 않으면 초에 대항할 수 없었다. 노인과 젖먹이까지 죽였고, 젊은 여자는 공 있는 군장들에게 나누어 주었다. 군장들은 공이 큰 순서대로 한 명이 여자 다섯을 골랐고, 아무도 데려가지 않은 여자들은 노예에게 주거나 전장(戰場)에 나갈 때 수레에 싣고 가서 군장들의 시중을 들게 했다. 목왕의 아들 표(猋)왕의 치세에 이르러 이 같은 풍속을 금지했으나 변방부족은 따르지 않았다.

초는 옮겨 다니며 살았으므로 포로를 먹일 수 없었고 잡혀온 자들은 믿지 못해서 싸움터에 내보낼 수 없었다. 초나라는 모든 포로를 죽였다. 죽임은 나하 강에 바치는 의전행사로 봉행되었다. 아직 싸움터에 나가본 적 없는 소년들이 칼을 잡았다. 포로들의 코를 뚫고 줄로 엮어서 소년 한 명이 포로 백 명을 끌고 다녔다. 소년 칼잡이들은 포로의 눈을 가려서 강가에 한 줄로 세워놓고 월도(月刀)를 휘둘러 포로의 허리를 잘라 두 토막을 냈다. 일휘일요(一揮一腰), 한 번 휘둘러서 허리 한 개를 자르고, 칼을 빠르게 휘둘러서 잘린 단면을 깔끔하게 마감하는 솜씨를 소년들은 다투었다. 소년들은 일휘일요를 열 번 해내면 성인으로 대접받아서 장가를 갔고 전장에 낄 수 있었다. 나하를 신성히 여긴 초나라 사내들은 두 토막 난 적의 시체를 강물에 던져서 나하에 제사 지냈고 피리를 불어서 물고기를 불러 모아 적병의 살점을 먹었다.

초는 늙은이와 병든 자들을 돌보지 않았다. 싸움터에서 다친 자들은 쓰러진 자리에 두고 돌아갔다. 쓰러진 자들은 싸움을 끝내고 돌아가는 군대의 멀어져가는 말발굽 소리를 들으며 비바람 속에서 죽었다. 이러한 죽음은 전사(戰士)에게 마땅했고, 아무런 공치사도 없었다.

늙은이들은 남녀 구분해서 일을 시켰다. 늙은 남자들은 말똥을 주워서 말렸고, 늙은 여자들은 메뚜기를 잡았다. 말똥은 벽돌을 만들어 움막을 지었고, 메뚜기는 빻아서 말 젖에 섞어 어린아이에게 먹였다.

식량이 모자랄 때는 아이와 젊은이가 먹고 늙은이는 굶었다. 배고픔이 남세스러워서 늙은이들은 스스로 나하에 몸을 던졌다. 병들고 배고프면 늙은이들은 무리를 지어서 마을에

13

서 사라졌다. 늙은이가 젊은이를 낳았으나 늙은이는 누구의 부모도 아니었다. 늙은이들은 목소리를 낮추어서 수군거리다가 그믐달 뜨는 새벽에 나하 강가에 모여 쪽배를 타고 하류로 내려갔다. 젊은이들은 늙은이들의 수군거림을 눈치챘지만 아는 척하지 않았다. 젊은이들은 나루터에 목선 한 척을 매놓고 말린 양고기와 끓인 말 피를 몇 덩이 실어놓았다. 배에 오를 때 늙은이들은 아무런 짐도 지니지 않았다. 늙은이들의 움직임에서는 소리가 나지 않았다. 배가 바다에 닿기까지 얼마나 걸리는지는 아무도 알지 못했다. 그 하구에 수백만 년 동안 모래가 쌓여서 섬이 생겼고 크고 검은 새들이 그곳에서 날개를 퍼덕거렸다. 이 섬의 이름은 명도(溟島)라고 『시원기』는 전한다. 초나라 늙은이들이 탄 배가 명도에 닿았을 때 늙은이들은 모두 배 안에서 죽고, 썩은 살점은 새들이 뜯어 먹었다. 섬의 해안에 늙은이들의 뼈가 쌓여 밤이면 푸른 인광을 뿜어냈다. 명도에 가본 사람은 없지만, 이야기는 입으로 전해졌다. 『시원기』는 새벽에 늙은이들이 강물을 따라 사라지는 풍속을 돈몰(吞沒)이라고 적었다. 하류로 흘러간 늙은이들은 돌아오지 않았고, 젊은이들은 돈몰한 늙은이들의 뒷일을 말하지 않았다.

초는 산 자들의 나라였다. 초나라에서 죽음과 죽은 자들은 금세 잊혔다. 죽은 자들은 마을에서 먼 강가나 초원의 먼 가장자리에 묻었다. 묻은 자리를 꾸미지 않고 흙이 들뜬 자리에 풀을 옮겨 심고 가랑잎을 덮어서, 무덤이 늘어나도 초원은 평평했고 별일 없어 보였다. 죽은 자를 묻는 일도 별것이 없었다. 죽은 자들을 벌거벗기고 겨드랑이와 사타구니를 벌려서 햇볕에 말렸다가 들것에 싣고 초원으로 갔다. 가죽옷을 벗기고 햇볕을 쬐어주는 가벼움은 죽음이 가져오는 사치였다. 사체를 실어낼 때 촌장이 대열을 인솔했고, 그 앞에서 수탉이 높이 울어서 죽은 자의 퇴거를 나하에 고했다. 선왕들의 정벌과 치적의 일부가 후대에 구전될 뿐, 초나라 사람들은 죽은 자의 살았을 적 일을 입에 담지 않았고, 죽은 자를 위해 돌을 쌓지 않았고, 죽어서 땅에 묻히는 일을 슬퍼하지 않았다. 죽음은 산 자의 마을에 얼씬댈 수 없었다.

초나라는 마을을 중심으로 사방 수백 리에 아무런 건조물이 없이 초원이 펼쳐지고 그 너머로 해와 달이 뜨고 졌다. 초나라 사람들은 눈에 걸리적거리는 것이 없는 풍광을 아름답게 여겼다. 초원은 아득하고, 먼 것들이 희미해서 초나라 아이들은 눈매가 사나웠다. 아이들은 지평선에서 밀려오는 희뿌연 기운이 모래 먼지인지 메뚜기 떼인지 구별할 줄 알았다. 아이들은 작은 활로 쥐를 쏘아 잡았고 돌팔매로 늑대를 쫓았다. 아이들은 보름달이 뜨는 밤에 말을 타고 지평선 너머까지 달

마중을 나갔다가 새벽에 돌아왔다. 늑대들이 쫓아와서 아이들은 즐거웠다.

초나라는 대륙의 북쪽 산악에서 오천 호 부족으로 세력을 일으켰다. 초나라의 옛 땅은 어른이 한 달을 걸어가도 자작나무숲이 이어졌다. 자작나무 잎은 가는 바람에도 쉴 새 없이 흔들렸다. 낮에는 햇빛에 산맥 전체가 반짝였고 밤에는 달빛이 숲 위에서 물결처럼 흘렀다. 초나라 사람들은 자작나무 껍질을 벗겨서 지붕을 이고 짐승 가죽으로 앞을 가렸다. 대륙은 넓었으나 겨울은 길고 여름에는 비가 적어서 초원에는 키 작은 풀뿐이었다. 봄부터 가을까지 초원에는 풀꽃이 피어서 바람에 흔들렸고 겨울에는 눈 냄새가 대기에 가득 찼다. 여름과 겨울 사이가 가팔랐는데, 사람들은 더위와 추위를 몰랐다. 여자들은 눈구덩이 속에서 애를 낳고 눈으로 피를 씻었다.

거기서부터 초나라가 남쪽으로 힘을 펼쳐서 여러 부족을 아우르며 나하 유역에 이르기까지는 수백 년이 걸렸다. 수백 년의 세월이 길에서 길로 이어졌다. 초나라 사람들은 가축을 끌고 이동하거나 전쟁터로 향했다. 싸움과 일상은 구분되지 않았다. 자작나무 숲속의 작은 부족이던 시절에 초나라 군대는 싸움터에 나가기 전날 노인과 여자와 젖먹이들을 모두 구덩이로 몰아놓고 흙을 덮었는데, 초나라의 세력이 나하에 닿은 후에 왕은 이 같은 출정 의식을 금지했다.

나하는 대륙을 굽이치면서 서쪽으로 흘렀다. 눈이 녹는 봄에 강물이 초원으로 넘쳐서 마을은 물가에 다가갈 수 없었다. 가축은 풀을 먹었고 사람은 가축을 먹었는데, 가축을 길러서 먹기보다는 빼앗아 먹는 편이 수월했다. 초나라 사람들은 먹을 것을 쌓아두지 않았다.

싸움터에서 죽은 자들의 아내들은 살아서 돌아온 자들이 차지했다. 돌아온 사내들은 베어온 적장의 머리를 장대에 달아놓고 그 아래서 아흐레를 먹고 마셨고, 교접했다. 여러 사내가 여러 여자와 교접하였으므로 태어난 아이는 누구의 핏줄인지 굳이 따지지 않고 마을의 자식으로 여겼다.

초나라는 문자를 멀리했다. 사슴뿔 모양을 본뜬 글자가 있었지만, 가축이나 사람 수를 기록하는 정도였다. 왕들은 문자를 가르치거나 배우는 일을 금했다. 노랫말이나 이야기는 기록하지 않고 반드시 외우도록 명령했다. 목장의 양치기를 뽑을 때도 가축들의 동작을 흉내 내거나 온갖 풀들의 생김새나 맛을 말하는 시험을 치렀다.

초나라 사람들은 시와 노래와 춤과 놀이와 싸움을 좋아했다. 적과 부딪칠 때는 늑대 울음 같은 고함을 질렀고 돌아올 때는 노래를 불렀다. 노래와 고함이 다르지 않았다. 초나라 사람들은 나하 강물과 물고기, 별과 달, 수말과 염소의 생식기, 흘레붙는 양들의 뒷모습, 초원의 메뚜기 떼 들을 노래했다. 사내아이가 태어날 때마다 하늘에는 별이 하나씩 생겨나는데, 사내의 정액은 이 별의 정기가 고인 것이며, 여자의 월경혈은 보름달 빛이 여자의 몸속에 스며서 흘러나오는 것이라고 초나라 사람들은 노래했다. 노래는 지은 사람이 따로 없었고 사람들의 몸속에서 저절로 흘러나왔다. 싸움과 번식, 홍수와 가뭄과 역병이 거듭될 때마다 사람들의 몸속에서 새로운 노래가 빚어졌다. 옛 노래에 새 노래가 이어졌다. 시와 노래는 반드시 암송해서 무기나 밥처럼 몸에 붙어 있어야 한다고 왕들은 백성들을 가르쳤다.

말〔言〕에 홀려서 땅에 내려앉지 못하고 허공을 떠돌며 바람에 밀려다니는 마음들을 목왕은 크게 걱정했다. 초의 선왕들은 기록된 서물(書物)로 세상을 배우지 못하도록 엄히 단속했다.

칼이나 활을 쓰는 법, 말을 타고 낙타를 모는 방법을 문자로 기록해놓으면, 어리석은 자들이 곳간에 고기가 쟁여 있는 줄 알고 더 이상 익히려 하지 않아서, 몸은 나른해지고 마음은 헛것에 들떠, 건더기가 빠져나간 세상은 휑하니 비게 되고 그 위에 말의 껍데기가 쌓여 가랑잎처럼 불려가니, 인간의 총기는 시들고 세상은 다리 힘이 빠져서 주저앉는 것이라고 목왕은 말했다. 『시원기』에 이와 비슷한 언설이 거듭되고 있으므로, 가르침이 후세의 왕들에게 이어져왔음을 알 수 있다. 목왕은 세상과 문자가 뒤섞이는 사태를 두려워했다. 목왕 시절에 초나라 사람들은 문자를 거의 들여다보지 않았으므로, 목왕의 걱정은 후세의 타락을 경계한 것으로 보인다.

목왕은 개구쟁이 아이들이 흘레붙는 마소의 생식기를 꼬챙이로 찌르는 장난을 금지했고 마소가 울 때 이 울음이 무슨 뜻인지를 알아 오도록 신하들에게 명령했다. 목왕은 백성들을 데리고 초원에 나가서 바람에 구름이 밀리고 구름이 모여서 비를 뿌리는 하늘을 지켜보았고, 나하의 물고기들이 같은 종족끼리 떼 지어 다니는 모습을 들여다보았는데, 백성들은 왕의 마음을 헤아리지 못했다. 목왕의 신하들은 아침마다 간밤에 백성과 마소의 흘레가 순조로웠다고 아뢰었다. 왕은 고개를 끄덕였다. 왕은 아침햇살에 풀꽃이 반짝이는 초원을 바라보면서 가본 적 없는 먼 나라의 강을 떠올렸고, 멀리서 다가오는 싸움의 냄새를 맡았고, 군사를 휘몰아 나아가려는 복받침을 억눌렀다. 밤에 초나라의 별은 초원의 풀꽃보다 많았다.

초나라 아이들은 어릴 때부터 늑대 울음소리를 흉내 냈다. 아이들은 늑대 소리를 질러 늑대를 쫓았다. 싸움에 나갈 만큼 자랐을 때, 아이들은 늑대 울음에 말 울음과 사람의 비명을 섞은 소리를 지를 수 있었다. 자음은 사람의 소리이고 모음은 짐승의 소리였는데, 자음과 모음이 쉴 새 없이 교차하면서 소리의 지옥을 이루었다. 이 소리는 산맥 속의 온갖 맹수와 싸움터에서 죽은 모든 원귀가 한꺼번에 짖어대는 소리 같았다고 『시원기』는 전한다. 초나라 군대는 적을 향해 돌격할 때 이 고함을 질러댔다. 적들은 부딪치기도 전에 겁에 질려 주춤거렸고 겁먹은 군대는 베기에 수월했다. 겁은 돌림병으로 번져서 적의 대열은 가을 풀처럼 바스러졌다. 고함은 초나라 병사들의 몸에 착 붙어 있는 무기였다. 초나라는 몸에 붙는 것들과 몸 가까이에 있는 것들을 귀하게 여겼다. 고함과 노래, 무기와 악기와 연장, 땅과 물과 바람, 여자와 남자와 짐승이 다 마찬가지였다.

초나라 병사들은 행군할 때 피리를 불었다. 늙은 수사슴 뿔 끄트머리를 잘라서 구멍 다섯 개를 뚫은 피리였다. 길이가 한 뼘 정도여서 말을 타고 달릴 때도 몸에 지니기에 편했다. 뿔의 구부러짐이나 구멍과 구멍 사이의 간격이 조금씩 달라서 피리들은 제가끔 제소리를 내면서 어우러졌다. 피리의 떨림판은 늙은 암말의 자궁 안쪽 가죽을 그늘에 말려 썼다. 가죽 위에 실핏줄들이 말라붙어서 입으로 바람을 불어넣으면 사람 몸속의 바람이 암말 자궁벽 마른 실핏줄의 맥을 따라가며 소리를 일으켰다. 마른 실핏줄들은 소리의 산맥으로 일어서서 초원 위로 흘러갔다. 소리는 여러 겹으로 떨렸고, 떨림들이 부딪쳐서 깨어졌고, 합쳐져서 다시 일어섰다. 초원에는 걸리적거리는 것이 없어서 피리 소리는 너울거리면서 지평선을 건너갔다. 소리는 공간을 지나서 시간 속으로 사라졌는데, 들리지 않아도 아주 사라지지는 않았고 사람이 들을 수 없는 시간과 공간 속을 흘러갔다. 피리 소리는 사람 몸속의 기운을 소리로 바꾸어 세상에 펼쳐내는 것이어서, 사람의 몸과 세상은 소리로 이어져서 서로 다르지 않다고 『시원기』에 적혀 있다.

초나라 군대는 진지(陣地)가 없었다. 대오가 헐거웠고 숙영지는 따로 만들지 않았다. 초나라 군대는 새처럼 모여들고 구름처럼 흩어졌고 적의 뒤쪽으로 쳐들어가서 앞쪽으로 빠졌다. 초나라 군대는 바람처럼 다가가서 치고 빠지는 전술을 병법의 으뜸으로 여겼다. 병사 백 명을 한 덩이로 묶고, 거기에 물결 파(波) 자를 붙여서 백장(百長)이 일파(一波)를 거느렸다. 일파의 선두에는 적수(笛手)가 피리를 불어서 무리를 이끌었다. 초나라 군대는 이동 중에 물가에서 쉬면서 떠나온 싸움터를 향해 피리를 불어서 피의 기억들을 운율에 실어서 흘려보냈고, 다시 피리를 불면서 싸움터로 나아갔다.

초나라가 북쪽 산악의 골짜기를 벗어나지 못하던 시절에, 여름에 때아닌 북풍이 불고 우박이 쏟아져서 풀이 얼어 죽고 가축이 굶어 죽은 적이 있었다. 초나라 무사들은 북풍과 우박을 무찌르기 위하여 기병(騎兵) 오백, 보병 일천으로 출병했다. 무사들은 산맥을 넘어서 사막으로 진군했고 얼음 벌판까지 나아갔다. 무사들은 한 명도 돌아오지 못했다. 그때의 무사들도 피리를 불었다. 지금도 북풍이 불 때, 바람이 불어오는 쪽으로 피리를 불면, 돌아오지 않은 무사들의 피리 소리가 바람 속에서 화답한다고 『시원기』에 적혀 있다.

초나라 군대의 칼은 둥글게 굽은 월도였는데, 길이가 사람의 한 팔보다 조금 길었고 활은 어른의 앉은키만 했다. 초나라의 무기는 사람 몸의 크기를 넘지 않았고 무겁거나 길지 않았다. 초나라의 기마무사들은 짧은 칼로 긴 창을 쥔 적병들을 모두 베었다. 긴 창을 한 번 내질렀다가 표적을 찍지 못하면 창기병은 창의 길이에 눌려서 다시 공세를 수습하지 못한다. 창수는 공세와 수세 사이의 허당에 빠진다. 그 틈에 짧은 칼을 쥔 초나라 기마무사들은 적에게 바싹 다가가서 빠르게 달리면서 허리를 베었다. 칼을 휘두르는 팔의 힘과 빠르게 달리는 말의 힘이 칼날 위에서 합쳐졌고, 적병은 두 토막이 되어 땅으로 떨어졌다.

초나라 군사들은 몸에 착 붙어서 팔다리의 힘으로 제어하기 쉬운 무기를 으뜸으로 여겼다. 칼을 한 번 휘둘러서 적을 베지 못하면 내가 죽을 차례다. 칼이 적 앞에서 헛돌았을 때 나의 전 방위는 적의 공세 앞에 노출된다. 이때 수세를 회복하지 못하면 적의 창이 내 몸에 꽂힌다. 나의 공세 안에 나의 죽음이 예비되어 있고 적의 수세 안에 나의 죽음이 예비되어 있다. 적 또한 이와 같다. 한 번 휘두를 때마다 생사는 명멸한다. 휘두름은 돌이킬 수 없고 물러줄 수 없고 기억할 수 없다. 모든 휘두름은 닥쳐오는 휘두름 앞에서 덧없다. 수와 공은 다르지 않고 공과 수는 서로를 포함하면서 어긋난다. 모든 공과 모든 수는 죽음과 삶 사이를 가른다. 그러므로 공에서 수로, 수에서 공으로 쉴 새 없이 넘나드는 자만이 살아남는다. 이 엎어지고 뒤집히는 틈새를 사람의 말로는 삶이라고 부른다고 『시원기』에 적혀 있는데, 수네 공이네 죽음이네 삶이네 하는 언설들은 훨씬 게을러진 후세에 기록된 것이다. 초나라 무사들은 서책의 도움을 받지 않고 들판에서 몸을 부딪쳐서 싸움의 동작을 익혔다. 초나라 기마무사들은 갑옷이나 투구를 걸치지 않았고 말 대가리에 철갑을 씌우지 않았다. 초나라 군대는 가벼움과 헐거움으로 무장했는데, 적들의 눈에는 초나라의 무장이 보이지 않았다.

초나라는 적군과 부딪치기 직전에 개 떼를 먼저 내보냈다. 흑풍(黑風)이라고 불리는 이 개들은 북쪽 산악의 눈 속에서 무리 지어 살던 야생이었는데, 사람에게 길들여진 지 얼마 되지 않았다. 흑풍의 종자들은 사람 곁이 얼마나 든든한지를 비로소 알아서 주인을 섬겼고 낯선 자들에게 사나웠다. 개들은 덩치는 크지 않았지만 가슴팍이 다부졌고 귀와 꼬리가 수직으로 섰고 콧구멍이 넓었다. 개들은 귀를 돌려서 먼 숲에서 새들이 버스럭거리는 소리를 들었고 젖은 콧구멍을 벌름거려서 바람 속에 흩어진 여러 짐승의 오줌 냄새를 맡았고 소리가 들리는 쪽으로 시선을 쏘았다. 개들은 마을 어귀에 무리 지어 앉아서 동쪽을 노려보다가 갑자기 서쪽을 노려보았는데, 이 짓거리의 까닭을 사람들은 알지 못했다. 흑풍의 종자들은 태어날 때부터 겁이 아예 없어서 싸움이 벌어지면 죽을 때까지 싸웠다. 개들은 사지를 뜯어 먹히면서도 대가리는 살아서 적을 물어뜯었다. 개들의 마음속에는 패배와 죽음이 애초부터 없었고 개들은 숨이 끊어지고 나서도 이빨을 드러냈다. 흑풍의 종자는 순조롭게 번식했다. 흑풍 떼들은 눈 덮인 산속에서 늑대의 무리와 먹이를 다투면서 밀고 밀렸다. 사람의 마을에서 개들은 순했다. 봄볕이 내리쬐는 마당에서 어린아이들이 개 등에 올라타서 목을 껴안았다. 개들은 아이들에게 몸을 맡기고, 혀를 꺼내서 아이들의 발을 핥아주었다.

초나라 군대는 가끔씩 개 떼를 말 목장으로 몰아넣어서 말 냄새를 몸에 익히도록 훈련시켰다. 개들은 말똥을 먹고 말 오줌을 핥고 말의 몸 냄새를 맡았다.

적과 부딪치기 직전 초나라 군대가 개 떼를 풀어놓으면 개들은 짖어대면서 돌진했다. 적의 말들은 주춤거리며 뒤로 물러섰다. 초나라 군대는 그 순간 세(勢)를 날카롭게 모아서 밀어붙였다. 말 탄 무사들이 뒤엉켰을 때 개들은 말의 가랑이 사이를 달려 나갔다. 적의 창기병들은 말 위에서 땅 위의 개를 찍지 못했다. 개들은 냄새로 적의 말과 아군의 말을 식별했다. 개들은 적의 말의 생식기를 물어뜯었고, 말 목을 끌어안고 숨통을 끊었다. 말들이 꼬꾸라지고 말 탄 자들은 땅 위로 떨어졌다. 개 짖는 소리와 말 짖는 소리가 초원에서 뒤엉켰다. 개들은 적병의 피로 목을 축였다. 싸움이 끝나면, 개들은 시뻘건 혀를 빼물고 이동하는 군대의 뒤를 따랐다. 개들은 스스로 대오를 짰는데 가장 사나운 것들이 선두와 후미를 맡았다. 이동 중에 날이 저물면, 개 떼들의 눈에서 인광이 번쩍였다. 수천 개의 인광이 어둠 속을 흘러갔다.

사람 피를 먹은 개들은 이동 중에도 발정했다. 암수가 뒤로 붙어서 수컷이 밀고 암컷이 밀려갔다. 처음 붙는 젊은 개들은 흘레가 안 빠져서 이동 대열을 따라오지 못했다. 그런 것들은 초원을 어슬렁거리다가 매에게 먹혔다.

초나라 왕들은 나하 강 건너 나라들의 논밭을 더럽게 여겼다. 사람들이 거름 주어 일군 경작지의 냄새는 구렸다. 땅에 들러붙어서 처자식을 거느리고, 집 둘레 땅을 헤집고 고랑을 만들어 거기에 푸른 것을 심어놓고 익기를 기다려서 거두어 먹는 강남(江南)의 꼬라지를 초나라의 선왕들은 비루하게 여겼다. 농사짓는 강남에는 마을마다 소 울음소리가 들렸다. 초나라 선왕들은 소 울음소리가 나른하고 밋밋해서 사람의 영혼을 땅에 주저앉혀 병들게 한다고 백성들에게 가르쳤다. 선왕들은 소 울음을 흉내 내는 아이들의 놀이를 금지했다. 선왕들은 말 울음소리를 으뜸으로 여겼고, 수탉 우는 소리를 둘째로 여겼다. 선왕들은 땅에 주저앉아서 말을 주절거리는 자들의 게으름을 경계했다. 강남의 땅에 세워진 모든 것은 그 주저앉은 자세에서 비롯된 것이라고 선왕들은 말했다.

싸움이 벌어지면 초나라 군대는 적들의 모든 논과 밭, 과수원, 물고랑을 파헤쳤고 농기구와 창고, 외양간을 부수었고 소를 끌어갔다. 적의 땅 위에 세워진 모든 건조물과 형상과 돌무더기를 헐어내고 불 질렀다. 점령지는 재와 가루가 되었으나, 피가 땅을 적셔서 초원은 빠르게 푸르름을 회복했다. 초나라는 키 작은 풀이 가득한 평평한 초원과 그 위로 부는 바람을 아름답게 여겼다.

『시원기』는 초의 멸망 과정을 기록하지 않았다. 후세의 설객(舌客)들 중에는 초가 싸움에 져서 멸망한 것이 아니라 스스로 나라를 없애고 풀밭이 되었다고 말하는 자들이 있었으나, 옳길 만하지 않다. 초의 최후는 말할 수 없다. 초는 초원의 평평함을 사랑했으므로 초가 나라이기를 버리고 스스로 풀이 되었다면 패망한 것도 아니고 소멸한 것도 아닐 터이다. 그렇다면 초는 제자리로 돌아간 것이겠지만, 이 또한 객쩍은 소리다. 후대의 고고학자들이 『시원기』를 근거로 나하 강 유역에서 대대적인 발굴 사업을 전개했으나 별 소득은 없었다. 나하 강은 해마다 흐름을 비틀어서 유역을 쓸어냈고, 강의 하구 쪽은 사막으로 바뀌었다. 사람의 두개골, 개 이빨, 말 뒷다리 뼈의 파편이 몇 개 나왔는데, 고고학자들은 그 뼛조각을 역사와 연관 지어 설명하지 못했다. 초나라는 무덤을 꾸미지 않았으므로, 고고학자들은 기댈 곳이 없었다. 바스러진 사슴뿔 한 토막을 놓고 학자들은 이 뼈 토막이 초나라의 피리라고 말했는데 아니라는 사람도 있었다. 어느 쪽 말이 맞건 간에, 옛 선율은 전하지 않는다.

초나라는 흐르는 강물을 숭상했다. 흐르고 또 흘러서, 사라지고 잇닿는 새로움과 해마다 흐름을 바꾸어 새 길을 열어내는 물의 힘을 초나라는 거룩히 여겼다. 푸르고 힘차던 시절의 초나라 왕들은, 나하 강가에서 강 건너 남쪽을 향해 말들이 울어대는 꿈을 상서롭게 여겼다. 초나라는 수많은 포로를 나하에 던져서 강을 먹였다. 강물이 유역을 쓸어내는 홍수 때에도 나하의 물고기들은 쓸려 내려가지 않고 굽이의 안쪽 모래 속에 알을 낳았다. 나하의 물고기들은 살찌고 힘셌다. 석양에 나하는 붉은 해를 내륙 위로 펼쳤고, 수면 위로 솟구치는 물고기 떼가 번쩍거렸다. 지금도 물고기는 우글거리지만, 고고학 발굴단은 물고기에게 옛일을 물어볼 수 없었다. 물길은 해마다 바뀌었지만 초원은 지금도 평평하다. 여름에는 키 작은 풀꽃이 바람에 흔들리고 겨울에는 눈보라가 여러 겹 지평선을 건너간다.[1]

---

1 '초'는 모르는 일들을 말하기 좋아하는 후세의 식자들이 언설의 편의를 위해서 붙인 이름이다. 초는 스스로를 이름 짓지 않았으므로 그런 세력이 존재하지 않았다는 설도 있으나 이름의 있고 없음으로 판단할 일은 아니다.

단

　　단나라의 일들을 적는다. 단의 강역(疆域)은
나하 남쪽에서 바다에 이르는 대륙이다. 나라 이름을 내건 때
가 언제인지는 알 수 없지만 초보다는 한참 늦었다는데, 위낙
오래전 일이라서 늦거나 이르거나 지금은 모두 뿌옇다.
　　하늘과 땅 사이에서 목숨으로 태어난 모든 것은 비롯됨이
있고, 여기서 퍼져 나간 갈래들은 태(胎)로 태어나거나 알로
태어났는데, 태로 태어난 것들의 갈래에는 사람과 짐승이 있
고 알로 태어난 것들의 갈래에는 기는 것, 나는 것, 헤엄치는
것 들이 있으며, 땅에 뿌리를 박고 올라오는 푸른 것들은 어
디서 비롯된 것이 아니라 땅이 스스로 밀어 올리는 숨결이라
고 강남 사람들은 믿었다. 믿었다기보다는 본래 그런 것으로

되어 있어서 믿고 말고가 없었다. 강남 사람들은 땅을 일구고 씨를 뿌려서 푸른 것들을 길러 먹었으므로 저절로 땅에 들러붙었다.

북쪽 얼음 벌판을 건너오는 바람을 산맥이 걸러내서 강남은 비바람이 순했다. 여름은 서늘했고 겨울은 따스했으며 들풀이 부드러워서 마소들은 먹이를 사람에게 기대지 않았다. 봄 여름 가을 겨울이 뚜렷했으나, 계절의 앞뒤가 서로 스며서 사람들은 더위와 추위가 바뀌는 이음새를 몰랐다. 강남 사람들은 나하의 물을 끌어들여 땅을 적셔서 곡식과 푸성귀를 심었다. 물고랑은 마을에서 마을로 길게 이어졌다. 강남 사람들은 씨앗 봉지를 방안에 걸어두고 남녀가 교접하기 전에 거기에 절했다.

산맥이 출렁거리고 나하로 모이는 여러 강이 굽이쳤다. 산세가 가라앉는 자리마다 여러 부족이 자리 잡았다. 부족들은 말이 다르고 놀이가 달랐으나 땅을 일구어서 먹기는 마찬가지였다. 부족들은 먹을 것이 떨어지면 이웃 부족으로 쳐들어갔고, 땅의 가장자리에 토성을 쌓고 말뚝을 박아서 서로를 막았다.

강남 대륙의 동북쪽에 높은 산이 솟았는데, 산맥의 흐름에 따르지 않고 초원에서 홀로 우뚝했다. 사람들은 그 둘레가 얼마나 넓은지 알지 못했다. 그 산꼭대기는 흰 봉우리가 햇빛에 번쩍거렸고, 아침에는 붉고 저녁에는 보랏빛이었다. 사람들은 그 흰 봉우리가 눈인지 바위인지 알지 못했으나, 눈에 보이는 대로 색(色)의 이름을 붙였고, 이름을 붙일 수 없는 색의 언저리까지도 그 이름으로 불렀다. 눈으로 보기에 그 높은 산 꼭대기는 흰색이었으므로 그 산의 이름은 백산(白山)이었다. 백산은 희고 또 검어서 검지도 희지도 않았으며 아침이나 저녁, 흐린 날이나 갠 날, 봄이나 가을마다 색이 바뀌어서 색은 이름에 얽매이지 않고 흘러갔지만 한번 정해진 이름은 바뀌지 않았다. 사람들은 백산의 우뚝함을 두렵게 여겨서 농사나 싸움, 죽임과 살림의 문제를 백산에게 물었다. 무당이 백산의 말을 받아서 사람들에게 전했는데, 부족들끼리 서로 뒤엉켜 싸울 때 이쪽저쪽의 무당들끼리 몰래 만나서 말을 맞추었고, 싸움에 진 쪽은 무당을 죽여서 백산에 제물로 바쳤다.

기루가루족이 강남의 여러 부족을 부수고 합쳐서 단나라를 세우는 데 이백 년이 걸렸다. 기루가루족은 백산 동쪽 언저리에 터를 잡아서 수백 년을 이어왔는데, 농사의 편안함에 맛 들여서 사냥질을 버리고 평야로 내려와서 또 수백 년이 흘렀다.

기루가루는 그 족속이 살던 산록의 참나무 이름이었다. 기루가루들은 참나무의 거친 껍질, 넓은 잎이 바람에 서걱대는 소리, 비리고 서늘한 냄새를 귀히 여겼다. 기루가루의 무당들은 참나무들 중 가장 키 큰 나무들에게 빌어서 비바람을 다스렸다. 굿발이 먹히면 비가 때맞추어 내려서 초원의 핏물이 씻기고 산과 들이 깨어났다. 비 개인 하늘에서 매들이 높이 날았다.

선대 족장의 자손들 가운데 싸움마다 이기는 자가 저절로 왕이 되어 지위를 물렸고, 사람들은 왕 된 자의 왕 됨을 의심하지 않았다.

단나라의 일들은 『단사(旦事)』에 적혀서 전해진다. 단은 문자를 알았고 문자로 세상일을 적었고 문자를 받들었다. 『단사』는 당대에 기록되었으므로 언설의 흐름이 끊어지지는 않았으나, 기록하는 자들 가운데 세상을 보지 않고 문자를 보는 자들, 세상과 헛것이 뒤섞여 보이는 자들, 보이는 것을 보지 못하는 자들, 봐도 보이지 않는 자들, 대낮에 귀신과 홀레 붙어서 정액을 흘리는 자들이 많았고 또 후세에 말 잘해서 영화로운 자들이 이야기를 덧붙이고 비틀기를 거듭했다. 그러므로 『단사』에서 옮길 만한 대목은 그리 많지 않다. 나라의 이름 아래서 죽고 또 죽었으니 이름의 힘을 알 것이로되, 이름은 글자에 지나지 않을진대 이름의 힘이란 대체 무엇인가, 라는 구절이 『단사』의 「입단(立旦) 편」에 나오는데 이 몇 줄은 겨우 읽을 만하다고 후세의 학자들은 평했다.

사람의 마음속에 있으나 세상에는 없는 것들을 세상의 땅 위에 세우려고 단은 싸우고 또 싸웠다. 단은 글자로 가지런히 드러나는 것들을 귀하게 여겼고, 그것이 실제로 존재하는 것으로 믿었고, 그것들이 이루어지기가 더딤을 한탄하면서 많은 문장을 지었다.

단은 백산이 하늘을 향해 우뚝 솟아 있는 늘 그러함을 소중히 여겼고, 땅의 흔들리지 않음을 복으로 여겼다.

사람의 마음속에는 뚜렷한 것도 있고 희뿌연 것도 있는데, 희뿌연 것들을 문자로 잘 가꾸면 뚜렷해질 수 있다고 글 하는 자들은 말했다. 단은 사람의 마음속에서 오락가락하는 것들, 간절히 옥죄는 것들, 흐리게 떠오르는 것들을 글자로 적어서 아이들에게 가르쳤는데, 글자가 글자를 낳아서 글자는 점점 많아졌다. 단은 그 글자들이 세상의 시간과 공간 속에서 실체를 드러내게 될 것으로 믿었다. 글자의 뜻을 이룩하려는 오랜 세월 동안 글자들끼리 부딪치면서 많은 피가 흘렀고 피 안에서 또 글자들이 생겨났다.

단은 나하 강 남안(南岸)을 따라 장성을 쌓아서 엉덩이를 땅에 붙이지 않고 쏘다니는 강북의 야만족들이 물을 건너오지 못하게 했다. 여러 마을도 저마다 성을 쌓아서 논밭과 마을을 지켰다.

단나라는 왕을 '캉'이라고 불렀다. 캉은 요즘 말로 일(一)인데 온 세상을 하나로 아울러서 모든 사람과 짐승과 초목 위에 더없이 높다는 뜻이었다.

단의 장성은 나하의 흐름을 따라 동남으로 뻗어서 산맥이 잦아드는 하구 언저리까지 닿았다. 물의 굽이침이 가파르고 홍수 때 크게 넘치는 유역은 물의 사나움이 적을 막아주었으므로 장성이 한 줄로 죽 이어지지는 않았다. 성벽은 드문드문 들어섰고 높은 터에 망루를 지었다. 단의 선왕들은 대를 이어 가며 성을 쌓았다. 백성을 남녀 구분 없이 반으로 나누어 일 년에 한 번씩 반은 농사짓고 반은 성 쌓기를 번갈아 시켰다. 성 쌓기에 끌려간 백성들 가운데 죽는 자가 허다해서 마을에는 어미 아비 없이 굶고 헤매는 아이들이 넘쳐났으나 선왕들은 성 쌓기를 멈추지 않았다. 성 쌓기를 감독하는 군장들은 한 번 나가면 십여 년 만에 돌아왔고 젊어서 나갔다가 늙어서 돌아온 자들도 있었다.

　군장들은 성벽이 안팎으로 통하는 암문(暗門)과 땅 밑의 창고며 밀실 들을 잘 알고 있었고, 돌아와서는 공을 내세워 높은 벼슬을 기다렸다.

　선왕들은 돌아온 군장들에게 잔치를 베풀었다. 선왕들은 군장들을 기름지게 먹이고 계집을 붙여서 밤을 보내게 했고 다음 날 아침에 몰래 끌고 나가 목을 베었다. 군장들은 먼저 돌아온 자들의 죽음을 모르지 않았으나 다시 성 쌓는 터에 나가서 공을 다투었다.

　죽은 자의 혼백이 성벽을 보호해준다고 선왕들은 믿었다.

선왕들은 성 쌓는 터에서 굶어 죽고 얼어 죽고 깔려 죽고 매 맞아 죽은 백성들의 시체를 빻아서 회반죽에 버무려 성벽의 돌 틈에 발랐다. 뼈 반죽은 접착력이 좋아서 돌 사이에 어긋남이 없었다. 선왕들은 날마다 성 쌓는 쪽을 향해 절해서 일이 순조롭기를 빌었다. 강 건너 야만인들이 성벽을 쳐다보기만 해도 지레 겁을 먹고 땅에 엎드렸다고 『단사』에 적혀 있다.

비 오고 바람 부는 날에는 돌 틈마다 귀신이 끽끽 울고, 그믐달 뜨는 밤에는 성벽을 따라서 귀신의 빛이 번쩍거렸다고 단의 옛 백성들은 밭을 갈면서 노래했다. 귀신 울음이 바람에 쓸려갔다. 매 맞아 죽은 귀신의 소리는 높은 음이 가파르게 솟았고 굶어 죽은 귀신의 소리는 끊어질 듯 이어졌다는 것인데, 울음의 곡조는 전해오지 않는다. 단은 성벽 앞에 제단을 차려놓고 귀신들에게 음식을 올리고 절했다.

단은 늙어서 죽은 자들의 늙음과 죽음을 거룩히 여겼다. 집집마다 양지쪽에 움막을 지어서 죽은 자들의 혼백을 모셔놓고 때맞춰서 술을 올리고 절했다. 아기를 낳을 때, 혼인할 때, 먼 길을 떠날 때, 백성들은 죽은 자의 혼백에게 빌었다. 혼백은 떠나지 않고 산 자들의 마을에 얼씬거렸고 때 되면 마을에 내려와서 산 자들이 주는 밥을 먹었다. 산 자들은 죽은 자들을 받들며 함께 살았다. 단의 백성들은 양지바르고 앞이 트인 언덕에 늙어서 죽은 자들의 주검을 묻었고 흙을 쌓아 봉분을

만들었다. 단의 백성들은 무덤 언저리에서 마소를 먹이지 않
았다. 무덤들은 떼를 이루며 언덕에서 언덕으로 이어졌다. 무
덤들은 초봄에는 까칠해서 흙냄새를 풍겼으나 여름에는 파
랬고 가을에는 누렜고 겨울에는 눈에 덮였다. 단의 백성들은
눈 덮인 무덤들이 이어진 언덕들을 아늑하게 느꼈다. 하늘에
큰 달이 뜨고 별이 와글대는 가을밤에 단의 백성들은 무덤 앞
에 음식을 차려놓고 춤추고 노래해서 혼백을 즐겁게 했고 소
출이 많기를 빌었다. 단의 백성들은 곡식 씨앗이 담긴 광주리
를 흔들며 무덤 둘레를 돌았다.

단의 선왕들은 무덤을 크게 꾸몄다. 왕들은 젊을 때부터 무
덤 자리를 정해놓고 묻힐 자리를 가꾸었다. 죽은 왕들은 하늘
의 해 달 별, 땅 위의 산맥과 강물을 모두 무덤 안에 꾸며놓고
그 바닥에 누웠다. 무덤 안에 방 두 개를 들여놓고 큰 방 천장
에 은하수를 중심으로 동서남북과 사계절의 별자리를 새겨
넣었다. 뚜렷한 별 열두 개가 천중(天中)을 받들었고 그 변두
리에 작은 별들이 흩어져 민(民)을 이루었다.

바닥에는 수문으로 물길을 내서 나하의 형상을 만들었고,
강을 따라 출렁이는 산맥의 모양새를 금으로 만들어 들여앉
혔다. 그 하늘과 땅 사이에서 왕의 주검은 칼을 차고 두 손을
모은 자세로 누웠다.

왕이 죽을 때, 왕의 첩들 가운데 가장 총애받던 여자 두 명

과 왕을 가까이 모시던 고위직 무장 두 명을 죽여서 왕의 왼쪽, 오른쪽에 묻었다. 죽임을 피해 달아나는 자들도 있었고, 죽임을 부러워하는 자들도 있었다. 9대 선왕이 죽었을 때 젊은 하급 군관 한 명이 스스로 목을 매어 죽었는데 집장관들이 군관의 충성을 가엾게 여겨서 왕의 발치에 묻어주었다.

근시(近侍), 문신, 무신, 집사, 요리사, 말 끄는 자 가운데 흰칠한 자를 두 명씩 죽여서 왕의 옆방에 묻어 사후의 시중을 들게 했고 백성들 가운데 늙은이, 젊은이, 어린애, 농부, 어부, 대장장이, 소치기, 양치기를 남녀 한 쌍씩 골라서 무덤 맨 가장자리에 묻었다.

따라 죽는 자들을 다 들여놓고 산역을 마칠 때, 왕의 친병(親兵)들이 무덤 출입구를 마무리한 석공(石工)들을 산 채로 무덤 안으로 밀어 넣었다. 친병들은 돌로 무덤 출입구를 막고 그 위를 흙으로 덮어서 나무를 심었다. 왕의 머리맡에 기름등잔 한 개를 들여놓고 불을 밝혔다. 무덤 출입구가 닫히면 기름등잔의 불은 한나절 안에 꺼졌다. 그후로 무덤 안에 빛은 없었다.

단은 땅 위에 성벽을 쌓아서 땅을 지켰다. 단(旦)은 지평선 위에서 해가 뜨는 형상을 그린 것인데, 단의 백성들은 해가 어둠을 밀어내고 땅을 비추어 푸른 것들을 자라게 하는 이치를 세상의 기본으로 알았고, 그 땅 위에 마을을 세웠다. 성벽은 세상의 끝이며 땅의 시작이라고 『단사』에 적혀 있다.

왕궁 가까운 마을의 밭고랑과 논두렁은 모두 왕궁을 향해서 남북으로 파게 했고 장성의 망루마다 붉은 비단실로 단(旦) 자를 수놓아 깃발을 세웠다. 깃발이 펄럭일 때, 글자가 스스로 군대를 이끄는 것처럼 보였다.

단은 성벽을 쌓고 무덤을 꾸미고 탑과 비석을 세우고 선왕들의 모습을 그려서 사당에 모셨다. 단의 강역은 땅 위에 세운 것과 땅에서 자라나는 것들로 이어졌다.

단은 소와 말을 한데 섞어서 먹이지 않았다. 소는 백성들의 마을에서, 말은 군사들의 목장에서 길렀다. 소와 말이 섞이면 소는 사나워지고 말은 게을러진다는 것이 단나라 백성들의 걱정이었다. 그보다도, 소똥과 말똥이 섞이지 않게 하려고 마소를 따로 먹였다고 『단사』는 적었다. 소똥은 물기가 많아서 똥구멍이 벌어지면 한꺼번에 쏟아져 내렸다. 소똥은 땅 위에서 펑퍼짐해지고 말똥은 메마른 덩어리가 한 개씩 떨어지는데, 두 똥이 섞이면 쓸모가 없었다. 소똥은 질퍽거렸지만 마른 후에 거름으로 썼고, 말똥은 가볍고 잘 말라 있어서 왕궁에서도 땔감으로 썼다. 말똥이 타는 불은 불 힘이 셌다. 불이 맑아서 연기는 많이 나오지 않았는데, 연기에는 마른풀이 타는 향기에 말의 몸 냄새가 섞여 있었다. 단의 백성들은 말똥 타는 냄새를 편안해했다. 소는 들에서 일하고 들풀을 먹고 쌴

똥으로 들을 기름지게 했고, 싸움에서 돌아온 말은 똥으로 무사의 병영을 덥혔다. 날이 저물면 아이들이 망태기를 지고 들에 나와서 마른 소똥을 거두었다. 소똥 줍는 아이들이 집으로 돌아올 때 노래를 불렀다. 노래의 곡조는 바람에 흩어져서 전하지 않고 노랫말은 『단사』에 적혀 있다.

소똥은 미끌미끌
말똥은 푸석푸석
소똥은 넙적넙적
말똥은 둥글둥글
소똥에선 소 냄새
말똥에선 말 냄새
하늘에는 별똥
땅에는 소똥
마소가 똥 쌀 때
별들도 똥을 싸
별똥은 남자
소똥은 여자
별똥이 떨어져
소똥에 박힌다
　　　　　　—『단사』「민야장(民野章)」에서

39

후세의 식자들은 이 노랫말을 비루하다고 여겼다.

단의 군대는 싸움에서 죽더라도 물러서지 않았다. 나아가
든지 지키든지 무너지든지 셋 중의 하나였다. 단의 군대는 밀
고 나갈 때는 밀집대형으로 움직였고, 머물 때는 개활지에 구
덩이를 파고 들어앉아 몇 달이고 눈비를 뒤집어쓰면서 버텼
다. 적을 맞을 때는 보병들이 방패를 잇대서 철갑으로 벽을
이루었다. 적과 부딪칠 때 단의 군대는 아군의 시체를 밟고
싸웠고, 시체가 더욱 쌓이면 시체 더미 뒤에 몸을 감추고 활
을 쏘았고, 화살이 다하면 아군의 시체에 꽂힌 적의 화살을
뽑아서 날렸다. 포위된 성이 무너질 때, 단의 군대는 병자들
을 구덩이에 묻고 말먹이 풀을 불태웠으며, 전사들의 산 몸뚱
이를 투석기에 걸어 적에게 던졌다. 마지막 남은 자들은 성벽
에서 뛰어내려 죽었다. 적들이 성안에 들어왔을 때 성안에는
인기척이 없었다. 창고를 태우는 마지막 연기가 퍼졌고, 성벽
을 따라서 단의 깃발이 펄럭였다. 『단사』는 펄럭이는 단의 깃
발과 마지막 연기를 자랑으로 여겨서 길게 서술하고 있는데,
깃발은 바람이 불면 펄럭이고 연기는 물건을 태우면 저절로
생겨나는 것이므로 하나 마나 한 소리일 터이다. 이 대목에서
『단사』의 글이 들떠 있으므로 옮겨 적지 않는다.

단의 군대는 기병이거나 보병이거나 갑옷을 걸치고 투구

를 썼다. 쇠붙이 조각을 비늘처럼 엮어서 어깨에 걸쳤고 소가
죽으로 다리를 싸맸다. 단은 무늬를 새겨서 무기를 꾸몄다.
기병은 창으로 찌르고 철퇴로 찍었고 보병은 방패에 칼과 활
을 쥐었다.

창의 길이는 사람 키의 한 배 반이었다. 칼은 어른의 앉은
키보다 조금 길었는데 쌍날을 세워서 올려 치고 내리쳤다. 단
의 활은 가까운 곳을 버리고 먼 곳을 겨누었다. 단의 화살은
오백 보를 날아가서도 철갑을 뚫었다. 화살대에 구멍이 여러
개 뚫려 있어서 화살이 날아갈 때 바람이 구멍을 빠져나가면
서 울었다. 화살마다 구멍이 제각각이어서, 화살 수만 개가
날아갈 때 서로 다른 소리가 얽히고 부딪쳐서 깨지고 합쳤다.
앞소리와 뒷소리가 서로 부르고 따랐다. 소리들은 하늘에서
쏟아져 내려와서 바람을 타고 들판에 울렸다. 적병은 말들을
바싹 묶었고 방패 밑에 엎드려 귀를 막았다.

『단사』는 이 소리를 풍곡(風哭)이라고 이름 붙였다. 싸움이
없어서 한갓진 시절에, 선왕들은 왕궁 마당에 여러 악기를 벌
여놓고 풍곡을 흉내 내서 소리를 내게 했다. 여러 부족의 악기
가 모두 모여서 제각각 소리를 냈다. 활로 켜는 악기와 입으로
부는 악기들이 바람 속을 흐르는 소리를 냈고 북과 장구가 그
흐름 안에 기둥을 세우고 소리를 가두거나 내보냈다. 무당이
악공들을 조련시켜서 소리를 고르게 했다. 세월이 흐르면서

풍곡은 부딪치거나 깨지는 소리가 걸러져서 듣기에 가지런해졌고 이름이 풍률(風律)로 바뀌면서 여무(女舞)가 보태졌다. 풍률은 단 왕실의 음악으로 자리 잡았다. 풍률에 쓰이던 줄악기 한 개가 후세에 전해졌는데, 켜는 법을 아무도 모른다.

단의 군대는 열로 이동하고 진(陣)으로 머물면서 흩어짐을 허용하지 않았다. 기병을 보내서 적의 주력을 교란하고 아군의 주력을 좌우로 돌려서 적의 측면을 공격했다. 아군의 정면을 치고 들어오는 적은 적의 주력이 아닐 것이므로, 적이 정면으로 쳐들어올 때 아군의 주력을 좌우로 분산 배치했다. 적들도 아군과 맞잡고 춤을 추듯이, 허(虛)와 실(實)을 맞물리면서 펼치고 오므렸다. 단은 문자를 숭상해서 많은 병서(兵書)를 지어냈으나 적의 병법과 아군의 병법이 짝을 이루며 서로 비겼고, 싸움은 병서 밖에서 벌어졌다.

단의 군대가 진격할 때 술 취한 망나니 몇 명이 군장의 갑옷을 입고 전투 대열의 맨 뒤를 따라가면서 머뭇거리는 자들을 베었다. 뒤를 베어내면 대열은 함성을 지르면서 앞으로 나아갔는데, 앞에서 달리던 자들이 적의 대열에 다가가면 갑자기 땅에 주저앉아서 망나니의 칼에 베어졌다.

단의 강역은 나하의 남안을 따라 사막을 건너서 하구에 이르렀다. 백산에서 하구에 이르기까지 삼백여 년이 걸렸다.

땅의 소출을 거두어서 사는 사람들은 먹을 것을 쟁여놓고 죽은 자의 귀신을 모시고 밭고랑을 가지런히 했다. 성벽을 쌓고 글을 지어서 울타리 삼아 세상을 가두었는데, 울타리가 자꾸 터졌고, 울타리가 터질 때마다 피가 흘렀고, 글자가 늘어났다.

대열로 움직이고 진으로 머물고, 뒤를 베어서 앞으로 내모는 병법도 땅에 들러붙어서 사는 사람들의 오래된 습성이다. 『단사』는 이곳저곳이 들쭉날쭉하지만, 사람이 먹고살고 싸우는 꼴을 적은 대목은 대체로 믿을 만하다.

여기까지가 지금부터 시작하려는 내 이야기의 멍석이다. 초의 『시원기』나 단의 『단사』는 모두 제각각의 기록이다. 초와 단이 나하를 사이에 두고 오랫동안 싸웠으므로 그 기록들은 서로 부딪친다. 게다가 단의 기록은 당대에 이루어졌으나 초의 일들은 후세에 문자로 옮겨졌으므로 두 건의 서물은 서로 맞물리지 않는다.

나는 초원과 산맥에 흩어진 이야기의 조각들을 짜 맞추었다.

달
너
머
로

달
리
는

말

1

초승달

저녁에 말들은 소리를 내지 않았다. 말들은 한 마리씩 떨어져서 고개를 숙이고 밤을 맞았다. 어스름 속에서 어린 암말 두 마리가 마주 보며 서로 목을 비비고 잇몸을 핥았는데, 암말들의 오랜 버릇이었다. 초원에 말 수만 마리가 모여 있었으나 어둠이 말들 사이에 고여서 말들은 각자 따로따로였다. 저녁에 말들은 꼬리를 흔들지 않았고 먹지 않았다. 말들은 어둠 속으로 흐려지는 지평선을 바라보며 찬바람을 들이마셨다. 수말들의 갈기가 바람에 흔들렸다. 말들은 혓바닥을 내밀어 콧구멍에 맺힌 물방울을 핥았다.

말들은 저녁 하늘에 돋아나는 별을 하나씩 눈여겨보았다.

별들은 빛의 흐린 싹으로 돋아나서 차츰 다가왔다. 말들은 두 눈 사이가 멀고, 두 눈이 제각기 다른 쪽으로 열려 있어서 머리를 돌리지 않아도 밤하늘이 한꺼번에 보였다. 빛과 어둠이 말들의 몸속에 가득 찼다. 별들이 지평선에 닿아 있어서 말들은 별들이 땅 위의 먼 곳이라고 믿었다. 말들은 별에 가본 적이 없어서 별들은 늘 처음 돋는 별이었다. 저녁에, 말들은 별들 쪽으로 코를 벌름거렸다.

산맥 위로 초승달이 오르면, 말 무리는 달 쪽으로 달려갔다. 밤은 파랬고, 신생(新生)하는 달의 풋내가 초원에 가득 찼다. 말들은 젖은 콧구멍을 벌름거려서 달 냄새를 빨아들였고, 초승달은 말의 힘과 넋을 달 쪽으로 끌어당겼다. 초승달이 뜨면 젊은 수말들은 몸을 떨면서 정액을 흘렸다.

한 마리가 달 쪽으로 달리기 시작하면 모든 말이 소리를 토해내며 달려갔다. 말들의 울음소리는 날카롭게 치솟았다. 달리기 전에 말들은 똥오줌을 내질러 몸을 가볍게 했다. 창자가 몸 앞쪽으로 쏠려서 몸무게를 이끌었다. 땅바닥에 부딪히는 다리의 힘과 말의 몸을 앞으로 내모는 땅의 힘이 숨결 속에서 이어졌다. 앞다리가 땅에 닿기 전에 뒷다리가 땅을 박찼다. 달릴 때, 말들의 피는 빠르게 돌았고 숨은 깊었다. 말들이 다가갈수록 초승달은 뒤로 물러섰다. 말들은 한없이 달렸다.

초승달은 가늘었고 빛에 날이 서 있었다. 초승달이 희미해지면 말들은 사라지는 달을 향해 소리를 모아 울면서 더욱 빠르게 달렸다. 초승달이 지고, 달 진 어둠에서 흐린 별이 보일 때까지 말들은 달렸다.

새벽에, 말들은 나하에서 강물을 마셨다. 말들은 푸지게 오줌을 누었다. 수말들은 뒷다리 사이에서 오줌을 쏘았다. 오줌 줄기는 앞다리 사이를 넘어갔다. 암말은 뒷다리를 쪼그리고 앉아서 오줌을 누었다. 암말 오줌 줄기는 여러 갈래로 퍼지면서 땅에 부딪혀서 돌을 튕겼다. 암말 오줌에서 노린내가 났고 수말 오줌 냄새는 텁텁했다. 암수의 오줌은 고랑에 모여서 나하로 흘러들었다. 새벽 강물이 차가워서, 말 오줌을 받는 강물에서 김이 올랐다. 오줌 누기가 끝나면 말들은 몸을 떨었다.

동틀 무렵에, 말들은 왔던 길을 돌아서 떠나온 자리로 돌아갔다. 돌아갈 때, 말들은 찬 안개를 마시며 천천히 걸었다.

말들은 초승달이 뜰 때마다 달리기를 거듭했다. 말 떼가 지나간 자리에 말똥이 떨어져서 땅이 걸었다. 풀 이파리에서 기름이 흘렀고 키 작은 풀꽃이 반짝거렸다. 말 떼가 지나가고 나면 초원에는 꽃과 바람과 별뿐이었다. 말들은 대를 이어가며 달을 쫓아 달렸다. 초원에 말들의 달맞이 길이 났다. 이 길의 이름은 마명로(馬鳴路)인데, 『시원기』와 『단사』의 기록이 같다. 후세에 싸움터에 나가는 초군이 싸움말을 타고 이 길을 달려갔다.

이 말들은 본래 백산의 북쪽 끝, 천년만년 눈이 녹지 않는 땅에서 씨가 퍼졌다. 무리가 크지는 않았으나 힘들고 편안함을 몰랐고, 적게 먹고 오래 달렸다. 몸집이 작고 허파가 컸고 심장이 야무졌다. 수놈들은 젖을 떼기 전에 풀을 먹었고, 암놈들은 석 달이 지나면 생식기가 뒤 가랑이 밖으로 도드라졌다. 가뭄에는 말라 죽은 가시넝쿨이나 나무껍질을 먹었고, 겨울에는 앞발로 언 땅을 파헤쳐서 풀뿌리를 캐 먹었다. 이 말들은 배가 고파도 천천히 먹었고, 주릴 때도 털에 기름이 흘렀다.

이 말들은 사람 사는 마을의 고기 굽는 연기와 누린내를 싫어해서 사람에게 가까이 오지 않았다. 후세의 사람들이 이 말떼를 신월마(新月馬)라고 이름 붙였다. 초승달을 향해 달리는 말이라는 뜻이다. 말들은 제 이름을 짓지 않는다.

신월마는 달에 닿지 못했다. 지금 신월마의 종자들은 초승달을 향해 달리지 않는다. 달리지 않은 지가 수만 년이 되었는데, 사람들은 아직도 이 말을 신월마라고 부른다. 신월마는 본래 초나라 토종말로『시원기』에 기록되어 있는데, 그 한 갈래는 나하 남안 초원에서 씨가 퍼졌다. 말이 어떻게 나하를 건넜는지는 기록에 없다. 지금 신월마는 없다.

2

말과 사람

사람보다 짐승이나 벌레들이 먼저 세상에 생겨났는데, 맨 처음 말 잔등에 올라탄 사람은 추(魋)였다고 초원의 이야기는 전한다. 『시원기』나 『단사』에 추의 이름은 보이지 않지만, 추의 이야기는 초원에 퍼져 있다. 이야기는 마을마다 들쭉날쭉하지만, 말과 사람이 처음 만나서 섞여 살게 되는 즈음에 어떤 일들이 있었는지를 알려준다.

추는 나하 상류 초원에 살았다. 추가 살던 곳에는 풀과 하늘 이외에는 보이는 것이 없었다. 봄여름이 짧고, 가을은 없는 듯했고, 겨울은 길었다. 겨울이 끝나면 초원의 푸른빛은 남쪽에서부터 깨어나서 북쪽으로 옮겨갔다. 추는 양치기였는데,

마을 사람 모두가 양치기였다. 땅에 붙어서 사는 이치를 배우기 이전에 마을 사람들은 무리를 지어서 양 떼를 몰고 새 풀이 돋아나는 쪽으로 이동했다. 가을이 끝날 무렵에 사람들은 살던 마을로 돌아오거나, 눈이 쌓여서 길이 끊기면 그 자리에서 겨울을 났다. 마을에 돌아와서 겨울을 지낼 때, 추는 눈밭에 나가서 짐승을 잡았다. 활을 만들어서 새를 쏘았고 달려드는 늑대를 돌멩이로 찍었다. 추는 양가죽으로 아래를 가렸고 풀벌레를 군것질로 먹었다.

이 무리는 남녀가 눈이 맞으면 서둘러 몸을 섞었으나 딱히 둘이서 짝을 이루지는 않았다. 사람들은 제가 누구의 자식인지 알려고 들지 않았다. 사람들은 죽음을 슬퍼하지 않았고, 죽음은 금세 잊혔다. 사람의 죽음은 짐승의 죽음과 다르지 않았다.

추는 스무 살 무렵에 외눈박이 젊은 무당과 수시로 교접했다. 무당이 딸을 낳았는데 해산 뒤끝에 아래가 닫히지 않아서 피를 쏟다가 죽었다. 무당은 살았을 때 여러 사내와 교접했다.

어미 닮은 딸이 누구의 핏줄인지 알 수 없었으나 추는 아비를 묻지 않고 양젖을 먹여서 딸을 길렀다. 딸의 이름은 요(姚)였다. 요는 일찍부터 계집티가 도드라졌다. 키는 작았는데, 몸매가 가늘고 눈이 새카맣고 머리카락이 끄트머리까지 빛났다. 죽은 어미의 씨가 내려서 요는 열다섯 살 때 신기(神氣)를 받았다.

백산 위에 초승달이 걸리면 요는 마을 사람들을 데리고 초원에 나가서 달을 향해 소리 지르고 몸을 흔들었다. 사람들이 요의 몸짓을 따랐다. 요의 소리는 말 울음이나 닭 울음 같기도 했는데, 소리가 터져 나올 때마다 몸이 소리에 실려서 저절로 흔들렸다.

마을에서 사람이 죽으면, 죽은 자들의 넋이 요의 몸에 붙어서 끼룩거렸다. 요는 초원에 알몸으로 누워서 달의 기운을 불러들였고 죽은 자의 넋을 품고 달래서 보냈다.

요는 홀레붙은 사슴을 향해서 절했고, 어미 없는 늑대 새끼를 데려와서 쓰다듬어 기르다가 커지면 초원으로 돌려보냈다. 자라나는 것들은 요 곁에서 아늑했고, 요를 어미로 알았다. 요는 짐승들이 발정하는 때와 나무들이 새잎을 내미는 때를 알아서 백산을 향해 닭 피를 뿌리며 몸을 흔들었다. 요는 산맥의 모든 짐승이 주리지 않고 나무들이 목마르지 않기를 초승달에 빌었다. 한밤중에 몸짓이 무르익으면 요의 눈에 검은 동자가 사라지고 흰자위에 파란 달빛이 비치었다. 요는 입에 거품을 물고 쓰러졌다.

열여덟 살 되던 초겨울 초승달 뜨는 저녁에 요는 초원에서 춤을 추다가 달 쪽으로 달려가는 말 떼를 보았다. 지평선 쪽에서 땅속이 들끓는 소리가 들리더니 말 떼가 다가왔다. 초저녁 어스름 속에서 말 떼들이 출렁거렸다. 앞선 말들이 소리를 지르면 따르는 말들이 소리를 받았다. 말들은 허연 입김을 뿜어냈다. 입김이 한데 모여 뒤쪽으로 흘러갔다. 늑대들이 겁에 질려 달아났다.

요는 땅바닥에 엎드려서 말 떼를 바라보며 숨을 죽였다. 땅을 차는 말발굽의 힘이 요의 배에 전해왔다. 요는 몸 밖으로 터져 나오려는 소리와 몸짓을 안으로 밀어 넣었다.

달리던 말 떼 중에서 한 마리가 요와 눈이 마주치자 무리를 벗어나 요에게 다가왔다는 것인데, 이 대목에서 여러 이야기가 어긋난다. 말이 요의 눈에 뜬 초승달을 향해 다가왔다는 이야기도 있고, 요가 손짓해서 말을 꼬여 들였다는 이야기도 있는데, 말의 속을 말이 알 뿐 사람이 알 수 없으니 이야기가 어긋나도 이야기하는 사람의 허물은 아니다.

말은 요 앞에서 더운 콧김을 내뿜었고, 요는 말의 콧김을 들이쉬며 몸을 떨었다. 말의 콧김은 뜨거웠고 말 몸속 먼 곳의 소식을 요의 몸속으로 전했다. 말의 허파와 창자 속에서 새로운 초원과 하늘과 강물, 어둠과 빛이 펼쳐지고 있었다. 말 콧김이 온몸에 퍼지자 요는 눈동자를 뒤집고 기절해서 오줌을 지렸다.

말은 쓰러진 요의 몸 위로 고개를 숙였다. 요의 아랫배가 숨에 실려 오르내렸다. 말은 그 아랫배를 찬찬히 들여다보았다. 이것이 대체 무엇인지를 말은 알 수가 없었다. 초승달이 땅에 내려와 누워 있는 것인가 싶기도 했는데, 올려다보니 초승달은 백산 위에 떠 있었다. 말은 함께 달려온 무리들이 지평선 너머로 몰려가는 발굽 소리를 들었다. 말은 무리를 따라가지 않았다. 달이 질 때까지 말은 쓰러져서 숨 쉬는 요의 아랫배를 들여다보았다.

요는 말을 집으로 데려왔다. 말이 요를 따라왔다는 얘기도 있는데, 어느 쪽이든 마찬가지다. 추는 말을 돌려보내라고 딸을 꾸짖었지만 요는 듣지 않았다. 마을에 처음 들어왔을 때, 말은 사람의 똥 냄새에 속이 뒤집혀서 먹은 것을 토했다. 마을의 똥은 사람들이 잡아먹은 온갖 짐승들의 살과 피와 젖이 썩은 냄새를 풍겼다. 똥 냄새는 사람의 마을 곳곳에 절어 있었다. 요가 물을 가져다줄 때 말은 요 쪽으로 고개를 숙였다. 요가 이마를 쓰다듬으면 말은 눈을 내리깔고 콧구멍을 벌름거렸다. 말은 들에 나가서 먹고 저녁에 집으로 돌아왔다.

요는 말의 눈동자를 들여다볼 때마다 말이 무언가를 말하려 한다는 것을 알 수 있었으나 말이 무슨 말을 하려는지 알 수 없었다. 말의 눈동자는 맑고 서늘했다. 여기를 보고 있어도 먼 곳을 보고 있는 것처럼 보였다. 요는 말의 눈동자에 사람을 해치려는 기색이 없음을 알았다.

요는 마당에 나무기둥을 세우고 지붕을 얹어서 말의 잠자리를 마련해주었다. 지붕 아래서 자면서, 말은 지붕 없는 초원에서 눈비를 뒤집어쓰고 잠드는 신월마의 무리를 생각했다. 그곳은 이미 너무 멀어서 돌아갈 수 없을 듯싶었는데, 고개를 쳐들어 멀리 내다보면 떠나온 무리의 발굽 소리가 들리는가 싶었다.

이 말은 신월마의 무리 중에서도 털빛이 푸른 수놈인데 후세에 붙여진 이름은 총총(驄驄)이다. 총총은 푸른 말이라는 뜻이다. 총총은 태어난 지 보름 만에 스스로 수컷임을 알았다. 요를 만나서 사람의 마을에 들어왔을 때 총총은 한 살 반으로 아직 교미하지 않았다. 몸통은 푸른색, 네 발목은 밤색이고 갈기는 검은빛이었다. 털은 여러 갈래의 잔물결로 흐르다가 정수리와 옆구리에서 맴돌며 가마를 이루었다. 털이 여러 흐름으로 짜여 있어서 햇빛을 받을 때는 목덜미에서 무지개가 어른거렸고, 갈기는 터럭 끄트머리까지 힘이 들어가 있었다. 총총은 제 갈기를 자랑으로 여겨서, 비를 맞아서 터럭을 씻었고 저녁 바람에 말렸다. 총총은 이마에 하얀 초승달이 떠 있었고 붉은 입천장에 푸른 반점 일곱 개가 별자리 모양으로 박혀 있었는데, 총총이 제 이마와 입천장을 들여다본 적은 없었다.

추가 어떻게 총총의 잔등에 올라타서 말과 함께 달리게 되었는지는 『시원기』나 『단사』에 기록이 없다. 사람이 어떻게 말의 이빨 사이에 재갈을 물리고 고삐를 묶어서 말을 부리게 되었는지, 말이 어떻게 고삐를 통해서 입속으로 전해지는 사람의 뜻을 따르게 되었는지를 사서(史書)는 기록하지 않았다. 말이 먼저 엎드려서 사람에게 타기를 권했다는 이야기도 있으나, 어느 쪽을 따르든 비슷한 얘기다. 이야기는 추가 총총의 등에 올라타서 달리게 된 후의 일을 전하고 있다.

말을 타고 달릴 때 추는 이 세상이 멀리 보였고 내려다보였다. 먼 곳이 가까웠고 더 넓어진 세상이 더 좁아 보였고 지평선이 자꾸만 뒤로 물러갔다. 말이 땅을 박차고 치솟을 때 추는 사람이 땅을 밟고 살아온 수만 년의 발걸음에서 풀려나 바람 속을 달렸는데, 땅의 사슬에서 풀려나려면 말은 끝없이 땅을 박차야 했다. 발굽이 땅에서 떠서 다시 땅에 닿는 사이사이에 말은 앞으로 나아갔다.

말에 올라타서, 추는 시간을 앞질러, 시간을 이끌면서 달렸다. 말의 무게와 사람의 무게가 말의 힘에 실려서 무거움이 가벼움으로 바뀌었다. 말을 타고 달릴 때, 새로운 시간의 초원이 추의 들숨에 빨려서 몸 안으로 흘러들어왔다. 초원은 다가왔고 다가온 만큼 멀어져서, 초원은 흘러갔다.

추는 아침부터 저녁까지 말을 달렸다.

이미 말했듯이, 이 말의 이름은 총총이다. 총총은 온종일 달려도 헐떡거리지 않았고, 한나절 거리 너머에 있는 물 냄새를 맡았다. 총총의 입안은 늘 풋풋해서 말 탄 사람이 고삐를 조금만 당겨도 재갈로 전해지는 사람의 뜻을 알아차려서, 달리고 멈추고 돌아섰다.

총총은 때때로 아래턱 어금니 사이에 박힌 재갈을 혀로 문질렀다. 재갈은 이빨과 이빨 사이의 빈자리에 가로물려 있었다. 혀로 밀어 올리면 재갈은 들썩거렸으나 빠지지는 않았다. 젖은 입속에서 쇠붙이는 차가웠으나 차츰 제 이빨처럼 느껴졌다. 추는 늘 고삐를 조심스럽게 당기고 늦추었다. 말이 사람의 뜻을 받아 방향을 바꾸면, 사람이 말의 뜻을 받아 고삐를 늦추었다. 추는 양쪽 허벅지로 말 옆구리를 조여서 말을 북돋워주었다.

옆구리로 사람의 마음을 받을 때 총총은 사람의 마을에 들어와서 사람의 자식이 된 듯싶었다. 지상의 들판을 달려가서는 초승달에 갈 수 없으며 말은 땅 위를 달릴 수 있을 뿐이라는 걸 총총은 사람의 마을에 들어와서 알았다. 달린다는 것은 땅 위에 정해진 곳을 향하는 것이며 그 방향은 입속에 와 닿는 사람의 뜻이라고 재갈과 고삐는 가르쳐주었다. 아직도 초승달을 향해 달리고 있을 신월마의 무리들에게 다시는 돌아갈 수 없을 것이었다.

사람을 등에 태우고 달릴 때, 총총은 스스로 말 중의 으뜸이 되어 사람의 세상을 달렸다. 모든 초원은 사람의 땅이었다. 재갈이 움직일 때마다 총총의 입속은 점점 더 싱싱해졌다.

추는 말 위에서 안개를 마시고 바람을 마셨다. 추는 초원에서 홀로 우뚝했다. 저물어서 돌아올 때 총총은 마을 어귀에서부터 요의 몸기척을 찾느라고 두 귀를 돌렸다.

— 요, 이번엔 너 혼자 가라. 말을 데리고 가. 난 여기서
  할 일이 있다.

장마가 끝나자, 마을 사람들은 양 떼를 몰고 새 풀을 찾아 나섰다. 돌아오는 길에 호숫가에 들러서 소금을 지고 오게 되어 있었다. 요는 혼자 총총을 데리고 사람들을 따라갔다. 총총은 등에 짐을 싣고 요의 뒤를 따랐다. 총총은 머리를 숙여서 요의 냄새를 맡으며 걸었다. 사람의 걸음이 너무 느리고 사람의 짐이 너무 많아서 총총은 때때로 사람들이 가엾었다.

사람들이 떠난 다음 날, 추는 기루가루 부족장의 군영을 향해서 길을 나섰다. 추는 말타기의 놀라움을 부족장에게 알려 줄 참이었다. 말타기는 부족장과 군사들에게 크게 쓰일 것을 추는 알았다.

추는 열흘을 걸어서 부족장의 군영에 도착했고, 다시 닷새를 기다려서 부족장 앞에 나아갔다. 부족장은 스무 살이었는

데 양의 수염을 붙이고 있어서 늙은이처럼 보였다.

부족장의 아비의 먼 아비는 백산의 푸른 이리였다는 이야기가 기루가루 족속에 퍼져 있었다.

부족장의 거처는 참나무 껍질로 지붕을 이었고, 그 위에 사슴뿔을 두 줄로 꽂아놓았는데, 그 둘레에 군막 수백 개가 들어서 있었다. 군막마다 늑대 머리를 잘라서 걸어놓았는데, 늑대 눈동자가 살아 있는 듯 사람을 노려보았고, 밤에는 새파란 인광을 뿜어냈다.

부족장 앞에서 추는 온종일 말타기를 설명했다. 군장과 무당들이 도열해서 함께 들었다.

부족장은 말했다.

— 닥쳐라. 사람과 짐승은 몸이 서로 다른데 어찌 올라타
  서 함께 달릴 수 있겠느냐.

— 몸은 서로 다르나, 말이 사람의 뜻을 몸으로 알아들어
  서 한 몸이 되는 것입니다.

— 뭐라! 한 몸이? 하면 너는 왜 너의 말을 나에게 끌어오
  지 않았느냐?

— 저의 말은 저의 딸자식을 딸려서 심부름 보냈습니다.
  딴 말로 보이겠습니다.

추는 물가로 나가서 떠도는 들 말 한 마리를 끌고 부족장 앞으로 왔다. 추는 말과 뜻이 통해서 들 말은 순순히 추를 따

라왔다. 추는 들 말에 재갈을 물리고 고삐를 걸어서 말 등에 올라타고 달렸다. 달리고 멈추고 왼쪽 오른쪽으로 틀고 뒤로 돌았다. 부족장과 군장들은 놀라서 숨을 죽였다.

…음, 그렇구나.

부족장은 깊이 신음했다. 부족장의 마음속에 이 세상의 모든 초원과 강들이 떠올랐고, 가본 적 없는 여러 땅의 바람이 불어왔다.

추는 여섯 달 동안 부족장의 군영에 머물며 들 말을 끌어다가 길들여서 군장들에게 말타기를 가르쳤다. 부족장은 말타기에 맞게 무기를 바꾸었다. 활은 멀리 날아가지 않아도 정확히 맞추는 작은 것으로 바뀌었다. 칼은 왼팔로 고삐를 잡고 오른팔로 내리칠 수 있도록 짧고 둥글게 만들라고 부족장은 대장장이들에게 명령했다. 떠나는 날 부족장이 추를 불렀다.

— 수고했다. 네가 사는 마을은 어디냐?

— 이피기피라는 마을로, 여기서 서쪽으로 걸어서 열흘 거립니다.

— 그 너머는 어디냐?

— 그 너머도 가본 적이 있는데, 우리와는 다른 족속입니다. 개를 할아비로 여기고, 개처럼 뒤로 흘레붙습니다.

— 알았다. 너의 공이 크다. 돌아가라. 머지않아 다시 부르마.

추가 떠날 때 부족장은 사슴뿔 한 쌍을 상으로, 말린 열매 두 자루를 길양식으로 주었다.

추는 열흘을 걸어서 마을로 돌아왔다. 새 풀을 따라서 떠났던 사람들은 마을로 돌아와 있었다. 저녁 무렵이었다. 양들이 서로 비벼대며 울었고 늑대 쫓는 아이들이 양 떼를 지키며 밤을 맞을 채비를 하고 있었다.

집 안에 인기척이 없었다. 마구간 기둥에 말린 들꽃을 엮은 줄이 걸렸고, 말먹이 풀이 가지런했고, 구유통이 깨끗이 씻겨 있었다. 추는 마구간 문짝을 열었다.

총총이 옆으로 누워서 앞다리로 요를 안고 있었다. 총총의 갈기에 꽃이 달려 있었다. 아랫도리를 벗은 요는 말목을 끌어 안고 얼굴을 비볐다. 마구간 바닥에 마른 잎이 깔렸고, 기름 등잔이 켜져 있었고, 베개 두 개가 나란했다. 총총의 검은 눈 동자가 등잔불에 번들거렸다. 문짝이 열리자, 요는 아랫도리를 가리며 몸을 꼬부렸고 총총은 무릎을 꿇었다.

—아니….

추는 문을 닫고 돌아섰다.

밤에, 추는 총총을 끌고 초원으로 나갔다. 추는 허리춤에 칼을 차고 있었다. 총총은 순하게 따라왔다. 물가 오리나무 밑에서 추는 걸음을 멈추었다. 추는 오리나무 밑동에 말고삐를 묶었다. 추가 말의 엉덩이를 두드리자 말은 무릎을 꿇었다. 추가 칼을 뽑았다. 백산 쪽 하늘에 초승달이 걸려 있었다. 총총은 고개를 들어서 초승달을 바라보았다. 총총의 이마에 박힌 초승달 무늬가 하늘의 초승달을 향했다.

추는 칼로 총총의 목을 내리쳤다. 칼 지나간 자리에서 피가 솟구쳤다. 총총은 쓰러져서 네 다리로 허공을 긁었다. 총총의 머리는 세 번 칼을 받고서 떨어져 나갔다. 추는 웅덩이 물에 칼을 씻었다.

추가 집으로 돌아왔을 때 요는 보이지 않았다. 추는 온 마을을 뒤졌으나 요를 찾지 못했다. 추는 마구간에 불을 질렀다.

며칠 후에 부족장이 보낸 군장이 추를 찾아왔다. 군장은 부족장의 선물을 전하러 왔다고 말했다. 부족장은 말타기의 비밀이 다른 부족에게 새어 나갈 것을 걱정했다. 추라는 양치기는 먼 변두리에 사는 자로, 이웃 부족에 드나들고 있다 하니, 부족장은 걱정이 더 깊었다. 말타기의 비밀을 오로지해야만 부족의 땅은 더 넓어질 것이었다. 부족장은 군장에게 추를 죽여서 머리를 들고 오라고 명했다.

— 부족장께서 너에게 상을 주라 하셔서 가져왔다. 말린
　　노루고기다.

군장은 자루 한 개를 땅바닥에 내려놓았다. 추가 자루 쪽으

63

로 고개를 숙였다. 군장은 칼을 빼서 추의 목을 내리쳤다. 칼이 빨라서 추는 아픈 줄을 몰랐고, 추는 왜 죽는지를 몰랐고, 죽은 뒤에도 자신이 죽은 줄을 몰랐다. 군장이 마을 사람들을 부려서 추의 집을 허물고 흙을 덮었다. 군장은 들판을 뒤져서 총총의 주검을 찾아냈다. 새 떼가 퍼덕거리면서 살점을 헤집고 있었다. 군장은 추의 머리와 총총의 머리를 자루에 담아와서 부족장에게 바쳤다. 부족장이 총총의 머리를 말려서 군막 앞에 걸었다.

추가 죽고 총총이 죽은 뒤로 모든 부족은 말을 길들여 타고 다니면서 싸웠고, 싸움터마다 사람과 말의 시체가 쌓이고 또 썩었는데, 죽은 추의 넋은 지금도 제가 죽은 줄도 모르고 썩어 없어진 제 몸을 찾아서 풀숲을 뒤지고 있고, 신월마 총총의 넋은 희미한 별이 되어서 초승달이 뜨면 옆에 따라 나와 하늘에서 말 울음소리를 내고 있다고 초원의 이야기는 전해온다.

총총이 죽던 날 밤에 요는 마을에서 도망쳐서 백산으로 들어갔다. 요는 사람의 마을에서 받아들여지지 않았다. 요는 백산에서 짐승의 넋을 달래고 씻기는 무당이 되었다. 요는 참나무숲을 옮겨 다니면서 사슴, 노루, 멧돼지를 품었다. 요는 모든 네발짐승의 어미가 되고 짝이 되어서 재우고 살피고 털을 빛나게 했다. 암컷의 젖을 돌게 하고 새끼 낳을 때 아프지 않

게 했고 수컷의 뿔을 아름답게 했다. 요가 머무르는 숲에는
여러 다친 짐승이 찾아와서 아픈 데를 들이밀며 낑낑거렸다
고 초원의 백성들은 이야기를 이어왔는데, 글자로 옮겨지지
는 않았다.

백산에서 요는 생식기는 암컷이고 갈기는 수컷인 백마 한
마리를 길렀다. 요는 이 말의 갈기를 빗기고 닦아서 그 끝에
꽃술과 댕기를 달아주었다. 이 말은 요가 백산의 떠돌이 백마
와 교접해서 낳은 딸이라고 초원의 백성들은 말했다. 요가 죽
은 총총의 씨를 받아서 낳은 말이라는 이야기도 있었다. 요는
백오십 살을 살았고 요가 죽은 뒤에도 요의 넋은 백산 북쪽 참
나무숲에 머물고 있다고 이피기피의 부락민들은 이야기했다.

3

이마가 빛나는 말

단의 왕성(王城) 이름은 상양성(常陽城)인데, 나하가 대륙의 한복판에서 크게 굽이치는 남쪽 언저리이다. 단이 동서로 세력을 키워 나가는 수백 년 동안, 단은 왕성 자리를 옮기지 않았지만 증축을 거듭했다. 이중 석성 밖으로 나하의 물줄기를 끌어들여 해자를 돌렸고 해자 위에 목교를 놓았다. 안쪽에서 목교를 들어 올리면 적병은 성벽에 붙을 수 없었다. 성벽에 굽이가 많아서 치기는 어려웠고 지키기는 쉬웠다. 나하의 물가에도 외곽 성을 쌓았으므로 상양성은 삼중 석성이었다. 성 안에는 누각들이 기러기 날아가는 꼴로 들어섰고 해 질 무렵에는 잇달린 망루들의 처마가 물고기 비늘처럼 반짝였다.

성 앞에서 나하는 서쪽으로 흘렀으나 바다는 멀어서 보이지 않았다. 바다와 하구 쪽 이야기는 풍문으로 흘러 다녔고, 다녀와서 똑바로 소식을 전한 사람은 없었지만, 저녁이면 바다의 붉은빛이 나하의 물을 따라 비스듬히 대륙을 건너왔다. 상양성은 대륙의 한복판이었지만, 저무는 바다의 빛이 성벽에 닿았다. 초병들은 나하의 저녁 물빛을 들여다보면서 가본 적 없는 먼 나라 여자들의 웃음소리를 떠올렸다. 백산 너머에서 퍼지는 아침의 빛과 나하의 하구로 지는 저녁의 빛이 늘 왕성에 가득 찼으므로 이 성은 상양성(常陽城)이다.

나하의 상류, 백산 너머의 금과 옥, 호랑이 가죽, 수달 가죽, 거북 껍질, 생강, 마늘, 버섯, 약재, 목재, 석재, 철광석이 배에 실려서 물길로 상양성에 들어왔다.

나하 건너편 초나라 군사들이 단의 배를 겨누었으므로 단의 수군들은 강심으로 나아가지 않고 남안을 따라 오르내렸다. 물에 서투른 초군은 배를 움직이지 않았고, 초의 화살은 단의 배에 닿지 못했다. 단의 배가 지나갈 때 초군은 건너편 물가 곳곳에 불을 지르고 징을 두들겨서 위세를 보였다.

야백(夜白)은 상양성 수비대에 딸린 마구간에서 태어났다. 야백의 핏줄은 비혈마(飛血馬)인데, 어미 아비는 모두 일등품 군마(軍馬)였다. 수비대는 일등마끼리 흘레붙여서 비혈마의 씨를 이어갔고 삼등마 이하의 수컷들 가운데 성질이 사나워 날뛰는 것들은 불알을 잘라서 백성들에게 나누어 주었고 불알을 잘라도 날뛰는 것들은 잡아먹었다.

야백은 어미의 몸속을 빠져나올 때 머리를 앞세웠고, 네 다리를 뒤쪽으로 나란히 포겠다. 야백의 자세가 단정했으므로 어미는 산통이 별로 없었으나 산도가 길어서 야백은 진땀을 흘렸다. 야백이 머리로 어미의 산도를 제치고 나갈 때 어미가 질의 근육을 풀어 새끼를 몸 밖으로 밀어냈다.

어미의 몸 밖으로 나오는 순간, 야백은 네 다리로 섰다. 네 다리가 땅을 디딜 때, 야백은 그 다리에 와 닿는 느낌으로 땅의 든든함을 알았다. 눈앞이 넓고 멀고 아득했고, 어미의 체액으로 젖은 몸에 바람이 스쳐서 시원했다. 여기가 어딘가 싶어서 야백은 사방을 두리번거렸다. 키 작은 봄꽃이 바람에 흔들렸고, 새들이 날았고, 세상은 향기로웠고, 힘이 가득 차 있었고, 끝이 없었다. 흙에서 햇볕 냄새가 났다. 야백은 땅을 딛는 다리의 힘이 신기해서 열 걸음을 걸어가고 나서 누웠다. 어미가 다가와서 야백을 핥았다. 말들은 아비를 모르고 수말은 자식을 모른다.

싸움이 없는 시절이 계속되고 말들이 늘어나자 수비대는 일등마의 종자들도 백성들에게 빌려주어서 먹이고 부리게 했고, 필요할 때는 거두어들였다. 야백은 태어난 지 두 달 만에 스스로 수컷임을 알았는데, 그때의 느낌은 자랑과 허전함이 섞여 있었다. 야백은 재갈을 물기도 전에 늙은 농부에게 붙여졌다. 농부는 일 욕심이 많아서 풀밭을 파헤치고 돌멩이를 골라내서 밭을 일구었다. 야백은 등에 사람을 태워보지 못한 채 짐수레를 끌었다. 야백은 똥 거름, 돌무더기, 흙더미, 땔나무, 이삿짐, 돌림병으로 죽은 몸 들을 실어 날랐고, 가끔 왕성에 끌려가서 무기와 식량을 날랐다. 야백은 큰 바퀴 수레, 작은 바퀴 수레를 끌었고 진흙탕, 비탈길, 자갈길을 온종일 걸었다. 야백의 힘은 늘 짐보다 넘쳤고, 아침마다 새로운 힘이 네 다리에 가득 찼다. 주인은 야백에게 채찍을 쓰지 않았다.

야백은 이마에 흰 점이 박혀 있었다. 흰 점은 양미간에서 넓어졌다가 아래로 내려오면서 좁아졌다. 흰색에서 윤기가 흘렀고 밤에는 파랗게 빛났다. 야백(夜白)은 이 흰 점에 붙여진 이름이다. 비혈마의 먼 조상들 이마에 박혀 있던 흰 점이 핏줄을 타고 수만 년을 흘러내려와 야백의 이마에 박힌 것인데, 야백은 제 이마를 들여다보지 못했다.

비혈마의 조상들은 나하 하구 서쪽 초원에서 무리를 이루었다. 지금의 상양성에서 서쪽으로 걸어서 이 년을 가면 초원이 끝나고 사막이 열린다. 이 사막의 모래는 먼지처럼 작아서 발이 빠진다. 바람이 날아와 모래언덕을 이리저리 옮겼고, 끓는 지열에 별자리가 흔들려서 동서남북을 알 수가 없다. 이 사막으로 들어간 사람은 아무도 살아 돌아오지 못했다. 사막 한가운데, 땅속에서 물이 솟아 반달 모양의 호수를 이루었고, 이 물을 마시면 영생불사한다는 말이 상양성까지 퍼져 있었다. 물을 가지러 사막으로 들어갔던 왕의 군사들도 살아 돌아오지 못했다. 후대에 군사들의 백골이 발견되었는데, 군사들은 사막에 깊이 들어가지 못하고 초입에서 같은 자리를 빙빙 돌다가 죽은 것으로 밝혀졌다.

이 사막이 끝나는 자리에서 다시 초원이 열려서 바다에 닿는데, 여기가 비혈마의 고향이다.

해가 수평선 쪽으로 내려앉고 바다와 하늘이 붉어지면, 비혈마들은 저무는 해를 향해서 달려갔다. 노을은 빛 속에 어둠을, 어둠 속에 빛을 품으면서 어두워졌다. 비혈마들은 어둠에 잠겨가는 마지막 빛을 향해 더욱 빨리 달렸다. 소멸하는 빛에 비혈마들은 조바심쳤다. 말들의 눈동자에 저무는 빛이 번득였다. 밤에 말들은 해안에 당도했다. 말들은 고개를 들어서 인광이 부서지는 바다를 바라보았다. 해안에서 말들은 건너갈 수 없는 저쪽을 향해 높이 울었다. 말들의 이마에 박힌 흰 점에서 빛들이 흔들렸다. 새벽에 말들은 초원으로 돌아왔다.

비혈마는 허리가 잘룩했고 뒷다리가 둥글어서 달릴 때 몸뚱이를 앞으로 밀어내는 힘이 셌다. 넓은 콧구멍으로 안개와 눈보라를 빨아들였고, 가슴팍이 다부졌고 힘줄이 우뚝했고 눈동자가 평안했다. 입천장이 붉게 빛나고 가죽이 팽팽해서 주름이 없었다. 비혈마의 암컷들은 풀 없는 맨땅에 햇볕이 내리쬐는 자리를 찾아가서 오줌을 누었고, 수컷들은 암컷들이 오줌 눈 자리를 찾아가서 냄새를 맡고 나서 그 위에 오줌을 누었다.

가물어서 바다의 짠 기운이 몰려오고 초원의 풀이 모두 타 죽으면 비혈마는 앞발로 마른 초원의 바닥을 파서 젖은 모래를 씹어 물기를 짜 먹었고, 나무껍질을 벗겨서 수액을 빨아 먹었고, 등에 맺힌 이슬을 서로 핥았다. 비혈마는 죽은 나무 밑동을 깨물어 먹고 제가 눈 똥을 먹으면서 가뭄을 견디었고, 마침내 비가 쏟아지면 머리를 쳐들고 높이 울면서 길길이 뛰었다. 비를 맞으면서 날뛰다가 기도가 막혀서 고꾸라져 죽는 말들도 있었다. 날이 저물면 비혈마는 털 색이 같은 것들끼리 무리 지어서 밤을 맞았다. 갈색, 검은색, 푸른색, 흰색 말들이 제 구역에 모여들었다. 털 색이 같은 것들끼리 모여 있을 때 말들은 아늑했고 말들의 밤은 평안했다. 말들은 고개를 쳐들고 서서 잠들었고 젊은 암말들은 잠결에 서로 목을 비비고 입 속이며 겨드랑이를 핥았다.

초원에 봄이 와서 낮이 길어지면 암말들은 하루 종일 햇볕을 쬐었다. 햇볕이 실핏줄에 스며서 피가 더워졌고 암말의 몸 속에 액즙이 고였다. 암말들은 햇볕 쪽으로 엉덩이를 돌려대 고 쪼그리고 앉아서 생식기를 벌렁거렸다. 생식기 안쪽의 붉 은 살이 삐져나왔고 거기에 물이 흘렀다. 봄에 암말들은 자주 오줌을 누었고 순하게 엎드려서 신음했다. 수말들이 여기저 기서 쩔쩔매며 비명을 질러댔다.

초원에서 비혈마의 무리들이 지는 해를 향해 일제히 달려 간 까닭은 정확히 알 수 없다. 나하 북쪽, 초의 신월마들이 초 승달을 향해 달리던 까닭도 알 수 없다. 저무는 해와 떠오르 는 달이 말들의 넋을 잡아당겼다는 것은, 그 까닭을 알 수 없 는 인간들의 게으른 소리다. 그것은 말들만이 안다.

비혈마의 무리는 먹지 않고 하루에 삼백 리를 달렸다. 달 리기는 숨쉬기와 같아서 비혈마는 헐떡이지 않았고 멈추지 않았다. 달리는 힘이 전신으로 솟구쳐 오를 때 비혈마의 피 는 거칠게 흘렀다. 목에서 머리로 올라가는 핏줄이 밖으로 터 져서 핏방울이 바람에 흩어졌다. 피를 날리면서 비혈마는 밤 새도록 달렸다. 비혈마(飛血馬)는 이 피바람에서 붙여진 이름 이다.

비혈마의 무리들이 언제 사막을 건너서 사람의 마을로 들 어왔는가에 대해서는 믿을 만한 연구 결과가 있다. 단이 나라 이름을 내걸기 수십만 년 전에 이 세상이 차가워져서 초원은 얼어붙었고 비혈마는 살 자리를 잃었다. 비혈마의 무리는 따뜻한 초원을 찾아서 나하의 남안을 따라 사막을 우회했다. 나하의 남안은 산맥이 물가를 따라 이어졌는데, 그 높은 봉우리들은 대황원(大荒原), 여불귀산(女不歸山), 뇌운령(雷雲嶺), 입천단(入天壇) 들이다. 말들은 수백 년 동안 죽음과 번식을 이어가며 이 봉우리의 아랫도리를 지나서 지금의 단 옛터로 들어왔다. 말의 이동 경로에서 말 화석이 다량 발견되었다. 화석에 나타난 말의 골상은 그 시절 단의 군마와 일치한다. 비혈마 중에서도 혈통을 곧게 내려받은 말들은 지금도 이마의 흰 점이 빛을 뿜어내고 달릴 때 목 핏줄이 밖으로 터져서 피보라를 일으킨다. 야백은 이 비혈마의 직계 후손이다.

4

안개와 무지개를
토하는 말

목왕 말년에 초의 세력은 나하 북쪽 대륙에 가득 차서 빈자리가 없었다. 비바람이 순조로워서 나하는 흐름을 뒤틀지 않았고 풀들이 웃자라지 않았다. 초원은 가지런했다. 파란 하늘에 매들이 높이 날았다. 무기를 들고 맞서던 부족들의 마을은 불타서 인기척이 없었는데, 세월이 지나면 풀이 돋아나고 사람과 짐승이 생겨나서 초원에는 아무 흔적도 없었다. 작은 부족들은 초의 군대가 들이닥치기 전에 투항해서 초의 백성들과 씨를 섞었다. 목왕은 점령지에서 모든 신전과 무덤과 성곽을 부수었다. 목왕은 사람들이 헛것을 쳐다보는 게으른 짓거리와 초원의 평평함을 망가뜨리는 돌 쌓기를 허락하지 않았다. 본토에서나 점령지에서나 초나라는 땅에 금을 긋지 않았고 땅을 사사로이 차지하는 일을 금했는데, 아득한 선왕 때부터 내려온 유훈이었다. 백성들은 가축을 끌고 봄가을로 옮겨다녔고 겨울에 머물렀다.

목왕은 대륙에 초 이외의 세력이 없기를 바랐으나 나하 남쪽에 단의 세력이 날로 커져서 사막을 건너 하구에 이르렀고 그 세력의 중심이 돌로 쌓은 성안에 웅크리고 있으므로 깊이 근심하였다.

목왕의 궁(宮)은 담이 없고 해자가 없어서 궁이랄 것도 없었지만 왕이 들어 있으므로 궁이었다. 왕은 높은 건물을 짓지 못하게 했다. 친위대 막사와 여자들의 처소도 모두 단층이었다. 왕은 방바닥에 누운 자세로 지평선을 볼 수 있었고 대륙을 건너오는 바람을 쐬었다.

궁 밖 초원은 시야 너머까지 말 목장이 펼쳐졌다. 신월마의 여러 종자는 모두 이 목장에서 생겨났고, 먼 점령지의 종마(種馬)들 가운데서도 빛나는 것들은 이 목장으로 끌려와서 씨를 퍼뜨렸다. 목왕은 대륙의 곳곳에 말 목장을 열었다. 왕의 기마전령들은 목장에서 목장으로 달렸다. 목왕은 상마청(相馬廳)을 설치해서 마의(馬醫)를 길러냈다. 마의들은 말의 이마, 콧구멍, 입천장, 혓바닥, 발바닥을 들여다보았고, 수말의 정액과 암말의 음즙을 찍어 먹어보고 말의 품등을 매겼다. 마의들은 말 전염병이 돌면 굿을 했고 침과 부항으로 말의 병을 다스렸는데, 한 번에 고쳐지지 않는 것들은 다 죽이거나 백성의 마을로 내려보냈다.

목장의 기수(旗手)들은 지평선에 아침이 열릴 때 나팔을 불었다. 나팔 소리는 목장에서 목장으로 길게 이어져서 변방에 닿았다. 나팔이 울리면 모든 말이 잠에서 깨어나 해 뜨는 쪽으로 머리를 향하고 울었다. 대륙의 아침은 말 울음소리로 열렸다. 목왕은 아침의 말 울음소리를 상서롭게 여겼다. 이 울음을 조명(朝鳴)이라고 하는데, 초의 말들은 목장마다 조명으로 아침 해를 맞았다.

초의 기마전령들은 한 달씩 이어 달리며 변방의 소식을 왕궁으로 전했다. 전령들은 여러 고을의 말린 과일을 왕에게 바쳤다. 목왕은 이 말린 과일을 아침으로 먹으면서 가본 적 없는 먼 초원과 산악의 날씨를 생각했다.

쉰 살이 넘자 목왕은 늙음을 부끄럽게 여겼다. 왕뿐 아니라 초의 늙은이들은 늙음을 스스로 드러내지 않았다. 목왕은 자리에 발을 내려서 모습을 지우고 목소리만 밖으로 내보냈다. 목왕은 궁 안의 여자를 모두 돌려보냈다.

목왕은 왕국의 후계를 정하지 않았다. 신하들은 왕의 의중을 물어볼 수 없었다. 사람이나 짐승이나 삶은 살아 있는 자들의 삶이었으므로 목왕은 자신의 죽음 이후를 생각할 수 없었다.

쉰다섯 살에 목왕은 큰아들 표에게 외권(外權)을, 작은아들 연(然)에게 내권(內權)을 넘겨주고 초막으로 물러갔다. 발에 가리어서 모습을 볼 수 없었지만, 왕의 위엄은 여전히 범할 수 없었다. 군권(軍權)은 외권과 내권에 모두 걸쳐 있었으므로 표와 연이 군권을 놓고 다툴까 하여 자신의 위엄 아래 두었다.

표는 열아홉 살, 연은 열일곱 살이었다. 표의 어미는 지체 높은 치수관(治水官)의 딸이었고 연의 어미는 변방에서 끌려온 포로였는데, 초의 왕실에는 정실과 측실의 구분이 없었고 어미 쪽 핏줄의 귀천을 묻지 않았다.

표는 생후 석 달 만에 몸을 뒤집었다. 여섯 달이 되자 풀밭을 기어 다니며 흙냄새를 맡고 깔깔 웃었다. 겨울에는 눈밭을 기면서 눈을 집어 먹었다. 표는 세 살 때 활을 만들어서 쥐를 쏘았고 다섯 살 때 새를 떨구었고 여섯 살에 양을 탔고 열 살에 말을 탔다. 표는 가르치지 않아도 스스로 자랐다.

표는 개 떼를 마음대로 부렸다. 개들은 표에게는 온순했고 적에게는 사나웠다. 표는 개 떼를 몰고 들에 나가서 늑대 무리와 싸움을 붙였다. 개가 늑대를 포위하면 늑대가 포위를 뚫고 나와 개 떼를 포위했다. 싸움터는 점점 넓어졌다. 외곽에서 짖어대던 개들이 갑자기 멀리 달아나면 늑대들이 쫓아갔다.

늑대와 개들은 쫓고 쫓기기를 거듭했다. 개가 늑대의 주둥이를 물고 흔들면, 또 다른 늑대가 개의 엉덩이에 올라타서 물어뜯었다. 개와 늑대가 긴 대열로 늘어서서 물고 물렸다.

표는 말을 이리저리 몰아가면서 싸우는 짐승들을 찬찬히 들여다보았다. 개 떼들의 진퇴(進退)는 대오가 없고 군령이 없었지만, 그 무질서 안에서 싸움은 집중과 산개(散開)를 이어가고 있었다. 개들은 흩어져서 전체를 이루었고 모임과 흩어짐에 이어붙인 자리가 없었다. 개들은 앞을 보면서 뒤를 알았고, 갑자기 돌아서서 뒤의 적을 물어뜯었다.

표는 말을 개 떼처럼 훈련시키라고 목장 관리들을 다그쳤으나 말들은 좀처럼 따라오지 못했다. 표는 말 탄 병사들에게 개 떼의 진퇴를 배우도록 훈련시켰다. 병사들은 말을 몰아서 개를 따라 했다. 표(猋)는 개(犬) 떼를 마음대로 부릴 수 있는 자의 이름이다.

연(然)의 이름은 스스로 그러한 자라는 뜻이다. 스스로 그러하므로 연은 되어지는 대로 되어갔다. 연은 다섯 살 때부터 초원의 풀잎 위에 내려앉는 잠자리를 잡아서 날개의 무늬를 들여다보았다. 무늬의 올마다 빛의 물결이 일었다. 연은 잠자리 무리의 꼬리 마디 수가 다르고 색깔이 다른 것을 기이하게 여겼다. 연은 또 같은 잠자리의 무리라 하더라도 날개의 무늬는 제각각 다르다는 것을 알고, 이것이 대체 어찌 된 일인가 싶었다. 제각각의 날개들이 초원 가득히 날아다니고 있었다. 며칠씩 폭우가 쏟아져도 날이 개면 잠자리들은 어디엔가 숨었다가 나타나서 가벼워진 바람 속을 날아다녔다. 어린 날의 놀라움은 크고 깊었다. 살아 있는 것이 다들 제각각이라는 놀라움은 두려웠고, 설레었고, 세상은 아득했다. 다 제각각이라면 인간의 무리는 대체 무엇이고 왕은 어째서 왕인가. 연은 잠자리 날개를 벽에 가득 붙여놓고 들여다보았다. 연은 잠자리뿐 아니라 나비, 파리, 매미, 개미, 벌을 들여다보았고 막대기처럼 걸어가는 사마귀의 걸음을 흉내 냈다. 연은 두 팔을 앞으로 내밀어서 벌레의 더듬이처럼 땅을 더듬고 기어갔다. 벌레는 세상을 더듬어서 무엇을 아는가. 벌레의 눈에 보이는 세상과 사람의 눈에 보이는 세상은 같은가 다른가. 홍수 때 개미는 어디에 숨었다가 죽지 않고 다시 나타나는가. 벌은 왜 꽃으로 날아들고 파리는 왜 똥으로 날아드는가. 꽃과 똥의 차이는 무엇인가. 꽃은 아름답고 똥은 더러운가. 연은 너무 어려서 자신의 의문을 말로 정리할 수 없었고 아무에게도 물어볼 수 없었다. 연의 의문은 마음속에서만 들끓었다. 시종들은 연의 노는 짓을 말리지는 못했으나 그 꼴이 잔망스러워서 왕자의 위엄을 걱정했다. 어떤 자들은 그 어미의 천한 혈통 때문이라고 수군거렸다. 목왕은 작은아들의 행습(行習)을 보고받았으나, 내버려 두라, 그 또한 풀밭의 자식답지 않으냐, 라고 말했다.

　연은 자라면서 말타기와 활쏘기를 배웠으나 군사를 거느리지는 않았고 늘 혼자서 멀리 달렸다.

　표의 말 이름은 토하(吐霞)였다. 토하는 신월마 일등품의 직계 후손으로, 암컷이었다. 전신이 새까맸고 잡털이 한 올도 섞이지 않았다. 새까만 몸빛이 새벽빛에는 보라, 저녁 빛에는 주홍으로 바뀌었다. 이마에서 콧등까지 흰 털이 한 줄기 흘러내렸는데, 가늘고 날카로웠으며 그 양쪽에 눈동자가 빛나서 보는 사람이 말의 위엄에 질렸다. 똥이 가벼웠고 오줌이 맑았고 침이 달았고 입술이 붉었고 밑구멍이 단단했고 발바닥이 푹신했고 방귀나 하품을 내보내지 않았으며 이를 갈지 않았고 잘 때도 머리를 숙이지 않았다.

　토하는 봄볕에 발정했고 초승달 뜨는 가을밤에도 발정했다. 초승달 뜨는 밤에 암말이 발정하는 일은 만고에 없었는데, 토하가 초승달을 향해 떼로 달려가던 신월마의 적통이기 때문이라고 마의들은 보고했다. 표는 이 보고를 상서롭게 여겼다. 토하는 발정의 복받침이 가랑이 사이로 몰려서 몸이 다급할 때도 너절한 수컷에게는 뒤를 허락하지 않았다.

　토하는 겨울에는 눈보라를 들이마시고 더운 콧김을 뿜어냈다. 햇빛이 좋은 날에는 콧김에 무지개가 서렸고 노을이 번졌다. 토하는 콧구멍으로 무지개를 뿜어내며 온종일 달렸다. 토하(吐霞)는 안개와 무지개를 뿜어내는 말의 이름이다. 토하를 타고 달릴 때 표는 기마군단을 거느렸다. 초원에서 말들은 개 떼의 싸움을 본보기로 모이고 흩어졌다.

토하는 이갈이가 끝나던 네 살 무렵에 재갈을 물었다. 신월마 중에서 어떤 말들은 재갈을 처음 물 때 입안을 가로지르는 쇳덩이를 참지 못해서 뒷다리로 사람을 차 죽이고 달아났다. 또 어떤 말들은 열 살이 넘도록 사람을 태우고 나서도 초승달이 뜨는 밤이면 갑자기 사람을 들이받아 쓰러뜨리고 달 쪽으로 달려갔다. 말들의 미친 증세는 마음속으로 전염이 되는지, 한 마리가 달아나면 여러 마리가 고삐를 물어 끊고 달아났다. 이런 말들은 끝내 돌아오지 않았다. 마의들이 초승달을 향해 굿을 했으나 효험이 없었다.

처음 재갈을 물었을 때, 토하는 그 낯선 쇳덩이를 혓바닥으로 밀어서 벗겨내려 했으나 뜻대로 되지 않았다. 말들은 앞니와 어금니 사이에 이빨이 돋아나지 않는 빈자리가 있다. 말은 머리가 길고 입안이 넓어서 잇몸에 이빨을 모두 채울 수 없기 때문에 빈자리가 생긴 것이라고 마의들은 『마경(馬經)』에 썼다. 토하는 혓바닥으로 빈자리를 더듬었다. 이빨은 없고 잇몸만 느껴졌다. 여기가 사람과 말이 만나는 자리로구나… 이 작은 빈자리가…. 토하는 말로 태어난 운명을 혓바닥으로 느꼈다. 사람들이 거기에 재갈을 물려서 사람의 뜻을 말의 입속으로 집어넣었고, 고삐를 당겨 말머리를 마음대로 돌렸다. 때때로 초승달 뜨는 밤에 토하는 고삐를 끊고, 먼 신월마의 초원으로 달아나고 싶은 충동을 느꼈다. 토하는 혓바닥으로 앞니와 어금니 사이를 더듬으며 그 충동을 달랬다. 토하는 차츰 재갈이 익숙해졌고, 재갈을 물고도 풀을 뜯어 먹을 수 있었다. 왕자 표의 말이 되어 주인을 등에 태운 이후부터 토하는 재갈을 편안히 여겼다. 달리기는 말의 일이고, 달리는 방향을 정하는 것은 사람의 일이었다. 사람을 태우고 사람의 방향으로 달릴 때 토하는 저 자신이 모든 말 중의 으뜸이며 말의 핏줄을 벗어나 더 지체 높은 생명체로 다시 태어난 느낌이었다. 토하는 연못에 제 얼굴을 비추어 보면서 위엄 있는 표정에 스스로 놀랐다. 곧은 앞다리와 비파처럼 둥근 허벅지, 거기에 가득 찬 힘은 늘 팽팽했고 새로웠다.

　춘분 날 열병식에서 토하가 왕자 표를 태우고 목왕 앞에 나갔을 때 왕은, 말을 타고 달리는 자는 세상을 안다, 세상은 넓고 세상은 좁다는 것을 안다, 세상이 좁아서 멀리 달려가면 세상은 넓어지고, 거기가 또 좁아서 더 멀리 달려간다, 말에 올라타면 비로소 세상이 보이는데, 세상의 끝은 보이지 않고 출발한 자리도 보이지 않는다, 라고 말했다.

토하는 사람의 말을 알아듣지 못했지만, 스스로 초원을 달림으로써 왕자의 뜻을 알았다.

예순 살에 목왕은 죽을 자리를 정했다. 목왕은 처자식을 둘러앉히고 보료 위에서 죽는 죽음을 던적스럽게 여겼다. 목왕은 나하 건너로 군대를 보내서 대륙 남쪽, 단의 땅을 평평하게 만드는 대업을 준비해 나갔다. 목왕은 그 싸움에서 죽어서 무덤 없는 흙이 되어 초원의 풀을 키울 결심을 했다.

목왕은 그 결심을 두 아들에게 말했고, 아들들은 말없이 고개를 끄덕였다. 목왕은 발 뒤에 비스듬히 기대앉아서 명령을 내렸다. 그림자가 말하는 듯했다.

— 나하를 건너려 한다. 배를 만들어라. 큰 것도 만들고 작은 것도 만들어라. 무기는 가볍고 날카롭고 몸의 크기를 넘지 않게 만들어라. 땅 위의 모든 돌무더기를 없애려 한다. 보습을 만들고 갈고리를 만들어라. 소에 보습을 매어서 적의 성 밑을 파고 밑돌을 뽑아내라. 군량과 말먹이 풀은 적의 것을 쓰겠다. 물 건너편에 배 댈 자리를 미리 확보하라. 출병하는 날 노인과 처자식을 파묻지 마라. 죽거나 다친 자는 거두지 않겠다. 살아서 돌아온 자는 죽은 자의 처자식을 건사하라.

기마전령이 먼 변방까지 왕명을 전했다. 초군은 나하 물가에 군사를 풀어서 물을 건너오는 단의 첩자를 잡아냈고 백성들이 물가에 얼씬거리지 못하게 했다. 목왕은 그때까지도 후계를 정하지 않고 있었다. 큰아들 표가 왕위를 잇는다는 소문도 있었고, 목왕이 대륙을 잘게 쪼개서 여러 군장과 두 아들에게 한 조각씩 나누어 주고 왕국을 해체할 것이라는 소문도 있었으나 왕의 의중을 정확히 아는 자는 없었다. 목왕은 후계를 묻는 말을 금했다. 마음을 드러내지 않아서 왕의 위엄은 더욱 무거웠다.

작은아들 연은 내권을 맡았으나 왕국의 살림을 돌보지 않았다. 짐승의 돌림병이나 강들의 물길을 살피는 일은 늘 늙은 군장들의 몫이었고 군장들은 목왕에게 직접 보고했다.

표가 개 떼를 이끌고 늑대와 싸움 붙이고 돌아오던 저녁에 연이 물었다.

　─개는 왜 늑대와 싸우는가. 말은 왜 말끼리 싸우지 않

　　는가, 사람은 왜 사람과 싸우는가.

표는 아우를 바라보았다. 붉은 머리칼이 바람에 날렸고 눈동자는 맑아서 어디를 보고 있는지 알 수 없었다. 그때 표는 아우가 낯설어서 깜짝 놀랐다. 너는 내 아우가 아니다, 라는 말을 표는 참았다.

표는 아우의 질문을 왕에게 고했다. 왕이 말했다.

— 뭐라고 대답해주었느냐?

— 말 같지 않아서 대답하지 않았습니다.

— 잘 했다. 너는 아우를 가까이하지 마라. 혼자 놀게 두
  어라.

— 늘 그렇게 하고 있습니다.

— 연은 지금 어디에 있느냐?

— 풀밭에서 흙을 들여다보고 있습니다.

왕은 한숨을 내쉬고, 더 이상 말하지 않았다.

단은 상양성 누각의 처마 끝마다 구리를 입혔고 용마루에
금칠을 했다. 처마들은 날아오를 듯했으나, 치솟는 기운이 들
뜨지 않아서, 큰 새가 날아가려고 날개를 막 퍼덕이기 시작하
는 형세였다. 저녁에는 금칠한 용마루와 처마들이 석양을 반
사해서 새들이 빛 속으로 날아오르는 듯했다.

상양성의 저녁 빛은 나하 건너편 초의 진지에서도 보였다.
변방의 군장이 목왕에게 전령을 보내 물 건너편의 빛을 보고
했다.

— 어두워지는데 적들의 지붕들이 불타듯 빛났습니다.
  지붕이 몇 개인지는 멀어서 잘 보이지 않았습니다.

목왕은 말 네 마리가 끄는 전차(戰車)를 타고 보름을 달려서
물가에 도착했다. 목왕은 저녁이 오기를 기다려 물 건너 쪽을

바라보았다. 해가 기울기 시작하자 상양성의 누각들은 나하의 하류 쪽에서부터 빛을 뿜어냈고, 빛들은 점차 상류 쪽으로 옮겨지면서 저녁 어스름 속으로 뻗쳤는데, 전령의 보고와 같았다.

금칠로 바다의 저녁 빛을 끌어들여 어둠을 휘젓는 소행을 목왕은 추하게 여겼다. 저녁이 어둡지 않으면 저녁이 아니고 들뜬 빛에 별들이 주눅 들고 풀과 말의 잠이 어수선해서 초원은 무너질 것이었다. 목왕은 초원의 어스름 속에 번뜩이는 빛을 더럽게 여겼다. 목왕은 여생의 짧음을 한탄했다.

…내가 게을렀다. 저것들을 너무 오래 내버려 두었구나.

이제 서둘러야 한다.

목왕은 여러 고을의 과일이며 양고기, 노루고기, 개고기를 조금씩 맛보면서 궁으로 돌아왔다. 그해 비바람이 순조롭고 풀들이 기름져서 온갖 고기의 육즙이 향기로웠다.

5

재갈

야백은 세 살 무렵에 재갈을 물었다. 농부의 재갈이었다.
농부는 야백의 머리를 마구간 기둥에 바싹 묶어놓고 나무토
막으로 입을 벌렸다. 농부는 야백의 입속을 찬찬히 들여다보
았다. 흰 이빨이 가지런해서 윗니와 아랫니가 서로 반기는 듯
했다. 분홍빛 입천장 한가운데로 은하가 흐르고 그 양쪽에 황
소자리가 박혀 있었다. 두엄수레를 끌기에는 아까운 놈이로
구나…. 농부는 웃음 지으며 야백의 목덜미를 쓰다듬어주었
다. 농부는 야백의 어금니와 앞니 사이의 빈자리에 기름을 칠
하고 거기에 재갈을 밀어 넣었다. 재갈은 쉽게 자리 잡았다.
혓바닥에 와 닿는 쇠붙이의 감촉은 낯설었으나 재갈은 거기

가 본래의 자리였던 것처럼 끼어들었다. 농부가 재갈에 고삐를 묶어서 야백의 머리를 이리저리 움직였다. 이 낯선 쇠붙이가 어째서 입안을 가로지르며 주인 행세를 하게 된 것인지 야백은 농부에게 물었으나, 농부는 사람이어서 말의 말을 알아듣지 못했다. 혓바닥으로 밀어도 재갈은 조금씩 들썩거릴 뿐이빨의 높이를 벗어나지 못했다. 재갈을 물고 나서 야백의 마음은 재갈을 받아들여야 한다는 쪽과 재갈을 뱉어내야 한다는 쪽으로 나뉘었다. 마음은 쪼개져서 부딪쳤다.

사람 사는 마을의 똥거름 냄새와 사과꽃 피는 언덕의 바람과 봄볕에 부푼 흙의 향기에 콧구멍을 벌름거릴 때, 야백은 재갈을 물고 사람의 마을에서 사람의 땀을 대신 흘려주는 수고를 아름답게 여겼다. 사람의 어린것이 다가와서 시큼하게 삭은 젖내를 풍길 때, 야백은 고개를 숙여서 아이의 머리통을 핥아주었다. 야백은 짐수레가 무거워서 비지땀을 흘리고, 추위와 더위에 쩔쩔매고, 눈비를 피해 지붕 밑으로 숨는 인간들의 허약함을 가엾게 여겼다.

야백이 다섯 살 무렵에 이마에 박힌 흰 점에서 야광이 빛나기 시작했다. 빛은 푸르고 밝았다. 빛은 멀리 뻗치지 않았고, 오히려 그 빛에 닿는 사물을 빛의 안쪽으로 끌어들였다. 깊고고요한 빛이었다. 이마의 빛은 저녁 무렵에 희미하게 언저리에 자리 잡았고, 어둠이 깊어가면 가운데로 모여들어서 빛의 가장자리는 어슴푸레했다. 이마의 빛은 새벽에 스러졌는데 빛이 털 속으로 숨는지 머리뼈 속으로 숨는지는 말도 사람도 알지 못했다. 야백은 제 이마를 들여다보지는 못했으나, 밤이면 두 눈앞에 어른거리는 푸른빛이 제 몸의 기운임을 알았다. 야백이 고개를 돌려도 빛은 늘 눈앞에 있었다.

이마가 빛나던 다섯 살 무렵에, 야백은 처음으로 비혈을 겪었다. 그때 야백은 수비대 직할 노역장에 징발되어 있었다. 상양성 안에 연못을 파고 그 둘레에 정자를 짓는 공사가 벌어졌다. 공사는 새벽부터 밤까지 계속되었다. 야백은 다른 말들과 함께 목재와 석재를 나르는 일에 부려졌다.

야백은 수레에 돌을 가득 싣고 오르막길을 올랐다. 오르막은 길고 가팔랐다. 부실한 말들은 주저앉거나 뒤로 밀렸다. 뒤로 밀린 수레가 따르던 수레와 뒤엉켜 계곡으로 굴러떨어졌다. 야백은 보폭을 줄여서 천천히 나아갔다. 앞무릎이 뒤로 꺾이기 직전에 뒷다리가 힘을 받쳤다. 야백은 땀을 흘렸으나 숨을 헐떡이지는 않았다. 야백은 제 몸의 땀 냄새가 편안했다. 고갯마루턱에 올랐을 때, 야백은 가슴이 트였고, 핏줄 속을 몰아가는 바람을 느꼈다. 그때 야백의 목덜미 핏줄이 터졌다. 바람이 불어와서 피가 흩날렸다. 야백은 제 피의 냄새를 맡았다. 냄새는 진하고 비렸다. 제 몸 깊은 곳의 냄새였다. 비혈마 옛 조상들의 서식지가 야백의 피보라 속에 펼쳐졌다. 사막이 끝나고 초원이 다시 열려서 바다에 닿는 그곳은 넓고 아득해서 해가 지기 전에 달이 떠서 하늘에는 늘 해와 달이 서로 마주 보며 뜨고 졌다. 거기가 고향이라고 야백의 피는 소리쳤다. 야백은 제 핏줄이 뿜어내는 피보라 속에 어른거리는 고향을 향해 달려갔는데, 거기는 고향이 아니라 수비대 직할 노역장이었다. 날이 저물어서 야백의 이마에 빛이 살아났다. 혈관이 터지자 야백은 더욱 빨리 달렸다. 달리고 또 달리면 초원이 끝나고 사막이 끝나는 어디쯤에서 재갈이 벗겨질 것 같았다. 이마의 빛 속에서 핏방울이 흩어지는 듯했다. 야백은 혀를 내밀어서 제 피를 핥아보려 했으나 피는 이미 흩어지고 없었다.

울퉁불퉁한 길을 달릴 때, 수레가 흔들려서 돌이 떨어졌다. 야백은 빈 수레를 끌고 공사 구간 밖으로 달렸다. 말 탄 감역(監役)이 쫓아와서 야백을 제지했다. 감역은 말 목장에서 마의를 겸하던 자였는데, 야백의 비혈과 이마의 빛을 보고 놀라서, 야백을 치려던 채찍을 내려놓았다.

… 이놈이 비혈마의 순종이로구나. 막일에 부릴 놈이 아니다.

감역이 군장에게 고하고 군장이 상양성 수비대장에게 고해서, 야백은 대장 앞으로 끌려갔다. 수비대장은 마의들을 불러서 야백의 혈통을 감정했다. 단의 칭(秤)왕은 일생 온 나라를 뒤져서 명마를 찾았고 말의 혈통을 보존했다. 왕은 전국의 말을 등급별로 나누어서 급이 다른 말들끼리는 교접을 금했다. 흘레가 급한 말들은 앞다리를 쳐들어 허공을 긁으면서 울부짖었다. 상마관들이 말의 두상과 골격을 감식했다. 발목이 굵거나 등뼈가 휘었거나 눈동자가 뿌옇고 표정이 천한 것들은 노역장으로 내려보냈다. 상마관들은 야백을 특등마 전풍일품(電風一品)으로 분류해서 왕에게 바쳤다. 상마관들은 왕에게, 이 말은 스스로 우뚝하고 점잖아서 천 리를 달리고 나서도 헐떡이지 않고, 굶어도 껄떡거리지 않고, 힘줄로 늘 힘이 고이며, 바람 속으로 피와 빛을 내뿜으며 달리니 천하의 용마(龍馬)라 하겠으나, 아직 재갈을 낯설어하고 사람에게 익숙지 않으니 조련이 필요하다고 고했다.

왕이 말을 받고 기뻐하며 수비대장과 상마관을 내군(內軍)으로 옮겨주었다.

야백은 노역장에서 풀려나 내군의 친위 기마대에 배속되었다. 야백의 마구간은 단청을 입힌 기와집이었다. 야백은 사람이 가져다주는 마른풀을 먹었다. 약초와 곡식이 섞여 있었다. 혈통 좋은 암말 다섯 마리가 야백의 씨받이 흘레 짝으로 붙여졌다. 야백의 재갈 끝에 수정구슬이 달렸고 등에 비단 덮개가 입혀졌다. 마의들이 야백의 똥오줌을 찍어 먹으면서 말의 뱃속 사정을 진단했고 당귀(當歸)와 마자인(麻子仁)을 먹여서 창자 속 한사(寒邪)를 방귀로 풀어내고 똥오줌의 열기를 가라앉혔다.

눈이 쌓여서 오직 하얀 날에, 야백은 마구간 난간 밖으로 머리를 내밀어서 흰 세상의 끝 쪽을 바라보았다. 눈 냄새는 시리고 신선해서 새로운 시간이 하얗게 내려앉은 것 같았다. 야백의 몸속이 눈 냄새에 절여져서, 창자와 핏줄 속으로 서늘한 기운이 흘러갔다. 야백은 밤새도록 네 다리로 서서 희고 끝없는 것을 바라보았다. 야백은 머리를 들어서 흰 것과 어두운 것이 섞이는 그 너머를 바라보았는데, 그 너머에서는 보이는 것과 보이지 않는 것이 구분되지 않았다. 마구간에 묶여서 야백은 가끔 뒷다리로 땅바닥을 긁었다. 야백의 머리가 흔들릴 때 재갈 끝의 수정구슬이 달빛에 반짝였다.

6

전운

    상양성의 왕과 군독(軍督)들은 초군이 머지않아 나하를 건너서 들이닥치리라는 조짐을 느끼고 있었다. 싸움이 없는 세월이 오래 계속되어서 단의 군독들은 허벅지에 살이 올라 근지러웠다. 새벽에 낯선 별이 나타나서 북극성 언저리를 자주 범했으므로 일관(日官)들이 겁에 질려서 땅에 엎드렸다. 나하가 짐승의 울음을 울면서 흘렀고 가을에 배꽃이 피었다. 무당들이 싸움이 시작될 날을 예언하고 길흉과 승패를 점치며 요언(妖言)을 퍼뜨리다가 끌려와서 베어졌고, 풍류와 서화로 소일하던 문한(文翰)들은 산으로 달아났다. 군독들은 밀실에 모여 백성들 몰래 수군거렸는데, 수군거림은 수군수군 퍼져

나갔다.

단은 땅이 넓어서 백성들의 시력이 지평선에 닿았다. 그중에서도 눈이 밝아서, 초저녁 개밥바라기 별 남쪽 하늘에 아직 돋아나지 않은 별을 볼 수 있는 자들은 요망군(瞭望軍)으로 뽑혀서 나하 물가에 배치되었다. 요망군들은 시야를 나누어서 물 건너 초의 땅을 훑듯이 들여다보았다. 건너편 초의 물가에서 뿌연 기운이 크게 일어나서 며칠째 물을 따라 하류 쪽으로 흘러갔는데, 물안개에 흔들려서 구름인지 먼지인지 구분할 수 없었으나, 물을 건너오는 바람에 연기 냄새와 흙냄새, 말똥 냄새가 끼쳐왔고 가끔 새 떼들이 날아올라 하늘을 덮었다고 요망장이 상양성에 보고했다. 군독들은 연기 냄새와 먼지는 대규모 군사가 이동하고 있다는 증거라고 판단했다.

전쟁의 조짐은 신기루와 같았으나, 희뿌연 것이 더 확실히 세상을 사로잡았다. 백성들이 가을걷이를 서둘러서 들을 비웠고, 곡식을 항아리에 담아서 땅에 묻었다. 젊은 군장들은 닥쳐올 싸움에 가슴이 설레었고, 군장의 젊은 아낙들이 그 가슴에 머리를 묻었다. 단은 수백 년 동안 전쟁으로 나하 이남의 여러 나라를 합쳐왔으나 나하 건너 초와 전쟁은 처음이었고, 초 역시 마찬가지였다. 이번 전쟁으로 단에게도 초에게도 존망은 돌이킬 수 없이 판가름 날 것인데, 단의 군독들은 재와 시체 더미 위에서도 승리는 단의 것이라고 믿었고, 초 역시 마찬가지였다.

칭왕은 큰일에 머뭇거리지 않았고 작은 일에 조심스러웠다. 왕은 사냥이나 성묘 외에는 상양성 밖을 나간 적이 없었으나 여러 산천의 지세와 기운을 살폈고 군사를 품는 땅과 군사를 내치는 땅을 구분할 수 있었고 일관을 물리치고 스스로 천문을 읽어서 별의 뜻을 헤아렸다. 왕이 말없이 별을 바라보는 밤에 군독들은 왕의 마음이 두려워서 숨죽였다.

칭왕은 군독들의 작전 계획을 보고받는 자리에서 승인했다. 투석기(投石機) 이천 대를 물가에 배치해서 적군이 배를 타고 나하를 건너올 때 물 위에 뜬 적을 돌로 깨뜨리고, 적이 접안을 노리는 물가에 궁수부대를 매복시키고, 상륙하는 적들은 야지(野地)로 유인해서 진지전으로 시들게 하고 밀집 방패로 압박해서 나하 물속으로 밀어 넣자는 것이 군독들의 계획이었다. 작전의 요점은 세 가지였는데, 물 위에서 격파할 것, 목교를 들어올려 적이 상양성에 닿지 못하게 할 것, 적의 퇴로(退路)를 나하에서 차단할 것이었다. 작전을 재가하면서 칭왕은 말했다.

— 나는 이제, 문자로써 이루려 하는 것을 무력으로 이루려 한다. 문(文)과 무(武)는 본래 하나인데, 그 방편이 다를 뿐이다. 나의 문과 나의 무는 서로 의지해서 함

께 나아간다. 무는 문을 힘차게 하고 문은 무를 아름
답게 한다. 그대들은 나하 북쪽 대륙에 나의 뜻을 심
어라. 피어나서 무성하게 하라.

칭왕은 또 말했다.

─나는 전쟁의 큰 뜻을 밝혀서 백성과 적에게 고하고 후
세에 전하려 한다. 글을 지어서 올려라.

문한관들이 격서를 지어서 올렸다. 이 격서의 제목은 '토만
평양육서(討蠻平兩陸書)'인데, 문장은 전하지 않는다. 이 서물
이 『단사』에서 누락된 배경은 분명치 않다. 단의 전성(全城) 시
에는 수록되어 있었는데, 문과 무의 경계를 허무는 그 문장의
정치적 함의를 놓고 후세의 문한들이 물고 뜯는 싸움을 벌이
다가 이렇다는 자들이 저렇다는 자들을 구덩이에 묻으면서
이 서물을 『단사』에서 들어냈다는 설이 있는데, 죽임을 당한
자들 쪽의 일방적 주장이다.

서물은 전하지 않지만 그 문장을 읽은 자들의 기억의 파편
몇 개가 후세에 전한다. 「토만평양육서」의 골격은 나하를 야
만의 남진(南進)을 막아주는 은혜의 강물로 신성시하면서, 나
하를 또한 세상을 둘로 갈라놓은 단절의 강물이었다고 쓰고,
이제 단의 상서로운 힘이 산하에 가득 찼으니 물 건너 북쪽에
서 삶을 땅 위에 앉히지 못하고 인간의 말을 알아듣지 못하면
서 금수 축생으로 떠도는 무리를 무로 평정하고 문으로 쓰다

듬어서 왕의 은혜로 목욕시켜 새롭게 태어나게 하니, 나하는 비로소 가지런한 세상의 중심을 흐르게 된다는 것이라고 하는데, 언사가 낡았고, 옛글의 조각을 끌어모아서 꿰맨 자리가 여기저기 널려 있었고, 꿰맨 솔기가 터져서 너덜거렸다.

칭왕은 개전(開戰)이 임박해서 반포할 작정으로 격서를 감추고 문한관들을 함구시켰으나 전운(戰雲)은 낮게 내려앉아 대륙을 덮었다. 풀잎이 바람에 버스럭거리는 소리에도 말들이 놀랐고 싸움터에 끌려가지 않으려고 도망쳤던 백성들이 거리에서 베어졌다. 물 만난 군장들은 말대가리에 철갑을 씌워서 백성의 마을을 달리며 위세를 부렸고, 병졸들을 다그쳐서 무기와 군량을 야지로 옮겼고, 부녀들을 동원해서 등짐으로 돌을 모아 진지를 쌓았다.

칭왕은 싸움을 야전(野戰), 수전(水戰), 수성전(守城戰), 세 개의 국면으로 나누고, 삼군(三軍)의 총지휘를 늙은 군독 황(滉)에게 맡겼다. 칭왕은 황에게 번쩍이는 도끼를 하사하고 전풍일품 비혈마 야백을 붙여주었다.

야백은 황의 전마(戰馬)가 되어 상양성 북쪽 초원으로 나아갔다. 전국의 특등품 말들은 초원의 전방으로 모였다. 늙은 말들은 멀리서 다가오는 전쟁의 냄새를 맡았고, 어린 말들은 고함치며 뛰어다니는 군장들의 투구와 장식품들을 의아한

눈으로 바라보았다. 가을이 깊어서 초원은 투명했고 팽팽한 하늘로 노을이 넓게 퍼졌다. 그때 야백은 다섯 살이었고 재갈을 문 지 두 해째였다. 야백의 입속에서 재갈은 여전히 낯선 쇠붙이로 겉돌았다. 싸움을 준비하는 병영의 소란에 야백은 어리둥절해 있었다. 사람이 대체 무슨 일을 도모하고 있는 것인지 야백은 알 수 없었다. 나하를 건너오는 바람에 실려 오는 말똥 냄새로, 야백은 물 건너편에 수많은 말이 모여 있으리라는 것을 짐작했다. 몸 냄새가 다른 말들이었다.

7

새벽 강물 위로
사라지는 왕

나하는 여러 계절을 이끌고 대륙을 건너간다. 물이 상류의 산악고지를 돌아 나올 때, 봉우리들은 눈에 덮여 있었고 겨울에는 언 강이 터지는 소리가 골짜기를 흔들었다. 나하는 협곡 지류의 잔 물줄기들을 합쳐가면서 초원으로 내려온다. 상양성에 이르면 물은 지평선까지 달맞이꽃이 피는 초원을 굽이친다. 강폭은 넓어져서 저쪽 기슭은 보이지 않고, 가물 때도 남쪽 유역은 넓게 젖어 있다. 상류에서 물 흐르는 소리는 가팔랐는데, 초원으로 내려오면 물은 낮은 소리로 넓게 수런거렸다. 물은 새롭게 다가왔으나, 흐름의 표정은 하류로 갈수록 나이 먹어 보였다. 홍수 때 크게 넘쳐서, 넓은 유역에 사람들은 범접하지 못했다. 하류 쪽 대황원을 남쪽으로 돌아 나갈 때 물은 수백 길 땅 밑으로 석 달을 흐르다가 땅 위로 올라와서 하류를 향한다. 밀물을 따라오는 바다의 새들이 여기까지 날아왔다가 물가에서 며칠을 지내고 새벽 썰물에 바다로 돌아가는데, 어떤 것들은 돌아가지 않고 눌러 산다.

굽이치는 유역마다 물고기들의 종자가 달랐다. 상류 쪽의 어떤 것들은 네발짐승처럼 몸을 파고들어서 흘레붙었고 아가미 속 빗살에 무지개가 서렸다. 하구에서 물은 하늘에 닿았고, 송아지만 한 물고기들이 지느러미를 퍼덕이면서 수면 위를 날아다녔다. 이 물고기의 이름은 비흑(飛黑)이다. 비흑은 탁한 목청으로 짖었고 땅에 쭈그리고 앉아서 똥을 누었다. 『단사』는 비흑을 물고기로, 『시원기』는 새로 기록해놓는데, 비흑의 배에 젖꼭지가 여덟 개 달려 있고, 비흑이 물가에서 새끼에게 젖을 먹이는 걸 보았다는 자들도 있었다. 비흑이 창궐하면 바다가 뒤집혀서 물이 산맥을 덮치고 나하가 거꾸로 흘러 내륙이 물에 잠긴다고 백성들은 말했다. 나하는 너무 커서 사람의 눈에 보이지 않았다.

전쟁이 임박했다는 소문은 초나라 전역에 퍼져 나갔다. 기마전령들이 빠르게 달려갔고 말 먼지가 이어졌다. 부족들이 말과 병력을 지역 거점으로 모아 왔고 모인 병력은 부족별로 재편성되었다. 목왕은 모든 군사력을 전투부대로 편성해서 나하를 건너 단의 땅으로 진격하게 했고 본토에는 내치(內治)를 위한 치안 병력만 남겨두었다. 목왕은 스스로 물러설 자리가 없는 전쟁 구도를 만들고, 그 구도 안에 모든 병력과 군수를 배치했다.

늙은 목왕은 어눌했다. 목왕의 목소리는 목구멍에 걸려서 부서졌다. 가래 기침 끝에 겨우 몇 마디가 새어 나왔는데, 군장들은 이 힘겨운 말의 위엄을 거스르지 못했다.

목왕의 깊은 뜻은 나라의 힘 전체를 단에게 부딪쳐서 돌이킬 수 없는 끝장을 내자는 것처럼 보였는데, 승부에 뜻이 있지 않고 초와 단이 부딪쳐 가루가 되어 없어진 후에 다시 돋아나는 풀들이 초원을 회복해서 새로운 시간의 자리를 예비하게 하자는 것처럼 보였다. 군장들은 왕의 심중을 캐묻지 못했다. 초의 나라 이름이 풀잎(草)으로, 왕이 나라를 깨뜨려 풀밭을 만들기 위해 전쟁을 도모하고 있으며 초라는 이름 안에 소멸이 예비되어 있다고 물가의 무당이 요언을 퍼뜨렸다. 신내린 지 얼마 되지 않아서 혓바닥이 촐싹거리는 풋것이었는데, 동네 군장이 끌어다가 혀를 뽑았다.

목왕은 일찍이 싸움터에서 죽어서 봉분 없는 무덤으로 초원의 흙 한 줌이 되려는 뜻을 군장들에게 밝혔으나, 몸이 삭아서 싸움터에 나가지 못했다. 목왕의 눈앞에서 시간은 흐려졌다. 목왕은 큰아들 표에게 군사를 맡기고 자신은 초막에 들어앉았다. 표는 정남총병마사(征南總兵馬司)의 지위로 중앙군을 직접 이끌었고, 지방군들은 제가끔의 자리에서 나하 쪽으로 나아갔다. 표는 지방군의 작전 지역과 전투 목표를 할당해주었으나 부대의 진퇴와 연합과 분산, 전투의 세부사항은 현지 군장들에게 맡겼다. 풀을 따라서 옮겨 산 수천 년의 역사 속에서 터득한 초의 전술이었다. 초는 대군(大軍)의 단위부대들을 허술하게 풀어놓았다. 대오와 편제가 헐거웠으나 결정이 신속했고 군더더기가 없어서 군대의 기동은 가벼웠다.

출정식은 목왕의 거처 앞에서 열렸다. 표는 신월마 토하를 타고 대열의 선두에 나섰다. 작은아들 연은 며칠 전에 말을 타고 북쪽으로 가서 돌아오지 않았는데, 목왕은 아들을 찾지 않았다. 연을 따라간 수하들이 먼저 돌아와서 둘째 왕자가 풀밭을 뒤지며 무엇인가를 찾고 있다고 목왕에게 보고했다.

출정식에 나온 목왕은 가마에서 내리지 못했다. 시녀가 요강으로 왕의 오줌을 받아냈다. 표는 말에서 내려 목왕 앞에 무릎을 꿇고 출정을 고했다. 군사들이 함성을 질렀다. 새 떼가 날아올라 하늘을 덮었고 말들이 앞발을 쳐들어 허공을 긁으며 울었다. 초의 군대는 군복이나 의물(儀物)이 없었고 부대의 깃발도 제각각이었다. 장대 끝에 말의 해골이나 넝마를 매단 것도 있었고 여자의 월경대를 매달아서 들고 나온 자들도 있었다.

목왕은 표의 도끼날에 꽃술을 달아서 축복했고 부자가 말 피를 한 사발씩 마셨다.

목왕은 말했다.

— 가라. 너는 가서 초원을 평평하게 하라. 돌무더기를 치워라.

목왕은 또 말했다.

— 말이나 사람이나 너무 많이 먹지 마라. 배가 좀 고픈 듯해야 싸움이 잘 된다. 가거라.

목왕의 말은 그뿐이었다. 목왕은 가마를 타고 초막으로 돌아갔다. 군병들이 초원에서 주위 온 말똥으로 제단을 쌓았다. 표는 말똥 무더기에 말 피를 뿌리고 나하 쪽을 향해 절했다. 초군은 포로와 죄수 삼백 명을 허리 잘라 나하에 바쳤다. 그날 아침에 초군은 출정했다.

군대를 보낸 다음 날 새벽에 목왕은 물가로 나왔다. 교군(轎軍) 두 명이 가마를 메었고 요강을 든 시녀가 따랐다. 호위무사는 거느리지 않았다. 물은 푸른 어둠의 바닥을 흘렀다. 새벽공기에 안개가 스며서 물은 짙은 비린내를 풍겼다. 물은 먼 상류 쪽 숲의 냄새를 실어 왔다. 이 물줄기의 이름은 풍평천(風萍川)인데, 흐름이 빨라서 배를 띄우면 노를 젓지 않아도 이

틀이면 나하의 본류에 닿는다.

가마가 물가에 닿자 놀란 새들이 날아올랐다. 물풀 속에 작은 배 한 척이 묶여 있었다. 사공이 없는 빈 배였다.

—가마를 배 위로 올려라.

목왕이 말했을 때 교군들은 비로소 왕의 뜻을 알았다. 초막을 나설 때 왕은 별이 맑으니 새벽바람을 쐬러 가자고 말했으나 쪽배를 타고 나하가 바다에 닿는 하구 쪽으로 스스로 사라지려는 것이었다. 오래전에 끊긴 돈몰의 풍속을 따라 왕은 나하 하구 명도에 자신의 백골을 버릴 작정이었다. 명도는 어느 나라 땅도 아니었다. 목왕은 잠옷 위에 사슴 가죽 외투를 걸쳤고, 바가지 한 개를 허리에 차고 있었다. 목왕은 바가지로 냇물을 떠서 마셨다.

목왕은 말했다.

—새벽 물이 달구나.

목왕은 또 말했다.

—서둘러라. 곧 해가 뜬다. 그림자가 생기기 전에 가야지.

교군들이 가마를 들어서 배 위에 얹었다. 목왕은 가마 밖으로 팔을 내밀어 손수 밧줄을 풀었다. 배는 물결에 실려서 강심으로 나아갔다. 교군들이 물가에서 멀어져가는 왕의 배를 향해 무릎 꿇고 절했다. 왕이 돌아보며 말했다.

—돌아가라. 춥다. 가서 말에게 먹이를 주어라.

목왕의 목소리는 물가에 닿지 못했다. 왕의 배가 물굽이를 돌아 나가 보이지 않자, 교군과 시녀는 물속으로 뛰어들어 죽어서 왕을 따라갔다. 교군과 시녀의 시체도 물에 떠내려갔다. 살아남은 목격자는 없었고 물가에는 아무것도 남지 않았다. 『시원기』는 목왕의 돈몰을 기록하지 못했다. 그날 새벽에 물가에 나온 낚시꾼이 강심으로 나아가는 배를 멀리서 보았다는 말이 전해졌는데, 무얼 보고 하는 소리인지 확실치 않았다. 전쟁이 끝나고 살아남은 군사들이 부서진 몸을 끌며 돌아왔을 때 목왕은 보이지 않았다고 『시원기』는 기록했다.

8

돌무더기

늦가을 그믐밤 초저녁에 초군은 나하를 건너왔다. 추위에 강한 초군은 단의 병력과 군마를 멀리 끌어내 우선 추위와 주림으로 시들게 할 작정이었다. 초군을 실은 작은 배 수백 척이 어두운 물을 건너왔다. 배들은 대오가 없이 흩어져서 느리게 움직였다. 나하의 남안, 단의 투석기 진지에서는 초군의 배가 보이지 않았다. 풀벌레 소리가 비 오듯이 자욱했다. 별들이 밤하늘을 덮었다. 풀벌레 소리가 별들이 내는 소리인가 해서 단의 망군들은 이따금 하늘을 쳐다보았다. 바람이 잠들어서 안개는 물 위로 낮게 깔렸다.

초군의 배들이 강심을 훨씬 지나 다가왔을 때 단의 망군들은 비로소 멀고 희미한 그림자 같은 것을 발견했다.

안개가 뭉쳐서 물 위에 떠다니는 것이라는 자들도 있었고 웅치라는 큰 물고기가 무리 지어 수면 위를 떠다니는 것이라는 자들도 있었다. 배들은 점점 다가왔다. 귀 밝은 요망군 한 명이 물속에 긴 대나무를 박고 물의 소리를 들었다. 요망군은 멀리서 노 젓는 소리가 들린다고 군장에게 보고했다.

배들은 더욱 다가왔다.

단군이 투석기 이천여 대에서 돌을 발사했다. 초군의 배들은 돌에 맞아 깨져서 흩어졌고 돌에 맞지 않은 배들도 치솟는 물에 받혀서 뒤집혔다. 초군의 배는 이리저리 움직이며 단의 투석을 분산시켰다. 해가 뜨자 단의 조준은 정확해졌다. 초군의 배는 한 척도 접안하지 못했는데, 배에 탄 것들은 모두 짚이나 널빤지로 만든 허수아비였다. 노를 젓던 군병들은 모두 불귀군(不歸軍)들로, 출발할 때부터 돌아갈 계획이 없었다.

야전군독 황은 날이 밝은 뒤에야 적의 기만전술에 말려들었음을 알아차렸다.

황은 예순 살의 노장이었다. 출신이 비천해서 기댈 곳이 없었고 오로지 무공만으로 군독의 자리에 올랐다. 전투에서 실패하면 말 한마디 거들어줄 사람이 없었다. 황의 본처는 둘째 아이를 낳다 죽었다. 황은 젊은 첩실 둘을 들였는데, 아무에게도 본처의 자리를 주지 않았다. 황이 출정하기 전날 밤,

첩실 두 명은 아이를 하나씩 끌어안고 물에 뛰어들어 죽었다. 『단사』는 이 첩실들의 죽음을 출정하는 남편의 처신을 가볍게 해주기 위한 것이라고 기록했는데, 백성들은 이 첩실들이 적병들에게 잡혀갈 일이 무서워서 죽은 것이라고 수군거렸다. 출정하는 날 아침에 황은 군병들을 모아놓고 승리의 기운이 아녀자들에게까지 넘쳐난다며 첩실의 죽음을 추켜세웠다. 군병들이 함성을 질렀다.

황은 투석기 이천 대를 상양성 안으로 철수시켰다. 적이 이미 어디에선가 물을 건넜다면, 병력을 성안으로 집결하고 수성군에 가세하라고, 상양성에서 달려온 파발이 왕명을 전했다. 철수 명령을 받았을 때, 황은 성안에 들어가면 목이 베어지는 것이 아닌지를 생각했다. 초의 허수아비가 내 목을 치려나보다…. 황은 속으로 중얼거리면서, 어둠 속에서 어른거리던 그 헛것들을 떠올렸다. 소 네 마리가 투석기 한 대를 끌고 백성들이 채찍을 맞으며 뒤를 밀었다. 군병들이 그 뒤를 따랐다. 쓰러진 백성들을 투석기 바퀴가 밟고 지나갔다. 야백은 황을 등에 태우고 대열의 맨 앞에서 느리게 걸었다.

단의 군대가 어둠 속의 헛것을 향해 돌을 발사하던 밤에, 야백은 밤새 물가에 서 있었다. 기병들도 모두 투석기에 올라갔고, 말들은 물가에 늘어서 있었다. 돼지 몸통만 한 돌덩이

천여 개가 한꺼번에 물 가운데로 날아갔다. 어둠 속에서 허연 물기둥이 치솟았다. 어두워서 표적은 겨눌 수 없었고, 어둠 속에서 어른거리는 헛것을 향해 눈먼 돌덩이들이 날아갔다. 헛것들은 다가오다가 멎었고 모였다가 흩어졌는데, 헛것인 줄을 아는 자는 없었다. 끌려온 백성들이 채찍을 맞으면서 돌덩이들을 발사대로 끌어 올렸다.

사격이 잠시 멈추면 물은 아무 일도 없었다는 듯이 고요했다. 일출이 가까워지면서 어둠의 바닥에서 뿌연 수면이 드러났고 물 흐르는 소리가 뚜렷해졌다. 물소리가 뚜렷해진 것이 아니라 물의 흐름이 보이기 시작하자 소리가 뚜렷해진 것처럼 들렸다. 겨우 보이는 것과 들리는 것 사이에서 야백은 두 귀를 이리저리 돌렸다.

말들은 물 쪽으로 머리를 숙이고, 고요했다. 울부짖거나 하품을 하지도 않았다. 단의 말들은 장식이 화려했다. 군장 이상이 타는 말은 안장에 금박을 입혔고 고삐에 구슬을 박았다. 말들은 서로의 고삐에 박힌 구슬을 쳐다보며 말이란 본래 저렇게 생긴 것인가 의아하게 여겼는데, 제 고삐에 박힌 구슬을 보지는 못했다.

야백은 오른쪽 눈으로는 물의 상류 쪽을, 왼쪽 눈으로는 하류 쪽을 멀리 바라보았다. 오른쪽 눈에 보이는 것과 왼쪽 눈에 보이는 것이 마음속에서 하나로 합쳐지면서 말들은 세상의 풍경을 멀리, 한꺼번에 보았다. 사람은 두 눈이 한 방향으로 열려 있어서, 말들이 무엇을 보고 있는지 알 수 없었다.

군장들이 뭐라고 소리를 지를 때마다 투석기들이 돌덩이를 발사했고, 물이 뒤집혔다. 야백의 귀에 그 고함은 '악! 악!'으로 들렸다. 인간의 고함이 비석(飛石)을 이끌어내고 있었다. 사격이 멎을 때마다, 야백은 먼 상류에서 실려 오는 숲의 냄새를 맡았다. 사격이 계속되는 밤새, 말들은 고요했다. 여기저기서 말들은 똥을 내질렀고, 앞발로 땅을 긁었다. 암말들이 둘씩 짝지어서 목을 비볐다. 죽은 물고기 떼가 물을 뒤덮고 하류로 떠내려갔다.

헛것과 벌인 싸움이 끝나자 야백은 황을 태우고 상양성으로 돌아왔다.

단이 투석군을 앞세워 초의 허수아비 부대를 부수고 있을 때 초의 주력은 훨씬 상류 쪽에서 나하를 건넜다. 초군은 유속이 느려지는 물목에 뗏목으로 부교를 깔고 병력과 군수를 강 건너로 옮겼다. 뗏목이 튼튼해서, 대열의 후미에서 낙타 부대가 건너올 때도 흔들리지 않았다.

정남총병마사 표는 대규모 부대를 중앙통제하지 않았다. 초의 단위부대들은 부족별로 편성되어 있었는데 부대들끼리 직접 교신하면서 바람이 합치듯이 진퇴하고 이합했다. 표는 개 떼들이 늑대를 공격하는 방식으로 전술을 조직했다. 모임과 흩어짐에 구분이 없었고, 앞으로 치고 나가다가 돌연 뒤로 돌아서면 전후가 뒤바뀌었고, 수세 안에 공세가 숨어 있고 공세를 뒤집어서 수세로 펼쳤는데, 수공 사이에 이음새가 없었다. 초원에서 수만 년을 살아온 부족들은 늑대나 개 떼처럼 부대를 움직일 수 있었고, 말을 하지 않고도 인접 부대에게 자신의 진퇴와 대형을 맞출 수 있었다. 초의 군독들은 말을 해야만 말을 알아듣는 아둔한 자들에게만 말로 지시했다. 말을 해야만 알아듣는 자들은 말을 해도 결국 알아듣지 못한다고 초의 군독들은 한탄했다. 초의 군독들은 군병들을 다그치면서, 바람을 보고 배워라, 개들을 보고 배워라, 무장을 가볍게 해라, 가벼워야 이긴다, 싸울 때 많이 먹지 마라, 배가 고파야 정신이 맑아지고 싸움에 신명이 난다, 여자와 교접할 때도 많이 먹지 마라, 라고 말했는데, 그것은 선조 때부터 이어지는 가르침이었다.

소규모 부대를 지휘하는 초의 군관들은 바람에 실려 오는 먼 숲 냄새나 지평선 쪽 비구름이 일어서고 스러지는 모습을 보고 부대의 진로를 가늠했다. 초원에 며칠 비가 쏟아지면 초의 부대들은 언덕 위로 올라가서 배수로를 파놓고 말과 함께 비를 맞았고, 사흘 밤낮을 뜬눈으로 새운 다음 날도 비가 멎으면 온종일 말을 타고 달렸다. 초의 기병들은 달리는 말 위에서 엉덩이를 들고 바람 속으로 똥오줌을 내질렀고, 목이 마르면 말 목에서 흐르는 말 땀을 핥아 먹었다.

초의 주력은 나하를 건넌 지 열흘 후에 상양성 언저리에 당도했다. 표는 군진을 넓게 펼쳐서 상양성을 멀리서 포위하고 우선 군사를 쉬게 했다.

신월마 토하는 표를 태우고 나하를 건너왔다. 나하 남쪽도 어느새 가을이 깊어 있었다. 하남(河南)의 초원은 일 년에 풀이 두 번 자랐는데, 묵은 풀이 시들고 새 풀이 돋아나 있었다. 하남은 땅 냄새가 두터워서 토하는 호흡이 몸에 가득 찼고, 흙이 단단해서 달릴 때 땅을 차는 네 다리에 탄력이 살아났다. 하남에서 토하는 단 공기를 마셨고 맑은 풀을 먹었다. 하남에서 토하는 눈이 맑아졌고, 콧구멍 속 감각이 살아나서 수많은 풀과 꽃의 냄새를 빨아들였다. 멀리서 흔들리는 풀과 꽃의 냄새에 이끌려 토하는 박차(拍車)를 받지 않아도 빠르게 달렸다. 나하를 건너온 뒤로 주인의 무게가 가벼워진 것을 토하는 느꼈다. 표는 말을 달릴 때, 속도가 빨라질수록 몸을 앞으로 기울였는데 토하는 그 무게를 앞다리로 받아냈다. 표의 허벅지가 옆구리를 조여올 때, 토하는 자신의 힘줄과 사람의 힘줄이 연결되는 것을 느꼈다.

상양성은 너무 커서 한눈에 보이지 않았다. 성벽의 이 끝과 저 끝이 시야에 들어오지 않았다. 성벽이 굽이쳐서 부수기는 어렵고 지키기는 쉬웠는데 성벽이 굽이치는 자리마다 초소가 세워져 있었다.

표는 척후들을 상양성 성벽 밑으로 보내서 성벽의 허실을 염탐하게 했으나 척후들은 살아 돌아오지 못했다. 표는 들판에 높은 망루를 세우고 상양성 안을 들여다보았다.

성안에는 전각들이 기러기 대열로 처마를 잇대서 들어섰고, 청동 용마루와 탑상들이 석양에 빛났는데, 칭왕이 들어 있는 처소가 어디쯤인지는 알 수가 없었다.

… 땅에 들러붙어서 사는 자들의 자리는 저토록 강고한
  것인가, 저 돌담 안에서 대체 뭣들을 하는 것인가.

표는 처음 보는 그 거대한 성벽의 규모에 아연했다.

… 저것이 부왕께서 걷어내라고 하시던 돌무더기로
  구나.

저 돌무더기를 한꺼번에 치운다는 것은 될 수 있는 일이 아니고, 허술한 곳 두어 군데를 헐어내고 연기처럼 흘러가는 빠르고 가벼운 유병(遊兵)들을 들여보내야 할 것인데, 쉬운 일은 아니었다.

초군은 상양성으로 통하는 모든 길목을 차단했고 나하에서 상양성으로 들어가는 수로를 부수었다. 초군은 상양성 언저리 단의 백성들의 가축과 식량과 말먹이 풀을 빼앗아 쌓아놓고 노지에서 겨울을 날 채비를 갖추었다. 초군은 단의 백성들을 부려서 군막을 지었고, 백성들이 달아난 빈 마을을 태웠고, 병든 백성을 묻어서 돌림병을 막았다. 초군은 말을 몰아 초원을 달리면서 상양성 쪽을 향해 악악 소리를 질렀다.

표는 화공(畫工)을 보내서 상양성 성벽 망루들의 배치와 성벽의 돌들이 맞물리고 포개지는 이음새를 그려 오게 했다. 표는 상양성 성벽의 그림을 며칠이고 들여다보면서 군사를 움직이지 않았다. 하남에서 초의 말들은 새 풀 냄새에 숨이 깊어졌고 침이 달아졌다. 다가오는 싸움을 예감하면서 말들은 고개를 깊이 숙여 흙냄새를 맡으며 저녁을 맞이했다. 저녁에 말들은 고요했다.

단의 군독 황이 왕의 명대로 출정군을 상양성 안으로 철수시켰으나 왕은 돌아온 황을 접견하지 않았다. 왕은 내전에서 며칠째 술에 취해 있었다. 나하 방어선이 뚫렸고, 군독 황이 돌아왔다는 근시의 보고를 받고 왕은 말했다.

―적을 성에 가까이 붙지 못하게 하라. 멀리 데리고 나가서 싸워라. 적들은 바람 같고 연기 같고 새 떼와 같다. 오직 견고함으로 맞서라. 적들은 마음이 금수와 같이 어두우니 그 종자를 박멸하라. 황아, 너를 죽여

야 할 것이로되 싸움이 급하니 우선 살려서 일을 감당
하려 한다. 이것이 임금이 할 말이겠느냐?

　황은 이번 싸움에서 죽는 쪽이 왕의 손에 죽는 것보다 편안
할 것 같았다. 황은 많이 죽였고, 많은 죽음을 보아왔다. 죽은
자들의 범접할 수 없는 침묵 속에는 산 자를 압도하는 위엄의
후광이 빛나는 것을 황은 일찍부터 알았다. 적의 첩자들과 적
과 밀통한 배반자들을 죽여서, 그 죽은 몸을 찢고 으깨며 분
풀이를 해도 죽은 자의 위엄은 훼손되지 않았다. 죽은 자는
죽었기 때문에 산 자들이 지분덕거릴 수 없는 자리에서 우월
성을 누리는 것처럼 보였다. 산 자는 죽은 자를 이길 수 없었
다. 죽은 자는 이미 죽었기에 죽일 수가 없었고, 죽어 널브러
지고 문드러진 자세로 산 자를 조롱했다. 죽은 자는 산 자의
영광에 침을 뱉고 있었다. 적병과 아군의 시체가 뒤엉켰지만,
죽은 자에게는 산 자의 칼이 닿지 않았다.
　한바탕의 싸움이 끝나면, 군관들이 전장을 정리했다. 군관
들은 덜 죽어서 꿈틀거리는 것들을 창으로 찔러서 고요하게
했고, 쓸 만한 쇠붙이들을 거두었고, 군복을 벗겼고, 말을 끌
어왔다. 황은 전장 정리를 군장들에게 맡기고 군막으로 돌아
와서 여색으로 몸을 녹였다.

맑아서 멀리 보이는 날, 칭왕은 근시들을 거느리고 상양성 성벽의 망루에 나와서 적정(敵情)을 살폈다. 군독 황이 왕의 지근에서 수행했다. 초의 마군(馬軍)들이 일으키는 먼지가 지평선 쪽에 자욱했고, 초의 군영은 대오가 어수선해서 노숙하는 짐승의 우리처럼 보였다.

　칭왕은 말했다.

　—저것들이 느슨해 보이지만, 헐거워서 두렵구나. 흘러
　　다니는 무리는 겨누기가 어렵다. 빗자루로 쓸어낼 수
　　도 없고.

　칭왕이 기침을 할 때마다 시녀들이 타구(唾具)로 가래를 받아냈다.

　군독 황이 말했다.

　—오직 강고한 집중으로써 막아내려 합니다.

　—상양성을 너무 다치게 하지는 마라.

　칭왕은 상양성에서 공방전이 벌어져서 성안의 전각과 영묘(靈廟)들이 파괴되는 사태를 두려워했다. 칭왕은 전쟁을 두 가지 국면으로 나누어서 수행하도록 군독 황에게 명령했다. 아군의 주력은 상양성 밖으로 빼내서 팔풍원(八風原)에서 적의 측면을 위협해 적의 주력을 들판에 묶어놓고, 상양성 안에는 왕성 수비대와 그 예하 부대들, 투석대를 남겨두어 수성전을 감당하게 하는 것이었다.

군독 황은 주력을 인솔해서 상양성 남문을 빠져나와 팔풍원으로 향했고, 젊은 군장들이 상양성 성벽을 동서남북으로 나누어서 장대(將臺)를 차리고 방면군을 지휘했다.

　　『단사』와『시원기』에 단과 초의 전쟁은 풍문처럼 기록되어 있다. 전쟁의 전개 과정이나 승부, 전쟁 후의 초원의 재편성에 관해서 옛 서물들은 아무것도 기록하지 않았다. 초원의 인마(人馬)가 멸종될 지경으로 모진 전쟁이었고, 양쪽에서 군병 수십만의 허리를 잘라서 나하에 던지고 구덩이에 묻었다는 것인데, 같은 서물 안에서도 앞뒤가 부딪쳐 선후가 뒤엉켜 있으며, 전쟁이 끝난 수백 년 후에 초원에 등장한 제국들이 전후의 세력 판도와 어떤 관계에 있었는지를 기록하지 않았다.

　　양쪽이 모두 기진하니 전쟁이 저절로 끝났다.

　　전쟁은 생로병사와 같다. 날이 저물면 밤이 오듯이 전쟁이 끝났다.

　　나하가 범람하고 바람이 크게 불어서 인마를 모두 쓸어가니 초원이 평화로웠다.

인마의 시체로 초원이 기름져서 꽃들의 색깔이 영롱
하였다. 초원에 바람이 심하게 불었다.

이 같은 문장이 보이는데, 사서의 문장이라고 하기에는 너
무 허술해서 기댈 수 없다.

다만 팔풍원이라는 지명이 아직도 남아 있고, 팔풍원의 땅
밑에서 이따금 녹슨 무기 부스러기들과 인마가 뒤섞인 뼛조
각들이 홍수에 드러나는 것으로 봐서, 이 들판에서 적대하는
양쪽 병력이 크게 부딪쳤던 것이 없던 일은 아니었던 듯하다.
상양성에서부터 빠른 말로 서쪽으로 닷새 동안 달려가면 팔
풍원의 가장자리에 닿는다. 팔풍원은 나하 남안에 잇닿은 초
원인데, 나하의 물과 유역의 땅이 같은 높이로 잇닿아서 눈에
걸리는 것은 지평선뿐이었다. 나하가 자주 범람하고 땅에 모
래가 많이 섞여서 팔풍원에는 인간의 마을이 들어선 적이 없
었고 늑대의 무리가 창궐했다. 초원이 넓어서 짐승들은 눈이
밝았다. 늑대들은 저녁 하늘에서 아직 돋아나지 않은 별을 보
았고, 들쥐들도 하늘 높이 뜬 매를 알아보고 굴속으로 달아
났다.

동서남북과 그 사이에서 여덟 방향의 바람이 불어와 팔풍
원에서 부딪쳐 회오리쳤다. 팔풍원(八風原)은 그 바람의 이름
이다. 팔풍원에 바람이 솟구치면 모래가 떠서 하늘을 덮었고

새들은 땅에 엎드렸다. 바람이 땅바닥을 낮게 밀고 들어와서 팔풍원에는 풀들이 높이 자라지 못했다. 키 작은 풀이 초원에 깔렸는데, 바람의 계통에 따라서 꽃 색이 달랐다. 꽃들은 피고 지기를 잇대어 그침이 없었고 밤에는 별 뜬 하늘과 꽃 핀 땅이 지평선에서 맞닿았는데, 하늘과 땅 사이에서 늑대들이 울었고 사람의 기척은 없었다.

기록들은 쓴 자들의 마음에 쏠려서 허무했고, 후세에 쓴 글들은 서로 부딪쳐서 옮길 만한 문장이 없었으나, 이야기들은 팔풍원의 꽃씨처럼 바람에 날려서 초원과 산맥에 흩어졌다. 흩어진 자리에서 돋아나고 퍼져 나가서 이야기는 끝이 없었다.

군독 황은 단의 주력을 거느리고 팔풍원 남쪽에 포진했다. 황은 방패를 든 보병부대의 밀집대열을 전진에 배치하고 기병들로 엄호했다.

— 적들은 바람 같고 새 떼 같다. 밀집을 굳게 하고 멀리
   추격하지 마라.

황이 군장들에게 일렀다.

단은 네 마리 말이 끄는 사두사륜(四頭四輪) 전차를 새로 고안해서 대량으로 제작했는데, 그 차축(車軸)이 좌우로 돌게 되어 있어서 빠르게 방향을 틀어도 뒤집히지 않았고 돌파력이 강했다. 황은 전차에 궁수들을 태워서 돌격의 선봉으로 삼

앞다.

비혈마 야백은 군독 황을 태우고 팔풍원으로 나왔다. 야백
은 사두사륜에 묶이지 않고 단기(單騎)로 황을 태웠다. 야백의
눈에 인간들의 전쟁은 산을 헐어서 물길을 내거나 농사를 짓
거나 성벽을 쌓는 일처럼 늘 하는 일인데, 치수(治水)나 축성
보다 더 빠르게 해야 하는 사업처럼 보였다. 가끔 무수한 인
마를 몰아서 한군데를 향해 달려가는 것이 인간의 타고난 버
릇인 모양이었다. 야백은 황이 고삐를 당기는 방향으로 달렸
으나 인간의 대열이 어디를 향하는지를 알지 못했고 물을 수
없었다. 야백은 태어나서 처음 대지를 디뎠을 때의 느낌으로,
처음 딛는 땅처럼 초원을 달렸다.

상양성을 출발하면서부터 황은 자주 박차를 질렀고, 야백
은 허파와 심장을 크게 열어놓고 달렸다. 들숨과 날숨 사이에
적막이 있어서, 숨은 쉬면서 이어졌고 피는 잇달아 몸속을 달
렸다. 보름달이 뜨는 밤에 야백의 목덜미 핏줄이 터져서 비혈
의 피보라가 일었다. 말 잔등 위에서 황은 날리는 말 피를 얼
굴로 맞으면서 아아아, 고함을 질렀다. 야백의 이마에 박힌
흰 점에서 푸른빛이 일었다.

　　─후퇴와 공격은 같다. 적에게 근접 거리를 허용하면서
　　　끝없이 후퇴하라. 후퇴하면서 산개를 거듭하라. 넓게
　　　펼쳤다가 바짝 조여라. 적을 지쳐서 미치게 만들어라.

표는 군병들에게 이렇게 지시했는데, 초의 군사들은 어릴 때부터 알고 있는 전술이었다. 초군은 흩어지듯이 다가갔고 적에게 부딪치는가 싶으면 물러섰다. 초의 부대들은 여럿이 합창으로 늑대 소리, 까마귀 소리, 귀신 소리를 질러대서 신호를 주고받았고 불화살을 올려서 여러 부대를 한 방향으로 몰았다.

초원에 흩어진 이야기들은 싸움의 전체가 아니라 파편을 전하는데, 이 파편을 다 끌어모아도 전체 윤곽이 그려지지 않는다.

초와 단이 팔풍원에서 가장 크게 싸움을 벌인 기간은 상현에서 초승까지 스무 날 남짓 동안인데, 웬일인지 이 기간에 말들은 물가에 묶여 있었고, 양쪽 보병들 간에 백병전이 벌어졌다. 이때 달빛이 파랗게 변하고 밤하늘이 창백해서 저승과 같았고 달무리 안에 서린 음기가 땅 위에 깔려서 풀꽃들이 벌렁거리자 말들이 무서워서 움직이려 하지 않았다고 초원의 이야기가 전하고 있으나 몽매하다.

단은 늘 말이 끄는 사륜전차를 앞세우고 밀집보병을 주력으로 삼아 땅바닥에 깔려서 밀고 들어왔고, 초는 백병전을 꺼려서 유술(遊術)과 격술(擊術)을 잇고 끊으면서 치고 빠졌는데, 양쪽 모두 말을 버리고 근접전으로 뒤엉켰다고 하니, 말들이 움직이려 하지 않았던 것은 사실인 모양이다.

바람에 들불이 일어서듯, 싸움은 초원의 여기저기서 일어났다. 초군은 월도와 돌팔매, 단군은 창검을 들고 뒤엉켰다.

싸움의 마지막 날, 단의 밀집대형은 종심(縱深)이 흐트러졌다. 양쪽 군사들이 난전(亂戰)으로 뒤엉켜 군장들은 단위부대를 지휘할 수 없었다. 공포가 번지면 부대들은 싸움 없이 무너졌다. 공포는 빠르게 퍼지는 전염병과 같았다. 양쪽 모두 고함을 질러서 적들을 겁먹게 했다. 오래전에 죽은 귀신 소리와 이 세상에 없는 짐승들의 소리를 질렀다. 양쪽의 고함이 부딪쳤다.

초군은 거기까지 끌고 온 개 떼, 흑풍 수천 마리를 풀어놓았다. 개들은 맹렬히 짖어대면서 싸움터를 휘저었다. 초의 개들은 냄새로 적군과 아군을 식별하도록 훈련되었으나, 초원의 풀들이 달빛의 음기에 흘려서 비린내를 뿜어내자 후각이 마비되었다. 개들은 피아를 구분하지 못하고 닥치는 대로 물어뜯었다. 구름이 끼어서 초승달을 가리자 병사들도 피아를 구분할 수 없었다. 싸우는 자들은 어느 쪽이 이기고 있는지를 알 수 없었다. 사람과 개들이 악악 소리를 지르면서 찌르고 베고 물어뜯었다. 피에 젖은 개들이 목을 세우고 하늘을 향해 우우우 하고 울었다. 개들의 눈에서 푸른 인광이 번쩍였다.

말들은 물가에 묶여 있었다. 초군의 말은 동쪽에, 단군의 말은 서쪽에 묶여 있었는데, 거리는 말을 달려서 한나절 정도였다. 말들은 고개를 들어서 먼 싸움을 바라보았다. 고함은 들리지 않았고 연기와 먼지가 섞여서 흘러왔다.

초승달이 구름에서 벗어나면서 푸른빛을 뿌렸다. 빛은 날카로웠고 풋내를 풍겼다. 초군의 말들은 콧구멍으로 달빛을 빨아들였다. 달빛이 혈관 속으로 흘러들어서 신월마 무리는 발정했다. 말들은 앞다리로 허공을 긁고 울부짖었고 고삐를 물어뜯어서 끊었다. 초군은 싸움터로 나올 때, 암말들이 적의 수말과 흘레붙지 못하도록 생식기를 꿰맸는데, 말들은 서로의 생식기를 이빨로 물어뜯어서 끈을 풀어냈다. 끈이 풀린 자리에서 피가 흘렀다.

초군의 말들은 차가운 달빛 속으로 번져오는 단군 말들의 몸 냄새를 맡았다. 피 냄새와 안개 냄새가 섞인 비린내였다. 초군의 말들은 단군의 말들 쪽으로 달려갔다. 발정이 발정을 불러일으켰다. 단군의 말들도 아랫도리를 벌렁거렸다. 초의 암말과 단의 수말, 초의 수말과 단의 암말들이 초승달빛 아래서 흘레했다. 암말들은 쪼그리고 앉아 엉덩이를 들었고 일어서서 가랑이를 벌렸다. 수말들은 진저리를 치며 사정했다. 흘레가 빠진 암말들은 가랑이 사이로 허연 정액을 흘리며 땅에 뒹굴었다. 말들은 아침 해가 뜰 때까지 흘레붙었고, 합창으로 울음을 내질러 초원이 울렸다.

초군과 단군의 싸움도 해 뜰 무렵까지 계속되었다. 지평선에 아침 해가 오를 때쯤 고함이 잦아들었다. 싸움은 불이 스스로 꺼지듯이 잦아들었다. 아침햇살에 초원이 드러났다. 시체가 초원에 깔렸고 덜 죽은 자들이 꿈틀거리며 신음했으며 주인 없는 개들이 웅덩이로 몰려가서 헐떡이며 물을 먹었다.

전투대열의 종심이 무너지고 싸움이 난전으로 뒤엉키자 단의 군독 황은 대오를 쪼개서 지휘를 군관들에게 맡기고 군막으로 돌아갔다. 편제가 무너진 군대에는 명령을 작동시킬 수가 없었고 싸움은 되어지는 대로 되어갈 수밖에 없었다.

군막에서 황은 여자를 데리고 술을 마셨다. 팔풍원 초입에서 끌고 온 부락민의 딸이었다. 이따금 전황을 보고하러 들어온 경족관(輕足官)들은 여자를 품은 군독의 모습이 민망해서 짧게 고하고 물러갔다. 황은 싸움의 승패를 알지 못했는데, 창을 쥔 보졸들도 마찬가지였다. 부딪쳐서 서로 없어지는 것이 싸움이라면 이기고 지는 것이 매한가지이고, 싸움은 싸워서 승패로 끝장이 나기 전에 불이 다 타서 꺼지듯이 사윌 것이었다. 팔풍원 싸움의 마지막 날 황은 대취했다. 황은 싸움은 스스로 끝나는 거라고 생각했다. 마유주(馬乳酒)의 취기는 여러 갈래가 회오리쳐서 황은 혼곤했다. 그날, 황은 깊이 잠을 잤다. 새벽의 꿈에 상양성이 땅 밑으로 가라앉고, 그 위에 새 풀들이 돋아나고 있었다. 여자는 밤새 오도카니 앉아 있었다.

아침에 황은 야백을 타고 싸움이 끝난 초원으로 나갔다. 숙취로 골 속에서 모래가 갈리는 듯했고 시야가 뿌옜다. 황이 간밤에 취중에 생각했던 대로, 싸움은 불이 다 타서 꺼지듯이 끝나 있었다. 새벽에 비가 내려서 도랑으로 핏물이 흘러내렸고, 덜 죽은 군병, 군마, 개 들이 뒤채이며 신음했다. 쓰러진 말들은 네 다리로 허공을 긁으며 버둥거렸다. 시체들은 피아를 식별할 수 없었다. 단군은 싸움을 끝내고 돌아갈 때 부상자들을 거두어서 산 채로 묻었는데, 싸움에 헌신한 자들을 받드는 예절이었다. 초군은 덜 죽은 자들을 들판에 버려놓고 돌아가는 귀향을 부끄럽게 여겼으나 갈 길이 멀어서 부상자들을 싣고 갈 수도 없었다. 초군은 부상자들을 파묻지는 않았다. 초군의 부상자들 가운데 걸을 수 있는 자들은 다리를 절룩이며 행렬을 따라가다가 기진해서 쓰러져 죽었다.

황은 군관들을 시켜서 부상자들 가운데 음식을 삼킬 수 있는 자들을 따로 모아서 마지막 한 끼를 먹였다. 황은 초군의 죽은 개들로 국을 끓였다. 초원에 땔나무가 없어서 죽은 군병들의 창 자루를 모아서 불을 땠다. 개고깃국을 한 사발씩 마신 부상자들은 스스로 걸어서 구덩이로 들어갔다.

죽은 자들은 죽어서 쓰러졌고 덜 죽은 자들은 구덩이 속으로 들어가 죽어서 황이 데리고 돌아갈 군병은 많지 않았다.

— 양쪽 모두 거의 전멸했습니다. 적의 생존자들도 멀리
　물러갔습니다.

　비혈마 야백은 제 등에 올라탄 주인의 몸이 나른하다고 느
꼈다. 주인의 엉덩이가 등 위에서 엉거주춤했고, 허벅지에 조
일 힘이 느슨해져 있었다. 야백은 주인을 태우고 싸움이 끝난
들판을 어슬렁거렸다. 황은 고삐를 당기지 않았고, 말이 가는
대로 방향을 맡겼다. 야백은 주인의 마음을 헤아릴 수 없어서
불안했다. 고삐의 신호가 와 닿지 않으니까 입안의 재갈이 풀
린 듯했다. 고삐와 재갈 사이의 거리는 멀었으나, 고삐와 재갈
은 한 줄로 들러붙어 있었다. 야백은 그 거리가 가까운지 먼
지 가늠할 수 없었다.
　야백은 쓰러진 군병들의 시체를 밟지 않으려고 조심스레
발걸음을 옮겼다. 똥을 내질러놓고 죽은 군병도 많았다. 인간
들은 고기를 즐겨 먹어서 피 냄새가 누렸고 똥 냄새가 구렸고
뱃가죽과 허벅지에 기름기가 많았다. 야백은 코를 벌름거려
서 그 냄새를 빨아들였다. 죽은 인간들이 내질러놓은 것들의
냄새가 초원에 가득 찼는데, 냄새에는 피아의 구분이 없었다.
냄새는 느끼했고 끈끈했는데, 그 냄새는 사람의 냄새였으므
로 사람은 맡을 수가 없고 말만 맡을 수 있었다. 냄새가 이러
함으로 인간은 싸우고 또 싸울 수밖에 없을 것이라고 야백은

생각했는데, 그 생각은 말만이 할 수 있는 생각이었다.

해가 지평선으로 내려앉아서 피의 도랑 위로 노을이 내려앉을 때까지 황은 야백의 등에 올라타서 들판을 어슬렁거렸다.

사람이 처음으로 말 등에 올라타던 무렵의 백산의 어린 무당 요는 수말 총총과 눈이 맞아서 몸을 섞고 살다가 그 아비 추의 노여움에 쫓겨 백산으로 달아났다는 이야기는 팔풍원 전투가 벌어진 시대까지 부락민들의 입으로 전해졌다.

그 이야기는 두 갈래로 퍼졌다. 하나는 요가 백산에서 백오십 살까지 살다 죽어서 귀신이 되었다는 이야기였고, 다른 하나는 요가 늙지도 죽지도 않고 스물두 살 나이로 수백 년 동안을 백산에서 계속 살고 있다는 이야기였다.

팔풍원 주변 부락민들은 후자로 기울었는데, 젊은 요가 그 몸매가 어여쁘고 병을 고치는 능력이 신통해서 다친 짐승들이 요에게 모여들고 있다고 이야기했다.

팔풍원에서 회오리치는 바람에 살기가 돌고 별자리가 어수선해지자 요는 닥쳐올 피바람을 예감했다.

백산의 산세는 초의 동남쪽에서 시작해서 나하를 건너 단의 동북쪽에 이른다. 백산은 초의 산인 동시에 단의 산인데, 그 산줄기는 나하의 물밑으로 연결되어 있다. 백산의 봉우리

들은 초와 단 양쪽에서 치솟았고, 초와 단은 백산이 자신의
것이라고 우겨댔다. 백산의 최고봉은 흑백극(黑白極)이었는
데, 그 꼭대기가 희고 또 검게 보였다. 날이 맑아서 개밥바라
기가 가까워지는 저녁에 요는 흑백극 봉우리를 향해 발가벗
고 춤추어서 꽃씨 한 가마를 얻었다. 두 뼘쯤 되는 앉은뱅이
키에 갓난아기 손바닥 같은 노란 꽃이 피는 한해살이 꽃씨였
다. 꽃 이름은 아기손꽃이었는데, 달맞이꽃 계통이었다. 요는
팔풍원으로 불어가는 바람에 아기손꽃 씨를 날려 보냈다.

아기손꽃 씨는 팔풍원에 피어나서 넓은 군락을 이루었다.
아기손꽃은 요의 신기로 피어났는데, 영험한 능력이 있어서
이 꽃에 다친 몸을 비비면 상처가 아물고 어혈이 풀렸다고 부
락민들의 이야기는 전한다. 팔풍원 전투에서 다친 군병과 말,
개 들이 아기손꽃 위에서 한나절씩 뒹굴고 나면 비틀거리며
일어서서 걸어갔다고 한다. 부락민들의 이야기는 본 듯이 생
생하다. 상처가 나은 사람들은 초군이거나 단군이거나, 추수
끝난 논의 허수아비처럼 서로 멍하니 쳐다보다가 흩어져 갔
는데, 날이 어두워서 어디로 갔는지는 알 수 없다고 한다.

세월이 흘러서 아기손꽃의 신통력은 사라졌지만, 꽃씨들
은 바람에 퍼졌고 노란 아기손꽃들이 밤의 지평선 너머까지
달빛에 피어나서 바람에 흔들리고 있다. 이 꽃 이름은 지금도
아기손꽃이다.

돈몰하는 목왕이 탄 배는 길이가 스무 자 남짓한 목선이었다. 노가 없고 돛이 없어서 물결에 실리고 바람에 밀려서 흘러갔다. 목왕은 풍평천 나루에서 육지와 헤어졌는데, 이틀 만에 나하의 본류에 닿았다. 배는 강심으로 나와서 하류로 흘러갔다. 강의 북쪽으로 초, 남쪽으로 단의 초원이 펼쳐져 있었으나 강폭이 아득해서 땅은 보이지 않았다. 목왕은 바가지로 강물을 퍼 마셨다. 차고 비린 물맛이 목왕의 늙은 몸으로 스몄다. 물맛이 몸을 찔러서 목왕은 숨을 헉헉거렸다. 나하의 본류에 닿은 지 사흘째 되는 날 목왕은 배에서 기진했다. 배는 쓰러진 목왕을 싣고 하류로 흘렀다. 하구 쪽으로 지는 해가 강물 위로 노을을 펼쳤다. 저녁에 물고기들이 수면 위로 뛰어올라 공중에서 몸을 뒤집었다. 물고기 몸통에서 노을이 번쩍였다. 지평선, 수평선 너머까지 별들이 깔렸다. 별 깔린 밤하늘에서, 사람의 귀에는 들리지 않는 소리가 와글거리는 듯싶었다. 쓰러진 목왕을 실은 배는 별과 별 사이의 어둠 속을 흘러갔다. 목왕의 흰 수염이 바람에 날렸다. 바람이 목왕의 마지막 숨을 실어 갔는데, 목왕이 언제 죽었는지는 알 수 없다.

목왕의 백골을 실은 배는 전쟁이 끝난 뒤에 명도에 당도했다고 부락민들은 이야기했다. 명도에 먼저 와 있던 혼백들은 새 혼백이 들어와도 내다보지도 않는데, 검은 새들이 끼룩거리며 낯선 손님을 맞았다고 한다. 명도에서 돌아온 사람은 없

고 한마디의 말도 흘러나오지 않았지만, 부락민들은 그렇게
이야기했다.

정남총병마사 표는 아버지 목왕이 돈몰의 강물 위로 사라
졌다는 소식을 팔풍원에서 받았다. 목장을 이어서 달려온 기
마전령이 소식을 전했다. 전령은 한 달 남짓을 달려왔으므로
배는 이미 멀리 흘러갔을 것이었다. 표는 오직 시간과 공간뿐
인 적막 속으로 흘러가는 목선 한 척과 그 위에 스러진 아버
지와 땅 위의 돌무더기를 치우라는 아버지의 유훈을 생각했
다. 표의 마음속에서 아버지의 배가 멀어질수록 유훈은 더욱
생생하게 울렸다. 돈몰의 배는 돌무더기가 아예 없는 그 막막
한 시공을 흘러가고 있었다.

표는 팔풍원 전투의 결과를 이해할 수 없었다. 시체가 초
원을 덮었을 뿐, 싸움의 결과는 싸우지 않은 것과 마찬가지였
다. 싸움이 사그라질 무렵에는 개들이 미쳐서 개들끼리 물어
뜯었고, 개들끼리 뒤엉켜서 죽어 있었다. 죽은 개들은 짖지 않
았다.

홀레를 마치고 초군의 말들은 돌아왔다. 탕정이 된 수말들
은 눈이 벌겋게 충혈되어서 어슬렁거리며 돌아왔다. 생식기
꿰맨 자리가 터진 암말들은 벌건 상처를 서로 핥았다. 돌아
오지 않고 단의 말들 사이에 눌러앉은 말들도 있었다. 돌아온

말들은 웅덩이로 몰려가 물을 마셨다.

　밤에 말들은 어둠 속에서 고요했고, 고개를 깊이 숙여서 흙 냄새를 맡았다. 밤에 말들은 전쟁과 아무런 관련도 없어 보였다. 전쟁도 흘레도 잊은 듯했다.

　어둠에 잠겨가는 말들을 바라보면서 표는 자신이 이 전쟁에서 제외되는 것이 아닌가 싶어서 불안했다. 싸움의 한복판에 거대한 정적이 도사리고 있었다. 표는 아버지 목왕이 사라진 빈 나라를 생각했다. 동생 연은 그 허술한 몸과 마음을 끌고 이 세상의 잡동사니들을 뒤지고 있을 것이었다. 서둘러 돌아가지 않으면 모든 것을 잃게 되리라는 조바심은 다급했다. 이 세상의 온갖 돌무더기를 치우려면 스스로 강고해야만 할 것이고, 스스로 풀어 헤쳐버리면 세상의 돌무더기를 치울 수 없을 것인데, 아버지 목왕의 돈몰은 어쩌자는 것인지 표는 알 수가 없었다. 초의 대륙이 주인 없는 풀밭으로 돌아가더라도 단의 돌무더기를 모두 치울 수 있다면 모두 주인이 없어진 초원에서 새로운 시간과 공간을 맞이할 수 있을 것인지를 표는 생각했는데, 답답할 뿐 생각되어지지 않았다. 싸움이 끝난 팔풍원은 덜 꺼진 불 자리에서 식은 연기가 피어올랐고 멀리 가는 새 떼들이 하늘에서 끼룩거렸다. 표는 나하를 건너오는 후속 부대와 팔풍원에서 살아남은 군병들을 합쳐서 다시 전열을 수습했다. 표는 상양성을 깨뜨리는 전투로 전쟁을 마무리할 작정이었다.

　상양성 성벽의 자취를 따라서 거대한 규모의 돌무더기 폐
허가 홍수 끝에 드러나는 것으로 봐서 영화롭던 인간의 도시
가 거기서 멸망한 것은 사실이지만, 죽음과 피 흘림과 아우성
은 다만 부락민들의 이야기로 전한다.
　초의 이야기와 단의 이야기가 서로 달라서, 이야기가 일치
하는 대목만을 따라가면서 옮길 수밖에 없는데, 그 또한 가지
런하지 않고 때로는 황탄하다. 어쩔 수 없는 일이다.

　표는 첩자들이 그려 온 상양성 성벽 도면을 들여다보고 이
음새가 허술한 밑돌을 뽑아내서 성벽의 여기저기를 허물어
낼 작정이었다.
　초군은 성벽의 밑돌 이음새에 철봉을 박아서 비틀고 보습
을 질렀다. 쇠줄로 연결한 보습을 코끼리로 끌어서 돌을 흔들
었다. 홍수에 흙이 쓸려 내려간 자리에서 밑돌은 조금씩 흔들
렸으나 좀처럼 빠지지 않았다.
　단군은 성벽 위에서 돌로 내리찍고 불화살을 쏘고 똥을 끼
얹었다. 초군이 동원한 코끼리들은 초 땅의 코끼리가 아니고
나하의 남쪽 단의 땅인 가시덤불 숲속에서 무리 지은 코끼리
들이었다. 상아가 시커메서 흑치(黑齒) 코끼리라고 불렀다. 흑

치들은 덩치가 크고 힘이 셌고 동작이 빨랐다. 달려드는 멧돼지를 앞발로 밟아서 으깼고 아름드리나무를 코로 감아서 뽑았다. 흑치는 가시덤불을 먹었다. 흑치는 바윗덩이 같은 똥을 싸놓았는데 쥐 떼들이 그 똥덩이 속에 굴을 파고 번식했다. 초군은 코끼리의 양쪽 귀에 구멍을 뚫고 쇠 줄을 걸어서 끌고 다녔다. 흑치의 종자는 아둔하고 우직해서 돌멩이에 맞아 머리가 깨져도 달아나지 않았다. 머리가 터지면 코끼리들은 코를 쳐들어 우우우 하고 울음소리를 내지르고 나서 하던 일을 계속했다.

단의 군독 황은 투석기 오백여 대를 상양성 성벽 위에 배치했다. 황은 단거리 사격으로 성벽 밑을 헤집는 초의 코끼리부대를 공격했고, 원거리 사격으로 들판 멀리 포진한 초의 기병들을 공격했다. 칭왕은 공로 없이 돌아온 군독 황을 베지 않고 여전히 군독의 지휘권을 맡겼다. 황이 이미 죽임을 예견하고 있으므로 죽임을 면하기 위해서 기어이 공을 세울 것이라고 근시들이 왕에게 말했고, 왕은 그럴듯하게 여겼다.

돌이 날아올 때 초의 기병들은 돌이 날아오는 방향을 가늠해서 말을 몰아 피해갔다. 단군의 투석기에는 조준장치가 없었고 명중률은 낮았다. 모아둔 돌덩이가 바닥나자 황은 상양성 내의 전각들을 헐어내서 석재와 기왓장을 성벽으로 옮겨투석기에 걸었다. 왕의 처소에서 먼 곳의 전각들부터 헐렸다.

처마와 용마루에 청동칠, 금칠을 한 전각들도 헐렸다.

표는 겨울이 깊어지기 전에 싸움을 끝내야 한다고 군관들을 다그쳤다. 초군에게는 본래 더위와 추위가 없지만, 노지에 눈이 쌓여서 얼면 말 발바닥이 힘을 받지 못해 공격하는 쪽에 불리했다.

성벽 몇 군데의 밑돌을 뽑아내서 벽을 주저앉히고 유군(遊軍)을 들여보내 백병전으로 끝장을 보아야 할 것이었다. 초군은 넓은 싸움터에 익숙해서 백병전을 꺼렸으나 단군은 성 밖으로 나오지 않았다.

첫 추위의 그믐밤에 상양성 서쪽 장대에서 남쪽 장대에 이르는 구간에서 밑돌 몇 개가 빠져나가기 시작했다. 표는 상양성을 깨뜨리고 들어갈 때 화공(火攻)으로 길을 열기로 했다. 표는 단의 백성들을 부려서 집채만 한 진흙 옹기 수백 개를 만들었다. 단의 투석기 사정거리 밖에 화덕을 차리고 옹기를 걸었다. 표의 군장들이 초원에 널린 시체를 거두어서 옹기에 넣고 고았다. 끌려온 단의 백성들이 화덕에 불을 땠다. 사람, 말, 개의 시체가 한 옹기에서 끓었다. 한나절을 끓여서 식히자 국물 위에 기름이 끼었다. 기름은 두텁고 찰졌다. 군병들이 마른풀을 기름에 적셨고, 기름 먹은 풀을 다시 말려서 한 단씩 묶어냈다.

성벽의 여러 군데가 허물어지자 단군의 방어력은 분산되었다. 초의 유군은 성벽이 무너져 내린 흙 비탈을 따라서 성내로 진입했다. 초군이 성안으로 발을 들이자 단군의 투석기는 쓸모가 없었다. 단군은 긴 창으로 초군을 찍어 넘겼다. 성벽 안에 발을 들인 초군은 기름 먹인 마른풀에 불을 질러서 성안으로 던졌다. 전각들에 불이 붙어서 상양성 안은 대낮처럼 환했고, 죽고 죽이는 자들의 그림자가 땅 위에서 날뛰었다.

단은 암문 열 군데로 기군(騎軍)을 내보내서 초의 측방을 기습했다. 넓은 자리로 나온 단의 철갑창기병들은 밀집대형으로 다가갔다. 물러나며 돌아서 치는 초의 기마궁수들을 이길 수 없었다. 몇 번 기습해서 실패하자 단군은 성안으로 들어가서 나오지 않았다.

초의 코끼리부대가 상양성 동남쪽의 측문 세 개를 헐어냈다. 군사배치는 어수선했다. 초의 기병부대는 측문으로 상양성 안으로 들어왔다. 초의 기병들은 연기가 흐르듯이 가벼웠다.

단은 상양성 인근 부락민들을 모두 성안으로 끌어들여놓고 있었다. 성이 위태로워지자 군독 황은 여자들을 빈 식량창고 안에 따로 가두어놓았다. 성을 지키지 못한다면 이 여자들을 어찌해야 할 것인지를 황은 판단하지 못하고 있었다. 내버려 두면, 내버려 둔 대로의 운명이 있을 터이고, 그 운명대로 되어갈 수밖에 없을 것이었다. 갇힌 여자들은 울부짖었다. 창고 밖에서 전각이 타오르자 불길이 넘실거렸다.

백산의 귀신 요의 혼백이 여자들이 갇힌 상앙성 창고에 흘러들어와서 여자들에게 싸움을 끝내고 성을 지킬 방편을 가르쳐주었다고 부락민들이 이야기를 전한다. 이 대목은 초의 이야기와 단의 이야기가 어긋나지 않으므로 이야기로써 전할 만하다.

요의 혼백이 갇혀서 울부짖는 여자들에게 말하기를, 사내라는 종자들은 모두 여자의 몸속에 점지되고 여자의 가랑이 사이로 태어나서 여자의 젖을 빨고 자라난 것들이어서, 여자의 젖을 보면 슬프고 느꺼운 생각이 저절로 일어 마음이 제자리를 찾아가고 창과 칼을 내려놓게 된다, 고 하였다. 창고에 갇힌 여자들은 서로 마주 보며 그 말을 전했다.

9

탈출

여자들은 창고 문짝을 부수고 밖으로 뛰쳐나왔다. 여자들은 성벽 위로 달려갔다. 보초병들이 여자 몇 명을 창으로 찔러 쓰러뜨렸으나 악을 쓰며 달려가는 여자들을 막을 수는 없었다.

여자들은 성벽 위에 늘어서서 머리를 풀고 윗옷을 벗었다. 여자들은 젖을 성 아래 초군을 향해서 내밀었다. 흰 젖가슴이 성벽 위에 일렬로 드러났다. 하얀 가슴들이 햇빛에 빛났다.

성벽 아래서 초군들은 불붙은 짚단을 활차에 걸어서 성안으로 쏘고 있었다. 초군들은 성벽 위에서 빛나는 하얀 젖을 바라보았다. 초군들은 문득 동작을 멈추었다. 여자들의 머리카락이 너풀거려서 젖들은 바람에 실려 다가오고 있는 것처럼 보였다.

초군들 가운데 어떤 자들은 무릎을 꿇고 앉아서 울었고, 늙은 자들은 주먹으로 가슴을 치며 발을 동동 굴렀다. 이마로 땅을 찧으며 아이고, 아이고, 아이고… 하고 부르짖는 자들도 있었다.

성벽의 측문 한 개가 또 무너져서 초의 기마병들이 성안으로 진입했다. 기마병의 뒤를 따라 보병의 유군들도 진입했다. 성안 곳곳에서 난전이 벌어졌다. 싸움은 흩어져서 지휘되지 않았다. 성벽을 따라 꽂힌 단의 깃발에 불이 붙었다. 불붙은 단의 깃발들은 바람에 펄럭이다가 사그라졌다. 전각들을 태우는 연기가 성벽을 따라 흘러갔다. 젖을 드러낸 여자들은 성벽에서 내려오지 않았다. 여자들은 주먹으로 가슴을 치면서 무어라고 소리를 질렀는데, 노래인지 비명인지 분간할 수 없었다.

흰 젖을 바라보며 울던 초군들은 성벽 위로 몰려갔다. 어떤 자들은 피 흘리는 머리통을 여자의 흰 젖 고랑에 묻고 울었다. 피투성이로 비틀거리며 다가와서 여자의 품에 안겨 죽은 자도 있었다. 울던 자들은 다시 싸움터로 나갔다.

초의 기병부대가 상양성 안으로 들어온 뒤로 전투는 보름 동안 계속되었다. 싸움의 승패가 선명하지 않으리라는 예감은 양쪽에 번져 있었다.

초는 단이 상양성 안에 세운 선왕들의 사당을 모두 부수었고 송덕비와 모든 석물을 파묻었고 사고(史庫)를 불태웠다. 초는 단의 선왕들의 초상을 찢었다. 단은 상양성의 문 쪽에 주력을 배치해서 초의 퇴로를 차단하고 초군의 진영을 향해 성 안으로 단거리 투석기를 발사했다. 초군의 단위부대들은 여기저기서 으깨졌다.

싸움은 저물어 단은 성안을 스스로 정리했다. 단은 모든 식량을 연못에 던지고 독을 풀었다. 단은 금, 은, 보석을 거두어 초군의 진영에 뿌렸다. 초군들은 금붙이를 주우려고 뒤엉켜 싸웠고, 못 주운 자들이 주운 자들을 죽여서 털어 갔다. 초의 군장들이 군병들을 매질해서 금붙이를 빼앗았는데 군병들은 감추고 내놓지 않았다. 표는 금붙이에 덤비는 자들을 모두 베라고 명령했다.

단은 선왕들의 치적을 적은 문서를 거두어 성 밖으로 빼돌렸고 우물을 메웠다. 타는 전각들이 무너져서 재가 되어 날렸고 연기가 되어서 흘러갔다. 하구 쪽으로 날아가는 새 떼들이 연기를 피해서 멀리 돌아갔다. 싸움의 끝 무렵에 비가 내렸다. 불 꺼진 자리에서 피식피식 김이 올랐다. 상양성을 씻어내리는 검고 붉은 피가 나하로 흘러들어갔다. 나하는 커서 구정물과 쓰레기가 흘러들어와도 자취가 없었다.

전령 체계가 무너져서 군독 황은 며칠째 아무런 보고를 받지 못했다. 황은 전황을 파악할 수가 없었다. 정보가 없었지만, 황은 불탄 자리에서 올라오는 김을 보면서 싸움이 끝나가고 있음을 알았다.

황은 부관들을 물리치고 혼자서 성벽으로 올라갔다. 성 밖 들판에는 초군의 보충부대가 몰려와서 춤을 추고 고함을 지르며 기세를 올리고 있었다. 단의 투석병들이 초군 쪽을 향해 발포했는데 사정거리가 미치지 못했다. 황은 투석병들에게 다가갔다. 군병들이 놀라서 땅에 엎드렸다. 황이 말했다.

—내 옷을 벗겨라.

군병들이 군독을 올려다보았다. 황이 다그치자 군병들이 황의 갑옷을 벗겼다. 오랜만에 갑옷을 벗자 겨드랑과 사타구니에 소슬바람이 일었다. 황은 그 서늘함에 깜짝 놀랐다. 몸이란 이처럼 가벼운 것이구나 싶었는데 몸은 여전히 가볍지 않았다. 황은 속옷을 스스로 벗고 알몸이 되었다. 황은 군병들에게 명해서 자신의 발가벗은 몸을 투석기의 장석대(裝石臺) 위에 올렸다.

—발사하라.

황이 명령했다. 군병들이 투석기를 돌려서 초군 진영 쪽으로 황의 알몸을 발사했다. 황의 알몸은 허공을 날아가서 술 마시고 춤추는 초군의 들판에 떨어져서 부서졌다. 초군은 그 으깨진 고깃덩어리가 누구의 시체인지 알지 못했다.

백산의 남동쪽 언저리는 한 달을 걸어가도 갈나무숲이었다. 갈나무는 참나무 집안인데 키가 크고 잎이 우거져서 우듬지는 보이지 않았다. 뿌리가 넓게 자리 잡아서 홍수에도 쓰러지지 않았고 열매가 향기로웠다.

갈나무숲에서 백산 최고봉 흑백극은 꼭대기만 보였고 그 아래쪽은 포개진 봉우리들에 가리어서 보이지 않았다. 흑백극 허리는 늘 구름이 감겨 있어서 그 꼭대기는 허공에 뜬 듯했는데, 맑은 날이면 아침은 붉은색, 저녁은 보라색이었고, 달밤에는 보라색에 노랑이 섞였다. 갈나무 숲속 사람들의 마음속에서 흑백극은 모든 색깔을 다 지니고 있으면서 시간과 더불어 솟고 기우는 광선의 각도에 따라 감추어진 색깔을 드러내고 있었다. 색은 이 색에서 저 색으로, 지나간 색에서 닥쳐오는 색으로 흘러가고 있었다. 보름에는 갈나무의 청동색 밑동에 달빛이 들어서 숲이 환했다. 부드러운 빛들이 숲속을 밀려다녔고 갈나무 이파리들이 바람에 수런거렸다. 이 언저리는 단의 변방 수자리 너머로, 가끔 위수군의 불량배들이 이 숲에 들어와서 가축을 몰아가고 마을을 부수기는 했으나 단의 세력은 이 먼 변방까지 미치지 못했다. 숲은 어느 나라도 아니었다. 나라가 빼앗아가지 않고 끌어가지 않았으므로 백성들은 엉덩이를 땅에 붙이고 숲에 머물면서 가축을 기르고 자식을 낳았다.

전쟁의 소식은 풍문으로 이 숲에 닿았으나 금세 잊혔고 백산 무당 요의 이야기는 갈나무숲에 오래 남아 있었다.

요는 젖을 드러낸 상양성 여자들의 수모와 죽음을 크게 슬퍼했다. 요는 상양성을 향해 상처를 고치는 꽃씨를 날려 보냈는데, 꽃씨가 싹을 틔웠을 때 상양성의 백성들은 모두 달아나서 인기척이 없었다.

보름날 밤에 요의 혼백은 백산을 떠났다. 눈이 내려서, 산맥과 초원이 하앴다. 하얀 것이 끝없이 펼쳐졌고 그 위에 달빛이 내려서 눈은 포근해 보였다. 요의 혼백은 하늘로 올라가서 아버지 추의 칼에 죽은 말 총총의 곁으로 가서 작은 별이 되었다고 하는데, 갈나무숲의 백성들과 산속의 짐승들은 요가 백산을 떠난 줄을 몰랐다.

백성들의 이야기는 거꾸로 뒤집혔다. 갈나무숲 백성들은, 상양성 여자들이 성벽 위에서 흰 젖을 내놓고 춤을 추자, 성을 공격하던 사내들이 무기를 내려놓고 통곡하면서 돌아갔고, 그 후에도 전쟁의 조짐이 보이면 상양성 여자들은 성벽 위로 올라가서 흰 젖을 내놓고 춤추어서 싸움을 막았다고 이야기했다. 눈이 쌓여서 하얀 들판에 보름달이 뜨면 갈나무숲 여자들은 들판에 모여 요의 은덕을 기리는 축제를 열었다. 여자들은 흰 눈으로 젖을 씻었다. 여자들은 차가워서 진저리쳤다. 달빛이 흰 젖에 닿아 젖은 뽀얬다. 여자들은 백산 흑백극을 향해 절하고 손을 잡고 둥글게 돌면서 춤추었다. 여자들은 몸속의 깊은 것들을 끌어올리는 소리로 노래했다. 소리들은 모여서 겹을 이루다가 여러 가닥으로 흩어져서 숲에 퍼졌다. 춤의 대열은 소리에 맞춰서 출렁거렸다. 춤의 대열은 파도와 같았다. 일어서고 또 주저앉았는데, 주저앉는 힘으로 다시 일어섰다.

여자들이 흰 젖을 드러내고 춤출 때 사내들은 어둠 속에 모여 서서 아이고, 아이고, 아이고… 하고 주먹으로 가슴을 치면서 옛 싸움을 흉내 냈다. 산속의 짐승들도 마을로 내려와서 춤을 구경했다.

갈나무숲 사람들은 여자들의 수모와 죽음의 이야기를 거꾸로 뒤집어서 젖의 힘으로 싸움을 물리쳤다고 노래했는데, 백성들이 이야기를 뒤집는 일은 흔히 있었으므로 그 진위를 따지는 언설은 졸렬하다.

단의 철갑보병과 경무장한 초의 유군이 상양성 안에서 부딪쳤다. 근접 백병전은 난전으로 뒤엉켰다. 싸움의 자리가 넓지 않아서 말은 쓰이지 않았다.

비혈마 야백은 동남쪽 암문 뒤편 투석기 발사대 쪽에서 성

안의 싸움을 내려다보고 있었다.

사람을 태우고 달릴 때 말들의 마음은 맹렬하게 집중되었으나, 말들끼리 모여 있을 때는 서늘하고 고요했다.

말들은 성벽을 건너오는 바람에 갈기를 말렸고, 발로 땅을 긁어서 풀뿌리를 핥았고, 코를 벌름거려서 사람들의 피 냄새를 맡았고, 고개를 들어서 초저녁 하늘에 뜨는 흐린 별을 바라보았다. 말들은 모여 있었지만, 말과 말 사이에서 저녁의 어둠은 고요했다.

팔풍원 싸움에서 돌아온 뒤 야백은 지쳐 있었다. 야백은 군독 황이 내지르는 박차를 받으면서 싸움터를 달렸고 수많은 주검을 밟고 지나갔지만, 사람들 사이의 적개심을 이해할 수 없었고 거기에 끼어들 수 없었다. 야백은 늘 싸움터에 있었으나 싸움은 남의 것이었다. 죽고 죽이는 인간의 싸움을 보면서, 야백은 자신이 인간이 아니고 말이라는 것을 알았다.

야백은 팔풍원에서 앞다리에 화살을 맞고 한동안 다리를 절었다. 앞다리에 화살이 박힐 때, 야백은 육체의 통증을 처음 알았다. 그것은 온몸에 불이 붙는 듯한 절망감이었다. 설명할 수 없고, 전할 수 없고, 피할 수 없고, 오직 한 몸으로 감당할 수밖에 없었다. 몸이란 이런 것이구나… 야백은 초원에 쓰러진 인간의 시체를 바라보면서, 사람이나 말이나 몸은 각자의 것일 뿐 몸에는 편이 없다는 것을 알았다.

싸움터에 따라 나온 단의 마의들은 죽거나 초군에 끌려가서 초의 말을 치료하고 있었다. 군독 황은 며칠째 야백을 찾지 않았다. 황은 군막에 들어앉아서 패전한 군장들을 불러들여 다그치고 있었다. 야백은 황의 몸에서 싸움의 신명이 빠져나갔음을 느꼈다. 등에 올라탄 황의 몸은 후줄근했고 재갈에 와 닿는 힘의 방향은 선명하지 않았다.

인간의 싸움을 바라보면서, 야백은 뒷다리로 땅을 쳐서 무료함을 달랬다. 야백은 돋아나는 별들을 향해 고개를 들었다. 그때 야백은 부관을 거느리지 않고 혼자서 발사대로 올라가는 군독 황을 보았다.

…저것이 나의 주인이로구나…. 주인은 늘 나를 타고 내
    가 알 수 없는 방향으로 달리는구나. 이쪽에서 저쪽으
    로 달리는 인간들이 있고 저쪽에서 이쪽으로 달리는
    인간들도 있어서, 서로 부딪쳐서 인간의 세상은 일어
    서고 무너지는구나.

그날, 야백은 군독 황의 체구가 왜소하게 느껴졌다.

야백은 군독 황의 벌거벗은 몸이 초군 쪽으로 발사되어 날아가는 포물선을 따라 고개를 돌렸다. 군독의 몸은 땅바닥에 부딪혀 파열했다. 적의 마당에 떨어진 군독의 몸은 아무런 위력도 없었다. 죽은 인간은 말의 주인이 될 수 없다는 것을 야

백은 알았다. 인간은 본래 말의 주인이 아니었다.

야백은 입속에서 혓바닥을 돌려 재갈이 물려 있는 이빨 사이를 더듬었다. 재갈은 거기에, 본래 돋아난 몸 일부처럼 물려 있었다. 혓바닥에 와 닿는 쇠의 감촉이 이제는 낯설지도 않았다. 재갈은 거기가 제자리인 듯 주인 노릇을 하고 있었다.

야백은 성벽 여장(女墻) 윗돌에 입을 부딪었다. 야백은 고개를 휘둘러서 이쪽저쪽 어금니를 돌에 부딪었다. 온몸의 힘이 목으로 모였다. 잇몸에서 피가 흐르고 오른쪽 어금니가 흔들렸다. 야백은 혓바닥으로 흔들리는 어금니를 밀어냈다. 오른쪽 어금니가 빠져서 혓바닥 위에 떨어졌다. 야백은 혀를 털어서 이빨을 뱉어냈다. 야백은 왼쪽 뺨을 돌에 찧었다. 초저녁 어둠 속에서 야백의 이마에 푸른빛이 돋아났다. 안쪽으로 가라앉는 깊은 빛이었다. 야백은 달이 뜰 때까지 입으로 돌을 들이받았다. 왼쪽 어금니도 떨어져 나갔다. 이 빠진 자리는 초원처럼 넓게 느껴졌고 바람이 드나들어서 잇몸이 시렸다.

재갈은 땅 위로 떨어졌다. 야백은 땅바닥에 뒹굴며 버둥거려서 등에 얹힌 안장을 벗어냈다.

재갈에서 풀려날 때, 야백은 사람의 밥을 벌고, 사람이 걸어주는 장신구를 붙이고, 사람을 태우고 달린 생애의 시간이 몸속에서 소멸하는 것을 느꼈다. 지나간 시간이 사라진 자리에 새로운 시간이 아직 오지 않아서 이 빠진 자리는 빈 채 서늘했다. 창자 속의 똥이 마려운 기색도 없이 저절로 빠져나갔다. 똥은 단단하고 향기로웠고 땅 위에 떨어져서도 둥글었다. 야백은 갈기를 부르르 떨며 진저리를 쳤다.

야백은 성벽의 순찰로를 따라 달리기 시작했다. 앞다리가 땅에 닿기 전에 뒷다리가 땅을 차서 몸은 무게를 버린 듯이 빠르게 흘러나갔다. 네 다리는 몸을 공중으로 띄울 뿐, 몸이 스스로 나아갔다. 재갈과 안장이 없이, 방향도 없이, 사람을 태우지 않고, 야백은 순찰로가 끝나는 상양성의 끝까지 달렸다. 별이 깔려서 눈이 내리는 듯했고, 야백의 이마 빛에 푸른 서슬이 돋아났다.

여장을 지키는 군병들이 이마에 불을 켜고 달리는 야백을 보고 놀라서 군장에게 보고했다. 성벽 남쪽 끝 암문의 당직 군장이 순찰로로 뛰어나와 달리는 야백을 제지했다. 당직 군장은 야백의 갈기를 잡아서 목을 옆으로 꺾었다. 군장은 야백의 이마 빛을 보고 깜짝 놀랐다.

　―아니, 너는 군독의 말이 아니냐. 군독은 어찌하고 고삐도 안장도 없이 혼자서 달리느냐.

군장은 군독의 신상에 큰 위험이 있었음을 직감했다.

　…군독은 죽었다. 으깨져서 죽었어. 돌멩이처럼 발사되었다.

야백은 말했으나 군장은 말의 말을 알아듣지 못했다. 군장은 야백의 입을 벌려서 입안을 들여다보았다. 앞쪽 어금니가 모두 빠져서 재갈을 물릴 수가 없게 되어 있었다. 군독의 말은 인간인 군장보다 지체가 높았고 보석으로 치장했고 마의들의 시중을 받았으나, 이제는 쓸 수 없는 폐마(閉馬)가 되어 있었다. 군장은 야백의 이 빠진 잇몸 자리를 찬찬히 들여다보고 말이. 자해(自害)로 이빨을 빼서 재갈 자리를 없애버린 것이라고 판단했다.

— 발칙한 놈이다. 사형감이로다.

군장은 야백의 다스리기 힘든 마음을 생각했다. 이제 부릴 수는 없어도 혈통 좋은 종마이므로 흘레를 붙으면서 호강을 부릴 수도 있겠지만 그 마음에 역심(逆心)이 들어 있으니 베어지거나 마을에 보내져서 짐말 노릇을 할 수밖에 없을 것이었다. 군장은 야백을 마구간에 끌어넣고 군독의 말이 스스로 이빨을 빼서 재갈을 내치고 지휘를 이탈해서 난동을 부리고 있다고 상부에 보고했다.

새벽에 야백은 마구간을 탈출했다. 스스로 이빨을 뺀 소행이 상양성 상부에 알려지면 죽임을 당할 것이 분명했다. 야백은 재갈과 고삐가 없었으므로 군장은 야백을 기둥에 묶지 못했다. 야백은 앞발로 마구간 문짝을 걷어차고 밖으로 뛰쳐나왔다. 성안에는 하루의 싸움이 끝나고, 죽은 자와 덜 죽은 자들이 들판에 쓰러져 있었다. 야백은 성벽이 허물어진 암문 밑을 기어서 상양성을 벗어났다.

초원에 새벽의 첫 빛이 퍼지고 있었다. 빛이 어둠 속으로 스미면서 어둠이 빛으로 변했다. 밤새 울던 벌레들은 새벽이슬에 몸이 젖어 울음을 그쳤고 새들이 울어대기 시작했다. 잠에서 깨어난 짐승들이 몸을 흔들어서 이슬을 털어냈고 뱀들이 굴에서 나와 햇빛 쪽으로 기어갔다. 그날 새벽은 이 세상에 처음 오는 새벽 같았다.

야백은 큰 콧구멍으로 새벽의 빛을 빨아들였다. 야백은 초군의 진영을 멀리 피해서 해가 비치는 쪽을 향해 젖은 초원을 걸어갔다. 거기는 성 밖이었다.

해가 퍼져서 이슬이 마르자 언 땅 깊은 곳에서 풀 냄새가 올라왔다. 냄새는 습기에 젖어서 무거웠다. 야백은 쭈그리고 앉아서 지평선 쪽으로 머리를 돌리고 이마의 흰 점에 햇빛을 받았다. 빛이 스며서 이마 속이 환해졌고 뒷다리 끝의 먼 실핏줄 속까지 온기가 흘렀다.

야백은 일어서서 달리기 시작했다.

어디라고 방향 지을 수 없는 먼 곳에서 물 흐르는 소리가 들리고 물 냄새가 나는 것 같았다. 물소리는 저무는 해를 향해 무리 지어 달리던 비혈마의 먼 조상들이 초원의 끝에 당도하는 새벽에 바닷가에서 철썩이던 파도 소리가 야백의 핏속에서 살아난 것이었으나, 야백은 제 실핏줄 속에서 일어난 일을 알지 못했다.

야백은 저 자신이 어느 쪽으로 달리고 있는지를 알지 못했다. 야백은 목적지가 없고 용무가 없었다. 야백은 동쪽으로 달리다가 북쪽으로 달렸는데, 이쪽이니 저쪽이니 하는 것은 보는 사람이 하는 말이고, 야백에게는 아무 쪽도 아니었다.

초원은 겨울이었으나 야백의 눈에는 꽃이 피어 있었다. 붉은 꽃 핀 초원이 지나면 노란 꽃, 푸른 꽃 핀 초원이 나타났다. 초원마다 꽃 색깔이 달라서, 야백은 달리기를 멈출 수 없었다.

산맥을 훑어온 바람이 숲의 서늘한 기운을 몰아왔다. 초원에서 안개와 바람이 섞이면 바다의 비린내를 풍겼다. 야백은 달리면서 입을 벌려서 안개를 마셨다. 이 빠지고 재갈 풀린 잇몸에 와 닿는 안개는 시리고 아득했다. 야백은 안개를 삼켜서 뱃속으로 밀어 넣었다. 네 굽이 동시에 땅을 차고 나갈 때 야백은 요란한 방귀를 내질렀다. 야백은 안개가 창자 속을 지나서 방귀로 터져 나가는 거라고 생각했다. 안개와 방귀가 야백의 몸속에서 이어졌고 흩어졌다. 야백은 이슬을 핥아서 목을 적셨고 풀뿌리와 마른 나무껍질을 먹었다. 어금니가 빠져서 앞니로 우물거려서 삼켰다. 노랑꽃 풀뿌리는 달고 물기가 많았다. 야백은 조금 먹고 오래 달렸다.

닷새째 밤에, 야백의 목에서 비혈마의 핏줄이 터졌다. 피가 위로 솟구쳐서 상기된 머리가 무겁더니 여러 군데에서 핏줄이 터졌다. 피보라가 뒤로 퍼져서 안개와 섞였고 안개의 알맹이에 말 피가 스며서 이슬로 떨어졌다. 달리는 야백의 머리 뒤로 피보라는 부채처럼 퍼졌고, 바람에 흩어졌고, 다시 퍼졌다.

핏줄이 터지자 이마의 흰 점에서 야백의 빛이 살아났다. 빛은 늘 야백의 눈앞에서 어른거려서 가까운지 먼지 가늠할 수 없었다. 야백은 이 빛이 안개와 닮았다고 생각했다. 허파 속을 안개로 가득 채워도 안개는 늘 멀어 보였다.

엿새째 달리기를 계속한 날 새벽에 야백은 어디인지 알 수 없는 물가에서 혼절해서 잠들었다. 잠이 깊어지자 이마의 빛이 사위었다.

10

몸과 몸

상양성 전투 이후 단의 세력은 약화했다. 단의 영토는 넓어서 왕도 그 변방의 경계를 알지 못했다. 전성 시절에도 단의 왕권이 영토의 구석구석을 고루 장악하지는 못했다. 단은 먼 변방에는 관장(官長)을 보내지 않았고 치소(治所)를 설치하지 않았으나 부족들은 독자의 군사력을 키우지 않았다. 중앙 왕권에 저항하지 않는 정도로 부족들은 패권을 다투지 않고 순응했고 각자의 살림을 살았다. 땅은 넓었으나 지배력은 헐거웠고, 상양성만이 왕권의 핵심부였다.

초의 공격을 겨우 막아내기는 했으나 상양성은 폐허가 되었다. 선왕들의 무덤은 파헤쳐져서 왕의 뼈와 순장자들의 뼈가 뒤섞였고 개들이 금붙이를 물고 다녔다. 상양성이 무력해지자 변방 부족들 간에 거역의 기운이 퍼져서 술렁거렸으나 반란으로 일어서지는 않았다. 『단사』에서 단 왕 칭의 최후는 확실치 않다. 칭은 초의 기마부대가 성안으로 진입할 때 암문을 통해 성 밖으로 달아나서 부족장에게 의지하고 있다는 소문도 있었고 초군에게 붙잡혀 끌려갔다는 소문도 있었으나 『단사』는 이도 저도 기록하지 않았다.

후세에, 상양성의 폐허에서 기왓장에 새긴 단의 고문자가 발굴되었다. 상양성 시대보다 오백 년 앞선 시대의 문자인데, 그 후에 단 문자의 기본 골격이 되었다. 고문자는 단어만 있고 문법이 없었다. 글 읽는 자들의 헤아림으로 단어와 단어 사이를 엮어가면서 문맥을 통해야 했는데 읽는 자들 사이에 이해득실이 어긋나서 글자들 사이에서 때때로 피바람이 불었다. 단의 옛 글자들은 땅에서 솟아나는 여러 풀의 싹, 어린아이의 잇몸을 뚫고 올라오는 젖니, 여러 새의 주둥이와 짐승의 뿔, 닭 대가리의 볏 들을 본떠 만든 것인데, 글자들은 대개 보이지 않는 것, 만져지지 않는 것, 이름 지을 수 없는 것, 먼 것, 희뿌연한 것 들을 상징하고 있었다. 단의 글자들은 사소한 것으로 거대한 것을 지향했다. 단의 옛 글자들은 지금도 해독되지 않는다.

상양성 전투가 끝나자 정남총병마사 표는 돌아갈 채비를 서둘렀다. 표는 남은 병력의 절반 이상을 상양성과 그 주변에 주둔시키고, 나머지 병력만을 데리고 초로 돌아갈 작정이었다. 상양성 성벽을 부수기는 했지만, 표는 단의 국토 전체를 장악할 만한 세력에는 미치지 못했다. 상양성은 허물어진 돌무더기로 흩어졌으나, 초원에서 돌을 치우라던 부왕의 유명(遺命)을 완수한 것인지 아닌지는 확실치 않았다.

남은 군사의 주력으로 상양성을 계속 압박해서 단의 전세(戰勢)를 억누르고 후일에 더 큰 군세를 몰아와서 단의 국토 전체를 도모하자고 표의 책사들은 진언했다.

우선은 초로 돌아가서 부왕이 사라진 공백에서 돋아나는 불온한 책동들을 다스려야 할 것이었다. 말 타고 달리기를 좋아하는 자들은 부리기 쉽지만, 역심은 말 등 위에서 자라난다는 것이 선왕들의 가르침이었다.

표는 철수하는 병력을 나하 강 부교 앞 초원에 집결시켰다. 나하를 건너올 때 가설한 부교가 빠른 물살에 비틀어지기는 했으나 떠내려가지 않고 그 자리에 걸려 있었다. 단은 철수하는 초군의 퇴로를 막지 않았다. 상양성의 잔병들이 나하 언저리까지 돌아다니면서 백성의 마을을 약탈했으나 초의 군진을 겨누지는 못했다.

비틀린 부교를 고치는 보름 동안 표는 병마를 부교 앞 초원에 주둔시켰다. 훈련도 없고 전투도 없어서 철수하는 군사는 양지쪽에서 햇볕을 쬐며 나른한 때를 보냈다.

초는 본래 군량에 대한 대비가 없었다. 사람과 말의 먹이는 모두 점령지에서 약탈하거나 산야의 풀이나 열매에 의지했다. 무인지경을 멀리 정벌하러 갈 때는 말고기 육포를 몇 점씩 나누어 주었다. 초의 군병은 말의 땀을 핥아 먹었고 들쥐와 두더지를 잡아먹었는데, 배가 고플 때 군병들의 정신은 명료하게 싸움에 집중되었다.

부교 앞 초원에서도 초군은 병마를 먹이지 않았다. 보라색 이파리에 키가 작고 열매가 많이 맺는 풀이 초원에 가득 차서 지평선을 건너갔다. 이 풀은 메밀 집안의 먼 조상인데, 하얀 잔뿌리가 흙 사이를 파고들어가서 달구어진 솥처럼 가문 땅에도 깊이 뿌리를 박고 먼 물기를 빨아들였다. 초군은 이 풀의 열매를 물에 불려서 먹었고 말들도 이 풀을 뜯어 먹었다. 사람과 말이 같은 먹이를 먹었는데, 내지른 똥도 냄새와 모양이 비슷했다.

야백은 새벽 한기에 잠에서 깼다. 야백은 몸을 떨어서 이슬을 털어냈다. 엿새를 달려온 피로가 풀린 몸속에 새 힘이 가득 차 있었다. 야백은 새로운 힘에 몸을 떨었다. 해는 지평선 위로 올라오지 않았고, 아침햇살이 초원에 퍼져서 어둠과 밝음이 모두 여렸다. 야백은 주위를 돌아보았다. 멀리서 낯선 말들이 풀을 뜯어 먹고 있었다. 나하를 건너온 초나라 군대의 말들이었다. 야백은 한눈에 그 말들이 신월마의 종자임을 알았다. 신월마의 종자는 허리가 길었고 가는 꼬리를 자주 흔들었다. 신월마는 상양성에서 마주쳤던 적의 말들이었지만 야백은 사람이 타고 있지 않은 말들에 대해 아무런 적개심도 느낄 수 없었다. 등에 사람을 태우고 싸움터에서 뒤엉킬 때도, 야백은 사람의 박차를 받고 사람의 재갈을 물었지만 사람들 사이의 적개심에 개입할 수 없었다.

멀리서 보니 말들은 모두 처음 만나는 말들처럼 낯을 가리고 있었다.

강바람에 신월마의 몸 냄새가 끼쳐왔는데 수말의 냄새와 암말의 냄새가 섞여 있었다. 수말 냄새는 시큼했고 암말 냄새는 들척지근했다. 삭은 젖 냄새는 싸움터에서 새끼를 낳은 암말의 냄새일 터인데, 새끼가 죽어서 젖이 넘쳐 나오고 있을 것이었다. 야백은 모르는 암말의 삭은 젖 냄새에서 평화와 성욕을 느꼈다. 야백은 냄새를 들이마셔서 그 낯선 말들의 몸을 자신의 몸속에 넣었다. 야백은 신월마 쪽으로 천천히 걸어갔다.

그 아침의 물가에서 비혈마 야백은 신월마 토하를 만나서 홀레했다. 토하는 고삐가 풀린 채 무리에서 떨어져 있었다. 야백은 토하의 뒷모습을 보고 다가갔다. 토하는 떠오르는 해 쪽을 바라보고 있었다. 아침햇살을 받은 토하의 붉은 몸은 타오르는 듯했다. 토하의 두 엉덩이는 둥글었고, 그 사이에 검은 고랑이 패여 있었다. 풍요롭고 빛나는 암말이었다. 야백은 토하의 고랑에 코를 들이댔다. 토하는 고랑을 냄새 맡는 수컷이 말 중에서 뛰어난 종자라는 것을 알았다. 토하는 제 몸 안에 초원처럼 넓은 공간이 열리는 것을 느꼈다. 토하의 고랑에 물이 흘렀고 저절로 아래가 열렸다. 야백은 다급해진 생식기를 토하의 몸속으로 밀어 넣었다. 토하의 몸속은 살들이 주름져서 산맥처럼 출렁거렸다. 살의 산맥들은 첩첩 연봉을 이루며 깊고 어두운 안쪽으로 향하고 있었다. 야백의 생식기는 그 산줄기들을 차례로 타 넘었다. 살의 산맥들은 꿈틀거리며 요동쳤다. 야백의 생식기는 그 산줄기의 끝에서 진저리치며 폭발했다. 토하는 아침 해 쪽으로 입을 벌리며 안개를 토했다. 아침 해가 안개에 비쳐서 토하의 입에서 무지개가 퍼졌다. 야백이 뒤에서 밀어붙일 때마다 토하의 입에서는 계속 무지개가 펼쳐졌다.

신월마의 암말들은 봄볕을 며칠씩 받아야만 발정을 하는데, 늦겨울 아침햇살에 터져 나온 토하의 발정은 첫 햇살의 날카로운 기운이 암말의 생식기를 비췄기 때문이라고 초원의 부락민들은 말했다. 또 신월마들은 달리기가 절정에 이르러 숨이 넘어갈 지경이 되어야 입에서 안개와 무지개가 터져 나오는데, 흘레의 절정에서 토하가 입으로 무지개를 토해낸 것은 만고에 없는 일이라고 부락민들의 이야기는 전한다. 『단사』나 『시원기』는 이날 아침의 흘레는 기록하지 않았다.

부교 수리가 끝나자 표는 군사를 이끌고 나하를 건너갔다. 물은 차분했고, 먼 상류 산악의 풋내를 실어 왔다. 물을 건널 때 말들은 물비린내를 맡으며 코를 벌름거렸다.

표는 토하를 타고 대열의 맨 앞에서 물을 건넜다. 토하는 흘레가 빠져나간 자리가 허전했다. 토하는 머리를 쳐들어서 고함을 질렀다. 표가 토하의 목울대를 쓰다듬어 토하의 고함을 달랬다. 표는 고삐를 쥐었을 뿐, 토하의 허전함을 알지 못했다.

야백은 물가에서 떠나는 초군의 대열을 바라보았다. 변방의 대열은 아무런 의물도 없었는데, 단위부대들의 선두에는 넝마나 가죽으로 만든 깃발이 걸려 있었다.

야백의 눈에 군마의 대열은 하늘을 흘러 다니는 새 떼처럼 보였다. 인간이 말을 끌고 갔으나, 병마는 머물 곳 없고 깃들 곳 없이 옮겨 다니는 무리 같았는데, 그 무리는 정해진 목적지를 향해 바삐 움직이는 자들처럼 대오를 지어서 지나갔다.

마지막 남은 부대는 부교를 건너가면서 지나온 구간을 끊어내서 물 위로 띄워 보냈다. 부교는 사라졌고, 단의 추격로는 차단되었다. 나하 물 위에 싸움의 흔적은 없었다.

　　물가에 해가 지면, 물이 어두워져서 수면과 어둠은 구분되지 않았다. 어둠의 밑바닥으로 물이 흘렀는데, 물은 보이지 않고 물소리만 들렸다. 토하의 재갈 끝에 붙어 있던 장신구를 야백은 떠올렸다. 토하는 재갈을 물고 있을 것이었다. 어둠 속에 벌레 소리가 가득 찼다. 야백은 잇몸을 올려서 이 빠진 자리에 바람을 쐤다. 어둠과 야백뿐이었다. 야백은 어디로 가야 할 것인지를 생각했는데, 어두워서 어느 쪽도 보이지 않았다. 야백은 뒷다리로 땅을 찼다. 야백은 잠들지 않고 밤새 서 있었다.

11

즉위

이른 봄에 표는 출정했던 군사들을 거느리고 고향으로 돌아왔다. 표는 근위대만을 가까이 두었고 나머지 군사들은 군관들이 알아서 휴가를 주도록 했다. 자리를 비운 사이에 나라는 풀어져 있었다. 초는 본래 사람이 머무르는 자리를 크게 꾸미지 않았으나, 부왕의 돈몰 이후 왕의 처소는 담장이 무너지고 서까래가 내려앉았다. 부왕은 돈몰하기 며칠 전에 시중들던 여자들을 모두 돌려보냈는데, 여자들이 쓰던 방에는 버리고 간 속옷과 장신구들이 쥐똥 속에 흩어져 있었다.

부왕은 후계자를 정하지 않은 채 돈몰했으므로 초의 신료와 군독들은 돌아온 표를 왕으로 알아보지 않는 기색이 뚜렷했다. 기마전령이 여러 역참을 돌며 표의 귀환을 알렸으나, 얼굴을 내밀지 않는 자들도 있었다. 세상 걱정하기를 일삼는 자들은 표가 싸움에서 대패하고 패잔병 몇 명을 수습해서 돌아왔다고 소문을 퍼뜨렸다.

살아서 돌아온 군병들은 싸움터에서 죽은 자들의 여자와 교접했다. 살아서 돌아온 자들의 아내들도 남자가 살아올지 못 돌아올지 알 수 없었으므로 남자가 없는 동안 다른 부족의 남자들과 교접했다. 남자들이 떠난 사이에 달아난 여자들도 있었다. 살아서 돌아온 남자들은 여자들의 부정을 아는 체하지 않았다.

봄날에 초원에 물기가 돌면서 땅이 깊은숨을 쉬었고 암말이 발정했고 수말이 소리 지르며 땅에서 뒹굴었다. 비가 자주 내려서 풀들이 웃자랐고 흙이 부풀었다. 봄볕에 초원은 발칵 뒤집혔다. 전쟁이 끝나면 혼인 관계가 무너져서 남녀들은 다시 섞이고 짝지었다. 남녀가 새로 섞인 무리들이 새로 돋는 목초지를 찾아 가축을 몰아서 떠났다. 초원의 봄은 들끓는 것들과 더불어 바쁘고 평화로웠다.

표는 동생 연의 행방을 여러 부락에 물었으나 정확히 아는 자가 없었다. 연이 군사 서너 명만을 데리고 초원과 숲속을 돌아다니는 것을 보았다고 변방 목장의 마졸(馬卒)이 보고했다. 연이 권세를 도모하고 있지 않음은 확실했다.

부왕의 유명대로 나하 건너 강남의 땅에서 돌무더기를 건너내려면 더 빠르고 더 가벼운 군사를 키워내야만 한다고 표는 결론지었다. 그것이 상양성 전투가 표에게 준 교훈이었다. 표가 상양성을 병력으로 두들겨보니 땅에 들러붙어서 사는 종족들의 착지(着地) 근성은 완강했다. 그 종속들은 땅에서 떨어지면 곧 죽는 줄 알아서 기어이 앉은 자리에 눌어붙어 돌무더기를 쌓는데, 그 성벽을 바로 쳐들어가서 부수기는 어렵다. 그 안에 웅크리고 있는 병력을 밖으로 나오게 해서 넓은 들판에서 개 떼가 달려들듯이 계통 없고 무질서한 공격을 가하면서 아군의 군병들은 넓히고 좁히고 조이고 푸는 기동훈련과, 종대에서 횡대로 횡대에서 종대로 원형에서 일자로 일자에서 갈매기로 바꾸는 진법훈련을 거듭해야 했다.

군대의 진퇴를 풍도(風濤)로 출렁거리게 만들어서 적들의 사이사이를 바람이나 연기처럼 흘러가게 한다는 것이 표의 생각이었다. 표의 마음속에 이 전술은 뚜렷한 그림으로 떠올랐으나 군병들에게 말로 설명해줄 수는 없었고 다만 훈련으로 몸에 박아줄 수밖에 없었는데, 초의 군병들의 몸속에는 선조에게 받은 그 유술의 피가 돌고 있어서 훈련은 어렵지 않게 전개되었다.

상양성 전투에서 표는 개 떼의 전술적 가치를 발견했다. 흑풍의 종자는 가볍고 맹렬했다. 개들은 적의 말 가랑이 사이를 바람처럼 빠져나가면서 말의 사타구니와 목덜미를 물어서 기수를 땅에 떨어뜨렸다. 싸울 때, 개들의 눈은 낮에도 인광으로 빛났고 앞을 보면서도 뒤쪽의 기척을 감지했다. 흑풍은 눈썹에 긴 수염이 돋아났는데 수염에 닿는 바람으로 멀리서 다가오는 적의 낌새를 알아챘다.

표는 개 떼를 더욱 키워서 근접전에 내보내고 기마병들은 개활지에서 벌어지는 회전(會戰)에 쓸 작정이었다. 개들은 풀어놓기만 하면 스스로 적개심에 불타서 사람이 부리지 않아도 적을 물어뜯었는데 말보다 쓸모가 있었다. 흑풍의 종자는 자생적인 적개심의 힘으로 싸웠고 죽어서야 멈추었다.

표는 상견청(相犬廳)을 설치해서 흑풍의 순혈을 보존했고 전국의 말 목장에서 개를 기르고 훈련하도록 명령했다.

흑풍의 연성견(練成犬)들은 수십 마리가 뗏목에 올라앉고 교대로 헤엄으로 뒤를 밀어서 나하를 건널 수 있었고, 장거리를 무리 지어 이동할 때는 오줌을 지려서 후미의 방향을 이끌었다. 개들은 함부로 짖지 않았다. 전쟁터에서 개들은 조용히 적에게 접근했다가 돌격하는 순간에 일제히 짖었다. 흑풍이 짖는 소리는 맹렬히 끓어오르다가 길게 흐느꼈는데, 세상의 모든 악귀가 울어대는 소리와 같았다고 초의 부락민들은 이야기했다. 흑풍이 짖으면 적의 말들은 오줌을 지리며 물러섰다.

표는 부왕이 돈몰한 풍평천 물가에서 하류 쪽 나하를 향해 사흘 동안 제사 지내고 왕위에 올랐다. 들판에 군관과 부족장들과 신월마의 상품 종자들이 도열했고 개들이 시뻘건 혀를 빼물고 외곽을 지켰다. 멀리서 온 악사들이 소리 나는 화살을 쏘아서 운율을 연주했다. 제사장이 무당들을 배에 태우고 강심으로 들어가서 말 피를 뿌려서 강물을 달랬고 삶은 곡식을 던져서 물고기를 먹였다. 배 위에서 무당들이 긴 소매를 흔들며 춤추었다. 흐르는 물이 늘 새로워서 표는 마음이 설레었는데, 설렘을 남들에게 전할 수가 없었다. 돈몰하는 부왕의 배는 물 위 어디쯤 흘러가고 있을지를 표는 생각했다. 돈몰의 배는 유역도 산맥도 보이지 않는 수평선 쪽으로 지워져가고 있었다. 말을 달려서 땅 위로 그보다 먼 거리를 달려가야만 초원의 돌무더기를 모두 치울 수 있을 것이었다. 표의 동생 연은 즉위식에 나타나지 않았다. 연의 군사가 와서 연은 멀어서 오지 못한다고 고했다.

즉위식이 열리기 며칠 전에 표는 부왕의 처소가 쇠락한 죄를 물어 가두었던 관리군장을 풀어주었고, 먼 목장에 형리들을 보내서 말을 잃어버린 죄로 간힌 목부들을 풀어주었다. 즉위식을 마친 지 닷새 후에는 궁중에서 부리고 품던 여자들 가운데 늙은 자들을 돌려보냈고, 늙은 백성들에게 먹을 것을 보냈다.

상양성 전투에서 돌아온 뒤 토하는 표의 직할 군영에서 전속 마의의 시중을 받으며 한가한 날들을 보냈다. 표가 왕위에 오르자 전속 마의의 관등이 올랐고 토하의 재갈과 고삐에 구슬이 두 줄로 박혔다. 표의 군신들이 상주해서 토하에게 왕의 말에 걸맞은 새 이름을 내렸다. 새 이름은 초의 토속어로 지었다. 그 이름을 후세의 언어로 바꾸면 발전홍(發電紅)이라는 뜻인데 토하는 그 이름의 뜻을 알지 못했다.

표는 가끔 아무런 용무가 없어도 내위(內衛) 군사 몇 명을 따르게 해서 새벽부터 밤까지 들판을 달렸다. 토하는 그때마다 왕이 된 표를 태웠다. 왕이 되고 나서 표의 마음이 부대끼고 있다는 것을 토하는 느꼈다. 표는 군사들을 앞세우고 그 뒤를 따라 달렸다. 표는 빈 말 몇 마리를 예비로 데리고 갔고, 사나운 개 몇 마리를 말 등에 태우고 갔다. 표는 위급상황이 아닌데도 박차를 질렀고, 달리다가 갑자기 돌아서서 궁궐로 돌아갔는데, 아무도 그 까닭을 알지 못했다.

표가 더 큰 싸움을 준비하고 있는 것이라고 토하는 직감했다. 토하는 표를 태우고 달리는 넓은 세상과 먼 길들을 생각했다. 지나간 길들은 생각나지 않았는데, 닥쳐올 길들은 어렴풋이 떠올랐다.

토하는 봄볕에 피가 부풀고 몸에 물이 돌았다. 토하는 혀를 내밀어 입술에 내려앉는 봄볕을 핥았고, 땅에 뒹굴며 가랑이를 벌려서 사타구니로 봄볕을 받았다. 토하는 몸의 빈자리를 느꼈다. 마의가 혈통 좋은 종마를 약으로 발기시켜서 데려왔다. 토하는 두어 번 아래를 열어주었으나 그 빈자리는 채워지지 않았다.

몸이 비었다고 느껴질 때 토하는 야백의 몸을 생각했다. 없는 야백이 있는 야백처럼 눈앞에 분명히 다가왔는데 더듬어보면 없었다.

그날 나하의 부교 앞에서 흘레를 마치고 돌아설 때, 토하는 야백의 얼굴 옆 주름을 보았다. 굵은 핏줄이 굽이쳤다. 야백은 하늘을 향해 고개를 쳐들고 고함을 질렀다. 야백의 고함은 외가닥으로 치솟아 하늘을 찔렀다. 야백은 흘레로도 풀 수 없는 몸속의 힘을 고함으로 내질러 몸을 가볍게 했다.

그때 토하는 야백의 벌어진 입속을 들여다보았다. 양쪽 이빨이 빠져서 붉은 잇몸이 드러났고 잇몸에 굳은살이 박여 있었다. 토하는 야백이 한때는 재갈을 물고 있었으나 이제는 물지 않는다는 것을 알았다. 부교에 올라서 나하를 건널 때 토하는 뒤통수가 당기는 듯했으나 뒤돌아보지 않았다.

12

월

백산 남동쪽 사면이 끝나고 평지가 시작되는 언저리에서 갈나무숲이 펼쳐지는데, 숲이 넓어서 사람들은 그 가장자리를 알지 못했다. 갈나무 우듬지들이 바람에 흔들려서 이파리들 사이에서 빛의 방향이 뒤섞였고 나무 둥지의 색깔이 바뀌어서 사람들은 이 숲속에서 자주 길을 잃었다. 오래 내리던 비가 개는 날, 멀리서 바라보면 이 숲이 뿜어내는 빛이 숲 위로 퍼져서 숲이 흔들릴 때마다 허공에서 무지개가 이리저리 옮겨 다니는데, 보았다는 사람이 많고, 보지 못한 사람들도 본 것처럼 말했다.

맑은 물줄기가 숲을 굽이쳐서 나하로 들어간다. 이 물 위에 떨어진 이파리는 석 달 후에 나하에 닿는다. 물가 갈대 수풀 속에서 새벽마다 새들이 날개 치는 소리가 퍼덕거렸다. 나하의 물고기 가운데 생긴 것이 곱상하고 깔끔한 것들은 이 지류까지 맑은 물을 찾아와서 알을 낳는다. 물고기들은 여기까지 거슬러 올라오면 지쳐서 눈이 튀어나오고 이빨이 드러나는데, 암컷은 알을 낳으면 알을 모두 버리고 혼자서 돌아간다. 암컷을 따라온 수컷들이 알 위에 뿌연 정액을 뿌리고 나서 죽는다. 물가의 새들이 물고기의 새끼들을 잡아서 제 새끼를 먹였는데, 물고기들은 기어이 이 물가로 올라와서 알을 낳는다.

사람들은 이 갈나무숲에서 열매와 버섯, 나물, 약재와 땔감을 거두었고 새와 짐승을 잡았다. 사람들의 마을은 숲이 끝나는 평지에 물줄기를 따라서 들어섰다. 겨울의 추위가 모질어서 집들은 나지막했고 벽이 두꺼웠다. 겨울이면 눈이 많이 내려서 지붕의 물매가 가팔랐다. 눈이 쌓여서 길이 묻히면 동서남북을 알 수 없어서 사람들은 집 밖으로 나오지 않았다. 끼니때가 되면 하얀 설원 위로 집집마다 푸른 연기가 올랐다.

사람들은 물줄기를 끌어 땅을 적셔서 밭곡식을 길렀는데, 낟알의 반은 새들이 먹었다. 소출이 많지는 않았으나 땅이 외져서 지방관이나 위수군들의 토색이 미치지 못했고 갈나무숲이 너그러워서 사람들은 떠돌아다니지 않고 머물러 살았다.

이 언저리를 단의 사서들은 월(月)이라고 이름 붙여서 월나라라고 일컫기도 했는데, 월은 이름을 붙여야만 거기에 기대서 말을 이어갈 수 있는 자들이 억지로 만들어 붙인 문패이지만, 후세의 사람들은 별수 없이 이 갈나무숲 언저리를 월이라고 부른다.

나하의 흐름은 이 유역에 이르러 크게 남쪽으로 굽이치면서 맞은편에서 합쳐지는 지류를 받아들이느라고 와류로 돌면서 유속이 느려져서 대기 쪽으로 많은 수증기를 내보냈다. 이 유역의 눈은 물기가 많이 배어서 촐싹거리지 않았다. 눈송이는 무겁고 알이 굵어서 땅에 내려앉을 때 갈잎에 바람 스치는 소리를 냈고, 눈 쌓이는 소리가 설원에 가득 차서 밤새 수런거렸다. 눈 오는 저녁이면 아이들은 일찍 잠이 들었는데 사람들은 눈 쌓이는 소리가 아이들을 쓰다듬어 재운다고 말했다. 이 눈은 물기가 깊어서 달빛을 끌어당겼고, 보름달이 뜨면 달무리의 그림자가 눈 쌓인 들판에 내려앉았다. 이 언저리의 이름이 월이 된 것은 설원에 내려앉는 달무리에서 유래했다는 이야기가 전해오는데, 그럴듯한 얘기다. 월(月)은 곧 달이다.

월나라라고들 하지만 월은 임금이 없고, 군대가 없고, 벼슬아치들이 세(稅)를 걷어가지 않았으니 나라라고 할 수 없다.

월은 예닐곱 갈래의 부족들로 흩어져서 이웃하고 있었다.

부족마다 읍차(邑次)라고 불리는 족장이 어른 노릇을 하고 있었으나 읍차의 지위는 세습되지 않았다. 읍차는 홍수나 가뭄에 대처했고 마을의 풍속과 놀이를 관리했으나 사람들이 먹고살고 교접하는 일에는 간여하지 않았다.

월의 부족들은 갈나무숲에 버섯이 돋아나듯이 여기저기서 저절로 생겨났다. 월은 여러 부족을 두들겨 부수어서 하나로 만들고 그 자리에 왕을 세우지 않았다. 월은 전체를 하나로 틀어쥐지 않았다. 월의 부족들은 제자리에서 각자 살았는데, 왕을 다투지 않았고 소금과 가축을 바꾸었고 서로 오가며 피를 섞었다. 월의 여러 부족은 말과 노래와 놀이를 함께 했고, 백산의 귀신 요를 함께 섬겼다. 월에 대한 『단사』의 기록은 소략하다. 지금까지의 이야기도 기록에 따른 것이 아니라, 이야기를 주워 모은 것이다. 『단사』의 기록은 월은 강역이 좁고 세력이 미약하고 스스로를 지킬 의지가 박약했는데, 어느 해 초군의 공격을 받아서 홍수에 씻기듯이 지워졌다는 서너 줄뿐이다. 『단사』를 기록한 문한들은 그토록 허술하고 엉성한 세계가 발생하고 작동되는 방식을 이해할 수 없었다고 후세의 사가들은 지적했다. 틀린 말은 아니지만, 후세의 사가들도 그 비밀을 모르기는 마찬가지였다.

13

잠자는 악기

야백은 나하의 물가를 따라 상류로 향했다. 유역이 질퍽거리거나 산에 막혀 있을 때는 돌아서 갔다. 야백은 공기가 가벼운 아침저녁에는 달렸고 낮에는 걸었다. 나하의 물은 백산이 가까운 상류로 갈수록 여러 골짜기를 스치는 바람의 싱싱한 기운이 물속에 녹아 있었다. 숲의 향기를 실어 오는 물은 산의 체액과 같았다. 상류로 갈수록 강폭이 좁아져서 물의 흐름에 활기가 넘쳤고 여울을 지날 때 물은 돌에 쓸려서 맑은 소리를 냈다.

상류의 어디도 야백의 목적지는 아니었으나 야백은 상류로 향했다. 야백은 물의 소리와 냄새에 이끌리고 있었다. 사

람들이 돌을 쌓지 않고 쌓은 돌무더기를 부수지 않는 먼 상류
의 어딘가에 자신의 고향이 있을 것 같았다. 야백은 가고 또
가는 운명에 의문을 제기하지 않았다. 사람의 고삐를 벗어던
지자 상류가 야백을 끌어당겼다. 야백은 그 상류에 가본 적이
없었지만, 상류의 물과 숲, 날씨와 바람은 야백의 마음속에
선명했다.

상양성을 떠난 지 얼마 만에 월에 도착했는지를 야백은 알
수 없었다. 지나간 길이 어디로 흘러간 것인지, 다가오는 길
이 어디로 이어진 것인지 야백은 기억할 수 없었다. 길은 지
나가고 있는 동안만의 길이었다. 야백은 다가오고 또 지나가
는 길을 가고 또 갔다. 가고 나면 길이 또 흘러와서 야백은 제
자리를 맴도는 듯한 착각에 빠지기도 했으나, 야백은 가고 또
갔다.

초군의 도하 거점인 부교 앞 들판에서 초의 암말 토하와 흘
레한 기억은 별처럼 야백의 마음에 박혀 있었고, 길은 모두 흘
러갔다. 길은 강물과 같았다. 상류로 향하면서 야백은 길 위
에서 여러 날을 보냈다. 눈에 무릎이 빠지는 겨울에 야백은
앞발로 언 땅을 파서 풀뿌리를 먹었고 제가 눈 똥을 먹었고
눈구덩이에 들어가서 늑대를 피했다. 찬 바람에 이빨 빠진 자
리가 시려서 야백은 혀로 잇몸을 덮었다.

가문 봄에 야백은 말라가는 가시덤불 밑동을 씹어서 나무

가 빨아올린 물기를 짜 먹었다. 가뭄이 오래 계속되면 뿌리 뽑힌 풀들이 공처럼 뭉쳐져서 초원을 굴러다녔고 새들은 산속으로 들어가서 날지 않았다. 가물 때 야백은 몸속이 말라서 녹물 같은 오줌을 누었다. 시뻘건 오줌은 뻑뻑해서 방울로 떨어질 때 요도 끝이 쓰라렸다. 나하의 물이 멀리서 출렁거렸으나 협곡이 유역을 막아선 지점에서 야백은 나하의 물을 마실수 없었다.

야백은 이빨 몇 개가 더 빠졌고 비루먹은 등에 곰팡이가 슬었고 벌레들이 피부 속을 파고들었다.

가는 비가 오래 내려서 초원이 깊이 젖던 날 새벽에 야백은 내륙으로부터 나하에 와 닿는 맑은 물줄기를 발견했다. 야백은 물 냄새에 끌려서 잠을 자듯 몽롱하게 걸었다. 하폭은 넓지 않았는데, 물은 장난치듯 자주 굽이쳤고 굽이칠 때마다 어린아이의 웃음 같은 소리를 냈다.

야백은 물가에 주저앉아서 입을 물에 담그고 몸 안으로 끌어넣듯이 물을 마셨다. 물은 먼 실핏줄에까지 스몄고 보이지 않는 길들이 몸속으로 퍼졌다.

야백은 물줄기를 거슬러서 며칠 동안 동쪽으로 걸어갔다. 거기서 푸른 것들을 심어놓은 땅과 사람들의 마을이 나타났고 사람들의 똥 냄새와 연기 냄새가 끼쳐왔다. 월이었다. 야백은 사람의 마을 어귀에서 혼절했다.

월의 장례풍속은 『단사』의 외전(外傳)에 실려 있다. 외전은 출처가 분명치 않은 이야기의 파편을 엮어놓은 서물이다. 글을 쓴 자들이 책임을 지지 못하겠다는 의도로 외전을 따로 떼어내서 편찬한 것이지만, 출전과 근거를 들이댔다고 해서 모두 믿을 만한 것은 아니다.

『단사』는 변방의 잡사를 기록하기에 인색한데, 월의 장례풍속을 기술한 대목에서 문장이 살가워지는 까닭도 책임지지 않아도 되는 헐거움 때문일 터다.

살아 있는 동안에 사람을 낳은 사람의 자식이고 부모지만 죽으면 인연은 흩어지고 혈연은 풀려서 뿔뿔이 흩어져 제자리로 돌아가게 되므로 누구나 누구의 자식도 부모도 아니며, 형태도 없고 무게도 없고 그림자도 없는 바람이 되어 백산으로 들어가고, 인간 세상에는 그 인연 없는 자리에서 새로운 사람들이 태어난다고 월나라 사람들은 대를 이어서 이야기를 전했다.

월나라 사람들은 사람이 죽으면 하루를 넘기지 않고 그날로 장례를 마쳤다. 비가 오거나 눈이 내려도 장례를 미루지 않았다. 월나라 사람들은 태어날 때는 각자의 어미의 가랑이 사이로 머리를 내밀지만, 죽어서는 다 함께 같은 구덩이 속으로 들어간다고 믿었다. 사람들은 시신을 마을의 너럭바위로 옮기고 부족들의 공동행사로 작별했는데, 인연의 소멸을 함께 확인하고 신성을 맞이하는 의식으로 치러졌다.

　시신의 털을 깎고 장신구를 떼어내고 햇볕에 말려서 백산
이 올려다보이는 바위 위에 옮겨놓는다. 마을 사람들이 시신
둘레에 모여서 요령을 흔들어 육신 속에 깃든 혼백을 깨워서
갈 길을 재촉하는데, 유가족들은 가까이 오지 않고 멀리서 고
인이 쓰던 밥그릇과 옷가지를 태워서 재를 허공에 날린다.

　요령 소리가 다급해져서 신명이 터지면 무당이 큰 칼을 휘
두르며 춤을 춘다. 무당이 휘모리장단으로 춤을 몰아갈 때
희고 넓적한 칼에서 구름무늬가 일어난다. 무당은 하늘을 향
해 소리를 뽑아내서 백산의 새들을 부른다.

　무당은 칼로 시신의 배를 갈라서 더운 창자와 염통을 꺼내
새들에게 던져준다. 새들 가운데 가장 힘센 것들이 더운 창자
를 먹는다. 무당의 칼은 크고 무거워서 칼질 한 번에 한 토막
씩 시신을 끊어낸다. 새들은 낮게 날면서 끼룩거리다가 고기
떨어진 자리로 몰려가서 퍼덕거린다. 울음소리가 나오면 혼
백이 민망해하므로 장례식에서는 아무도 울지 않는다. 시신
은 새의 몸속에 실려 백산으로 들어가고 고인의 혼백도 새를
따라 백산으로 들어가 백산의 귀신 요가 내리는 이슬에 젖어
사니 죽은 자들의 복이었다.

　시신이 굳기 전에 새들에게 먹여 보내려고 월나라 사람들

은 장례를 서둘렀다. 월나라의 새들은 크고 검었고 울음소리가 멀리 닿았다. 다 먹은 새들은 날갯짓 없이 높이 떠서 백산 쪽으로 날아갔는데 사람들은 날이 저문 후에도 새가 날아간 쪽으로 요령을 흔들었다.

열두 살 전에 죽은 아이는 토막 치지 않고 땅에 묻었다. 너무 어려서 죽은 것들은 그 어미 아비를 떠나기가 서러울 터이므로 살던 집 가까운 터에 묻었다가 태어난 지 열다섯 해가 되는 생일에 무덤을 파고 뼈를 빻아서 곡식에 버무려 새에게 먹였다. 월에서 태어나고 죽은 자들은 모두 새의 몸에 실려서 백산으로 갔다.

야백은 월의 땅으로 들어와서 혼절한 지 하루 만에 깨어났다. 야백은 풀 위에 쓰러져 죽은 듯이 잠들어 있었다. 낮 동안 빨아들인 햇볕의 힘으로 땅의 기운은 잘 익어 있었다. 야백은 땅의 기운으로 깨어났다.

야백은 도랑에서 물을 마시고 머리를 들다가 숲속으로 들어오는 사람들을 보았다. 노새가 끄는 수레에 젊은 농부가 아이의 시신을 실었고 그 뒤를 몇 사람이 따르고 있었다. 사람들은 죽은 아이를 묻을 자리를 미리 파놓고 바닥에 나뭇잎을 깔아놓았다. 야백은 숲속에 주저앉아 목을 길게 빼고 사람들의 일을 바라보았다.

죽은 아이는 갈나무 껍질로 만든 관 속에 누워 있었는데 입술과 볼에 붉은 화장을 하고 있었다. 월나라 사람들은 어려서 죽은 아이를 묻을 때 아이의 답답함을 가엾게 여겨서 관 뚜껑을 덮지 않았다. 죽은 아이는 긴 머리카락에 댕기를 드리웠으므로 계집아이였다. 죽은 아이는 살아서 웃는 표정으로 땅 밑으로 들어갔다. 관이 내려가자 사람들은 꽃을 꺾어 와서 구덩이 안으로 꽃잎을 털어 넣었다. 관이 꽃잎으로 덮이자 그 위를 다시 고운 흙으로 덮었다.

젊은 농부는 어른 손바닥만 한 돌 한 개를 아이 머리맡에 묻었다. 납작하고 가운데가 잘록한 돌에 세로로 열두 줄이 패어 있었다.

월나라 사람들은 갈나무를 어른 앉은키만큼 잘라서 속을 파내고 그 위에 열두 줄을 얹어서 악기를 만들었는데 모든 부족이 이 악기로 노래했고 놀이했다. 이 악기는 손가락으로 줄을 튕겨 소리를 냈는데 높은음에서 낮은음, 마른 음, 젖은 음, 가벼운 음, 무거운 음, 뛰는 음, 기는 음을 모두 소리 냈고 소리를 엮어서 흐르게 할 수 있었다. 월나라가 땅 위에서 지워진 후에도 이 악기는 한동안 세상에 남아 있었는데 연주법이 전해지지 않아서 악기는 소리를 내지 못했다. 『단사』는 이 악기를 면금(眠琴)이라고 이름 지었는데 잠자는 악기라는 뜻이다. 면금은 그 후에 실물이 없어져서 악기는 영면(永眠)에 들었다.

젊은 농부가 죽은 딸의 머리맡에 묻은 돌은 이 악기를 본뜬 것인데 어려서 죽은 월의 아이들은 모두 이 악기를 선물로 지니고 갔다. 사람들은 들짐승이 무덤을 파헤치지 못하도록 돌로 무덤을 덮어놓았는데 돌에 구멍을 뚫어서 무덤 속 아이와 별이 서로 쳐다볼 수 있도록 했다.

야백은 하품이나 방귀 소리를 내지 않고 조용히 숨어서 사람들의 일을 바라보았다.

아이를 묻고 마을로 돌아가는 사람들의 뒤를 따라서 야백은 걸어갔다. 사람들은 땅 파는 연장을 어깨에 메고 걸었다. 남자들은 길에 서서 오줌을 누었고 여자들은 갓난아이를 앞으로 안아서 젖을 먹이며 걸었다. 사람들은 슬퍼하지 않았다. 일상의 일을 마치고 일상으로 돌아가듯이 사람들의 발걸음은 느렸다. 사람들의 마을은 초저녁 어스름에 잠겨가고 있었다.

늙고 힘이 빠져 주인의 밥을 얻어먹지 못하는 폐마들이 들에서 어슬렁거렸다. 야백은 사람들의 뒤를 따라갔으나 사람들은 눈여겨보지 않았다.

월나라의 길들은 폭이 좁았고 사람들이 밟고 지나간 자리에 풀이 시들어서 흙이 드러나 있었다. 넓은 폭에 전차 바퀴 자국이 파인 상양성의 도로와는 딴판이었다. 이런 길도 있구나…. 이런 길을 걸어가는 말들은 어떻게 생긴 종자들일까를 야백은 궁금히 여겼다. 길에 쭈그리고 앉아서 졸던 월의 폐마들이 야백을 쳐다보았으나 눈이 마주치자 고개를 돌렸다. 야백의 눈에 월의 말들은 짐을 끌 수는 있지만, 사람을 등에 태우고 달릴 수는 없어 보였다. 사람의 마을에 가까워지자 뛰노는 아이들의 소리가 들렸고 닭들이 소리 질렀고 집들의 벽에 연기 자국이 얼룩져 있었다.

빨랫줄에 빨래가 널렸는데, 어른 옷들 사이에 아이들 옷도 널려 있었다. 상양성 안에도 민가가 많았지만, 야백은 상양성에서는 빨랫줄에 널린 빨래를 본 기억이 없었다. 거기서도 사람들이 빨래를 널었을 터인데, 눈에 보이는 것은 장소에 따라서 달라지는 것인가 싶어서 야백은 어리둥절했다.

빨랫줄에 널린 아이들의 옷은 팔다리의 길이가 사람 손 한 뼘 정도였다. 아이들의 옷에 아이들의 작은 몸통이 들어 있는 듯했고 토한 젖이 삭은 냄새가 풍기는 듯도 했다. 빨래가 바람에 흔들려서 땅 위의 그림자가 흔들렸는데 아이들이 뛰어노는 것처럼 보였다. 야백은 집들의 울타리 너머로 빨래를 들여다보았다. 태어나서부터 죽을 때까지 옷을 입고 사는 인간의 운명에 야백은 미소 지었다. 몸통 위에 천을 한 겹 걸치는 그 답답함을 야백은 가엽게, 그리고 어여쁘게 여겼다. 젊은 농부의 집 마당의 빨랫줄에 널린 어린아이 옷은 죽은 아이가 입던 옷이 아닌가 싶어서 야백은 눈을 돌렸다.

월의 경작지들은 작은 조각으로 여기저기 흩어져 있었다. 들이 넓어도 경작지를 잘게 쪼개고 그 사이로 좁은 길을 터놓았다. 월나라 사람들은 사람의 하루 노동량을 표준으로 삼아서 밭의 넓이를 재단했던 것인데 야백은 말이었으므로 그 뜻을 알지 못했고 다만 그 작은 땅 조각들이 사랑스러웠다. 월의 경작지들은 고랑이 가지런했고 두둑이 높지 않았고 작물은 다 자라도 사람의 키를 넘지 않았다. 두둑이 길지 않아서 사람이 한나절에 오가며 일하기에 알맞았다. 키가 크지 않아서 열매를 쉽게 딸 수 있는 작물을 사람들은 대를 이어가며 심었다. 사람의 손에 많이 닿아서 경작지의 흙은 고왔는데, 야백이 마을로 들어오는 저녁에 흙에 노을이 스며서 밭은 부풀어 보였다. 야백은 밭에 머리를 들이댔다. 야백은 어린 사람의 살갗과 같은 흙의 촉감을 느꼈다. 흙이 여려서 발굽으로 밟으면 반동을 튕겨주지 못할 것 같았다. 말의 발굽으로 밟거나 사람을 태우고 그 위를 달릴 수 있는 흙이 아니었다. 단은 땅에 들러붙어서 사는 나라였으므로 단의 땅에도 이런 밭이 끝없이 널려 있을 터인데, 야백은 단의 밭과 단의 흙을 본 적이 없는 듯싶었다.

월의 마을에 들어온 날 야백은 사람의 이 집 저 집을 기웃거렸다. 야백은 사람의 집 울타리로 쓰는 떨기나무 덤불을 뜯어 먹었고, 경작지로 흐르는 물고랑에서 물을 마셨다. 마을의 아이들이 밤늦도록 집안을 기웃거리는 낯선 말을 수상히 여겨서 돌멩이를 던졌다. 야백은 어두운 숲속으로 몸을 숨겼다.

14

진짜와 가짜

단 왕 칭은 상양성이 무너지던 밤에 서남쪽 암문을 통해서 성을 빠져나왔다. 근시와 친위무장 백여 명이 따랐다. 상양성에서 왕의 신변이 다급해졌을 때 근시들은 칭왕과 닮은 가왕(假王)을 꾸며서 동북쪽 암문으로 내보냈다. 첩자들은 칭왕이 동북쪽 암문을 통해 달아나려 한다는 역정보를 초군 진영에 흘렸다. 초군은 동북쪽 암문 뒤에 복병을 숨겨놓았다가 가마를 타고 다가오는 가왕과 그 시종들을 죽였다. 초군은 가왕을 진짜 왕으로 알고 그 목을 잘라서 상부에 보냈는데, 가왕의 목이 초의 지휘부에 도착했을 때는 얼굴이 뭉개져서 표정이 남아 있지 않았다. 상양성 싸움 이후 칭왕의 생사가 헷갈리는 것은 이 가왕의 죽음에 관한 정황이 애매하기 때문이라는 설은 그럴싸하다.

진짜 칭은 남서쪽으로 열흘을 달려서 소금을 굽고 소금을 팔아서 사는 부족의 마을에 도착했다. 부족의 땅 한가운데에 둘레가 어른 걸음으로 보름을 걸어야 끝나는 호수가 있었는데 그 호수 밑바닥에서 짠물이 솟아올랐다. 부락민들은 이 짠물을 호숫가 진흙밭에 가두어놓고 햇볕에 말려서 소금을 구웠다. 햇볕이 맑고 바람이 가벼워서 소금은 달고 씨알이 굵었다. 이 부족은 군사를 기르지 않았으나 호수의 짠물이 넘쳐나서 수고로운 만큼 먹고살기는 풍족했다. 이 부족이 사는 마을 이름은 묘동(渺洞)인데 후세에 붙여졌다. 부락민들은 노새 수천 마리를 공동사육하면서 멀리 소금을 팔러 갈 때 노새를 부렸다. 한 번 장삿길에 한 달씩 걸릴 때도 있었다. 소금장수들은 여러 고장을 돌아다니므로 세상 물정에 밝았고 소문에 빨랐다. 묘동의 소금장수들은 상양성이 깨질 때 단 왕 칭은 왕성에서 도망쳤고 초군에게 잡혀 죽은 자는 가왕이며 진짜 왕은 어디론지 숨어들었다는 말을 여기저기서 전해 들었다.

단 왕 칭이 묘동의 땅으로 들어왔을 때 부락민들은 근시와 친위무장들의 위용을 보고, 진짜 칭왕임을 의심하지 않았다. 가짜라면 적을 속여서 진짜 왕을 빼돌리고 나면 임무가 끝날 것인데, 이 먼 변방에까지 올 이유가 없을 것이었다.

단 왕이 묘동의 땅 안으로 들어와 머물게 되었으므로, 머지 않아 단 왕을 잡으려는 초군이 몰려와서 묘동을 도륙해서 씨를 말리게 되리라는 두려움에 부락민들은 숨어서 수군거렸다. 단 왕 칭은 묘동의 부락민들을 동원해서 물가 양지쪽에 임시 거처를 짓고 들어앉았다. 부락민들은 소금 실은 노새를 끌고 멀리 나가서 초군 쪽 소식을 귀동냥했는데 소문들은 서로 엇갈려 흉흉했다.

칭은 묘동으로 오는 도중에 자신의 가왕이 살해되었다는 보고를 받았다. 칭은 칼이 다가오는 것처럼 목덜미가 서늘했다. 가왕이 죽고, 세상이 모두 죽은 가왕을 진짜로 안다면 칭 왕 자신이 죽은 것과 아무런 차이가 없었다. 죽은 것이 진짜고 자신이 가짜인가 싶었다.

다시 상양성으로 돌아가서 왕 노릇을 하려면 갓난아기로 태어나서 처음부터 다시 시작해야 할 듯싶었다. 칭왕은 근위 시종장에게 물었다.

—가왕은 진짜 죽었느냐?

—죽었습니다.

—어찌 그걸 아느냐?

—적들이 가왕의 머리만을 잘라서 가져갔고 몸통은 버렸으니, 죽은 것이 확실합니다.

—그 몸통은 진짜 가왕의 몸통이냐?

— 입은 옷이 진짜와 같았습니다.

— 그럼 적들은 내가 죽은 것으로 알겠구나.

— 머리통을 가져갔으니 그리할 것입니다.

— 적들은 가져간 머리가 가짜라는 걸 알면서도 모른 척 하는 것이 아닌가?

— 그야, 적이 아니고서야 알기가 어렵사옵니다.

— 그렇겠구나. 적이 나를 시체로 안다면 나는 왕이 아니 로구나. 적에게 내가 죽지 않았다는 걸 알리려면 어찌 해야 하겠느냐? 나의 목적은 위급한 성을 빠져나오는 것이었다. 죽자는 것이 아니었다.

— 서두르실 일이 아닙니다. 적들이 전하가 살아 있는지 를 모르는 것이 전하에게 불리하지 않습니다.

— 백성들도 내가 죽은 것으로 아느냐?

— 백성들은 신경 쓰지 마옵소서. 백성들은 제 자식과 제 논밭만 아는 자들이옵니다.

— 진짜 가왕이 죽어서, 내가 가짜 가왕이 되었구나. 내 가 죽었느냐 살았느냐?

— 폐하, 말씀이 어렵사옵니다.

말은 겉돌아서 대답이 되어지지 않았다.

단 왕 칭이 부락 안으로 들어왔으므로 곧 뒤따라 들이닥칠 초군을 묘동의 백성들은 두려워했다.

월익(越翼)이라는 검은 새들이 호숫물 한가운데 사는데, 이 새의 간을 장작불에 구워 먹으면 달고 포근한 맛에 정신이 혼미해지는데, 타서 검어진 부분을 먹으면 맛에 홀려 있는 중에 독이 퍼져서 죽는 줄도 모르고 즉사한다. 실제로 죽은 자들이 있었다.

월익의 간 구이를 단 왕 칭에게 바쳐서 칭을 죽이는 것이 부락이 살 길이라고 늙은이들은 수군거렸다.

장삿길을 멀리 다녀서 물정에 밝은 젊은이들은 초가 가짜 칭을 진짜 칭으로 알고 있으므로, 진짜 칭은 이미 죽었고 묘동에 들어온 자는 가짜 칭이라고 소문을 퍼뜨려야 초의 공격을 벗어날 수 있다고 말했다. 소문은 나하를 건너서 초군에게까지 퍼져갔다.

칭왕은 자신이 살아 있는 것인지 죽은 것인지 헷갈렸다.

—죽은 것이 가왕 맞느냐?

칭왕은 밥을 먹다가 술을 마시다가 불쑥 근시들에게 물었다. 근시들은, 그렇습니다, 목이 잘렸습니다, 라고 대답했다.

—머리가 잘린 것을 물은 것이 아니라 그 머리가 누구의
   머리인지를 물었다.

—진짜 가왕의 머리입니다.

칭왕은 자신의 목덜미를 손바닥으로 쓰다듬었다. 가짜가 죽으면 진짜가 따라 죽느냐, 라고 물으려다가 칭왕은 말을 참

았다.

상양성 싸움에서 초와 단은 모두 기진맥진했다. 성안의 전
각과 창고들이 불타서 주저앉았고 성벽이 여기저기 뚫려서
초군이 한때 성안으로 진입했으나 초군은 성을 차지하지는
못했다. 단의 후궁들과 궁녀들이 거처하던 내원(內園)의 전각
들도 불탔다. 초군들은 후궁의 전각에 들이닥쳐서 방마다 수
색했다. 여자들은 달아나서 없었고 빈방에 타다 만 옷가지와
분첩이 널려 있었다. 빈방에서 방금 달아난 여자들의 온기가
느껴졌다. 여자들이 쓰던 청동거울이 벽에 걸려 있었다. 초군
은 거울을 들여다보았으나 여자들은 보이지 않고 수염이 웃
자란 제 얼굴이 보였다.

초의 표가 병력의 일부를 거느리고 귀국한 뒤에도 초의 주
력은 상양성 밖 들판에 굴을 파고 들어앉아 장기전으로 상양
성을 압박했다. 싸움이 없을 때 초군은 군사를 멀리 보내서
단 백성들의 가축과 식량을 빼앗았다. 초군은 본국에서보다
배불리 먹었다.

단군은 무너진 상양성에 계속 주둔했다. 단군은 초군의 투
석기가 성안으로 쏘아 넣은 돌덩이를 모아서 무너진 성벽을
보수했다. 단군은 시체로 메워진 우물을 청소해서 먹을 물을
길었고, 연못에 던진 식량을 거두어 햇볕에 말렸다. 불붙은 전

각들에서 싸움이 끝난 후 열흘 동안 불길과 연기가 올랐다.

비가 내려 불이 꺼지자 메뚜기 떼가 구름처럼 몰려왔는데, 몰려오고 몰려가는 방향을 사람들은 가늠할 수 없었다. 메뚜기 떼가 몰려오면 해가 가리어져서 대낮에도 어두웠다. 메뚜기들은 살쪄서 어린 아기 주먹만 했다. 타다 남은 나무기둥을 갉아 먹었고 서로 뜯어 먹었고 입으로 검은 침을 흘렸다. 메뚜기 떼는 살아 있는 사람에게 달려들어 귓구멍, 콧구멍으로 파고들었다. 단의 군병들은 메뚜기에 맞서지 못했다. 군병들은 연기를 피워서 메뚜기를 쫓았고 군막 밖으로 나오지 않았다. 메뚜기 떼는 보름 동안 상양성을 파먹고 강풍에 실려서 지평선을 건너갔다.

메뚜기 떼가 물러가자 개구리가 창궐했고 웅덩이마다 두꺼비, 도롱뇽, 뱀 들이 들끓었다. 개구리들은 무너진 사당, 연못의 바닥을 뒤덮었고 파헤쳐진 선왕들의 무덤 속을 메우고 울었다. 두꺼비와 뱀이 뒤엉켰고 개구리가 뱀의 새끼를 먹었다. 개구리들은 인마의 시체 속을 파헤쳐서 구더기를 잡아먹었고 웅덩이에 알을 낳아 물을 덮었다. 하늘과 땅 사이에 개구리 울음소리가 가득 찼고 밤에는 별과 개구리들이 마주 보며 와글거렸다. 잠을 못 자서 미친 말들이 앞발을 쳐들고 울부짖었다. 단의 군병들은 귀마개를 하고 머리카락을 쥐어뜯었다.

상양성의 개구리들은 '아니다, 아니다'라고 외치면서 울어 댔던 것인데, 이 개구리들은 초군이 성벽을 공격할 때 성벽 위에서 하얀 젖가슴을 드러내놓고 통곡하던 여자들의 원혼들로, 백산 무당 요의 신기로 환생한 것이라고 상양성의 백성들은 말했다. 메뚜기 떼가 지나가고 개구리 떼가 지나간 뒤에도 상양성의 폐허에는 봄이 와서 새 풀이 돋아났다.

15

왕자

병력의 절반 이상을 나하 건너편에 놓고 돌아온 표는 여러 변방 부족들의 동태가 불안했다. 진상을 바치는 부족장들의 몸가짐은 여전히 공손했고 지방군들이 통제를 이탈하려는 낌새는 없었지만, 초원은 너무 넓어서 가장자리까지 왕의 시선이 닿지는 않았다. 먼 부족과 목장들을 오가는 기마전령들의 복명은 늦어지고 있었다. 기일보다 늦게 당도한 전령들은 얼굴에 기름기가 번들거렸고 말들이 살쪄 있었다. 전령들은 도중에 비가 많이 내렸고 말이 설사해서 늦었다고 보고했다. 표는 왕국의 조일 힘이 빠져가고 있음을 느꼈다. 변방의 고요는 음험하게 느껴졌다.

표는 부족장과 변방의 군장들을 자주 불러들여 왕궁 주변에 오래 머물게 했다.

　상양성 싸움에서 돌아온 뒤 표는 단의 높은 성벽과 번쩍이는 전각들에 주눅 들어 있었다. 주눅이라기보다는, 그처럼 완강하고 미련하게 땅에 들러붙어서 움직이지 않는 거대한 구조에 대한 공포와 혐오감이었다. 나하 건너편은 돌 위에 돌을 쌓아서 돌로 한세상을 차려놓고 있었다. 코끼리 두 마리를 들이대도 성벽의 밑돌 한 개를 뽑아낼 수가 없었다. 사람이 땅에 들러붙으면, 땅은 그 위에 들러붙은 자의 것이 되는데 그 위에 기둥과 지붕을 세우고 그 안에 들어앉은 자들의 어두움을 표는 상양성에서 알았다. 초원에서 창세 이래로 전개된 싸움은 세상에 금을 긋는 자들과 금을 지우려는 자들 사이의 싸움이었고, 초원 끝까지 나아가서 금을 지우면, 그 뒤쪽에서 다시 금이 그어져서 싸움은 끝이 없었다. 싸움은 초의 시원부터 대를 이어가며 표에게 물려졌다.

　돌무더기를 치우라는 부왕 목의 목소리는 가래가 끓는 소리에 잠겨 있었으나, 세상의 무서움을 아는 노인의 어조였다.

　부왕 목의 돈몰은 땅 위의 금을 미처 지우지 못한 자가 금이 없는 세상을 향해 저 자신의 금을 지우는 자진(自盡)이었다. 돈몰의 배는 땅 위에 돌무더기를 남겨두고 유역이 보이지 않는 강심을 따라 새벽 강을 흘러갔을 뿐이었다. 배 떠내려간 하류 쪽은 아득했다.

싸움에서 돌아온 뒤 표는 열흘 동안 폭음했다. 밤에 마시고 낮에 깨고, 낮에 마시고 밤에 깨기를 거듭했다. 변방 부족들 가운데 순정치 못한 자들이 있으니 이웃한 부족 서너 개를 하나로 묶어서 합치고 족속의 민심을 어지럽히는 부족장들을 모두 없애야 한다고 근시들이 진언했다. 표는 술에 취해 내린 결정을 깨서 뒤집었고, 깨서 내린 결정을 취해서 뒤집었다. 술에 취한 표가 술 안 마신 근시들에게 말했다.

— 너희들도 취해서 다시 한 번 생각해보라. 부족장 네
    놈 중에서 죽일 놈이 누구인지를.

표가 취하고 깨기를 거듭할수록 근시들은 정신이 뿌예져서 안 취해도 취한 듯했다. 근시들이 제거하자고 지목한 늙은 부족장들은 구역을 조정하고 병력을 징발하는 문제로 근시들 가운데 젊은 축들과 다투고 있었는데, 표는 그 낌새를 알고 있었다. 근시들끼리도 보이지 않는 패거리로 나뉘어 있었다. 표가 오락가락하자 근시들은 표를 더욱 두려워했다.

표는 열흘 만에 술 마시기를 멈추었다. 표는 근시들이 지목한 부족장 네 명을 나하 중류의 무인도로 귀양 보냈고, 부족장을 제거하라고 진언한 근시들도 부족의 땅을 빼앗으려 했다는 죄목으로 같은 섬에 귀양 보냈다. 홍수 때는 물에 잠겨서 꼭대기만 물 위에 뜨는 작은 섬이었다. 크고 굼뜬 물고기

들이 섬으로 바짝 다가와서 낚싯대가 없이도 손으로 잡을 수 있었으나 곡식과 채소는 심을 수 없었다. 섬으로 쫓겨간 자들은 귀양이 풀리지 않아서 섬에서 죽었다. 적대하는 두 패거리가 그 좁은 섬 안에서 어떻게 마주 보며 살았는지, 서로 죽여서 끝장을 냈는지는 알 수 없다. 섬에서 살아나온 자는 없었고, 흘러나온 소식도 없었다. 홍수 때마다 섬은 꼭대기만 보였다. 근시들과 부족장들을 귀양 보내자 변방의 수군거림은 잦아들었으나 새로운 왕이 나하의 물속에서 홀연 나타나리라는 요언이 퍼졌다. 표는 암행 기찰대를 멀리 보내서 여러 목장 말들의 흘레가 순조로운지를 살폈고 백성들의 노래와 지방 군장들의 언동을 수집했다.

표는 지방병력을 징발해서 왕궁 주변에 배치했고, 말의 혈통을 어지럽힌 상마관들을 죽였고, 상양성 전투에서 단의 금붙이를 몰아와서 집에 쌓아두고 금을 팔아 땅을 사서 땅에 금을 긋고 눌러앉으려는 군독과 군장을 모두 죽였고, 그자들에게 금붙이를 구입한 이들도 모두 죽여서 나하의 물고기에게 먹였다. 전쟁에 헝클어진 초원은 모처럼 가지런했다.

물건과 물건 사이에 물건이 아닌 것이 끼어드는 더러움을 초의 선왕들은 경계했고, 돈몰한 목왕도 그 가르침을 받들었다. 금붙이로 곡식이나 땅을 사고팔게 되면 곡식도 땅도 아닌 헛것이 인간 세상에서 주인 행세를 하게 되고, 사람들이 헛것에 홀려 발바닥을 땅에 붙이지 못하고 둥둥 떠서 흘러가게 되고, 헛것이 실물이 되고 실물이 헛것이 되어서 세상은 손으로 만질 수 없고 입으로 맛볼 수 없는 빈 껍데기로 흩어지게 될 것이라고 선왕들은 근심했다.

상양성에서 돌아온 뒤 표는 선왕들이 근심했던 헛것들이 점차 땅 위에 내려앉고 있는 기미를 느꼈다. 상양성의 번쩍이는 돌무더기와 금붙이를 보고 온 자들은 그 헛것에 홀려 있었다. 표는 젊은 군관들의 직급을 올려서 단위부대의 지휘를 맡겼고 상양성에서 돌아온 늙은 군장들을 노역장으로 보내 나하 범람 구역에 모래가마니 쌓는 작업을 맡겼다. 전쟁 후의 들뜸은 점차 가라앉았다. 이 안정은 평온이 아니라 짓눌림인데, 표가 그것을 모르지 않았다.

돈몰의 풍속은 드러나지 않게 이어져 내려왔다. 노인들이 돈몰하는 새벽 강가 안개 속에서 물소리가 철썩거렸고 사람의 기척은 없었다. 노인들은 말소리를 내지 않았고, 배 떠난 물가에는 새들이 다시 모여들었다. 마을에서 노인 몇 명이 보이지 않아도 사람들은 노인의 행방을 묻지 않았다.

목왕이 돈몰한 후에 돈몰은 더 늘어갔다. 사람들은 돈몰의 배가 떠나는 날 물가에 모여 무당의 춤과 소리를 베풀어 전송했고 멀어지는 배를 향해 절했다. 남은 사람들은 끓인 말 핏

덩이를 배에 실어주었는데, 노인들은 배가 물가를 떠나면 말
핏덩이를 물 위로 던져 물고기에게 주었다. 표는 돈몰의 풍속
을 가엾게 여겼으나 세상에서 물러서서 이 세상이 아닌 곳으
로 가려는 노인들의 뜻을 가엾게 여겨서 금하지 않았다. 돈몰
은 장려할 만한 풍속은 아니지만, 늙은 백성들이 스스로 소멸
의 길에 나아감으로써 산 자들의 삶을 긴장시키고 초원에 활
기를 넣어주는 일이었으므로, 표는 백성들의 풍속에 깊이 간
여하지 않았다.

표는 가끔 새벽 강가에 나가서 돈몰하는 백성의 모습을 살
펴보았으나, 신분을 드러내지 않고 풀 속에 숨어서 엿보았다.

허연 수염을 날리는 노인들이 배에 오를 때 표는 돌무더기
를 치우라는 부왕의 유훈이 무겁게 느껴졌다. 부왕은 초원의
모든 늙은이를 데리고 금 없는 세상을 향해 돈몰의 강을 흘러
내려가고 있었다. 노인의 소멸은 평화로워 보였다.

강가에서 돌아온 날 표는 문득 동생 연을 생각했다. 풀숲
을 헤쳐서 들여다보면서 혼자서 웃던 연의 바보스러운 웃음
이 떠올랐다. 연이 무엇을 보고 웃는지 표는 짐작할 수 없었
고 그 웃음의 의미에 닿을 수 없었다. 표가 출정하던 날 연은
출정식에도 오지 않았고 부왕도 연을 찾지 않았다. 연은 오지
않았지만, 오지 않은 연의 그림자가 출정식의 마당에 드리워
져 있었다. 표는 그 그림자의 깊이가 두려웠다. 부왕의 돈몰

로 후계를 놓고 수군거리는 언동이 초원에 번지기도 했다. 연은 역(逆)을 도모할 만한 위인은 아니었으나, 부왕의 몸에서 비롯된 제 핏줄의 한 가닥은 멀고 낯설었다.

소년 시절에 말타기를 갓 배워서 달릴 때, 말을 타고 달리고 또 달리면 이 세상의 시간을 벗어나고 먼 것들이 자꾸만 다가와서 결국은 미치게 되는데, 이미 미쳤으므로 미친 줄 모르게 되는 이중의 미침을 표는 알지 못했으나 그 미침 속에서 말은 앞으로 달렸다.

말을 타고 달릴 때 말이 몰고 가는 모든 힘은 말 탄 자의 창끝에 한 점으로 집중되었다. 집중은 빛나고 강력했다. 닥쳐오는 힘이 지나간 힘을 끌어당겼고, 지나간 힘은 닥쳐올 힘과 합쳐지는 순간에 다시 살아나서 창끝의 힘은 늘 살아 있는 현재였다. 말 탄 자는 지나간 힘과 현재의 힘을 합쳐서 창끝의 힘으로 작동시킬 수 있었고, 그 힘에는 창을 쥔 자의 몸 힘과 말 힘이 합쳐져 있었다. 말의 생명의 힘은 말 탄 자의 창끝을 향해 질주했다.

표는 창끝의 놀라움을 연에게 말해주고 싶었으나, 말로 전할 수 있는 것이 아니었다. 연은 말을 탈 때 창을 들지 않았고, 무리를 거느리지 않았고, 혼자서 멀리 가서 저물어도 돌아오지 않았다.

표는 연의 행방을 찾으라고 부족장들에게 명령하였는데,

변방에서 올라오는 보고들은 어수선했다. 몇 해 전에 물가에 앉아서 낚시질하는 연을 보았다는 자도 있었고, 연이 눈 쌓인 겨울 저녁에 마을에 나타나서 백산으로 가는 길을 물었다는 자도 있었는데, 무얼 보고 하는 소리인지 종잡을 수 없었다.

나하가 범람하는 습지의 갈대밭에서 풀숲을 헤치고 벌레를 들여다보는 자가 있는데 어깨가 둥글고 원숭이처럼 팔이 길어서 땅에 닿을 정도이니 연과 닮았다는 보고가 들어왔다. 표가 내군의 늙은 군관을 보냈다. 군관은 연이 어렸을 때부터 보아온 늙은이였다. 군관은 북쪽 산악을 뒤져서 연을 찾아냈다. 연은 사람의 말을 말하지 않았고, 뭐라고 지껄였으나 사람이 알아들을 수 없었지만, 그가 연이라는 것은 확실했다. 연은 시중드는 자 서너 명 외에는 무리를 거느리지 않았는데, 그 서너 명도 왕궁에서 데리고 나온 시종들이 아니라 길에서 만난 자들이었다. 연은 얼굴이 검고 이가 희고 눈이 파랬고 머리카락이 붉었다. 연은 메뚜기를 먹고 뱀 알을 먹었다. 연은 사슴뿔을 어깨에 걸쳤고 풀을 엮어서 앞을 가렸다. 연은 팔이 길어서 걸을 때 손바닥으로 땅을 짚었다.

군관은 연을 표에게 데려왔다. 연은 사람의 말을 하지 않았으므로 연의 말을 사람의 말로 옮길 수 있는 무녀가 연을 따라왔다. 무녀는 젊은 외눈박이였는데, 신 내린 지 얼마 되지 않아서 신기가 영롱했다.

표가 보기를 원한다는 뜻을 전하자 연은 묶지 않아도 군관을 따라왔다. 연은 말 등에 오르기를 거절했다. 군관은 말이 끄는 수레에 연과 무녀를 태웠다.

연은 길 떠난 지 두 달 만에 표 앞에 당도했다.

표는 연의 남루한 몰골을 민망히 여겨서, 연을 만날 때 군왕의 위용을 보이지 않았다. 표는 군막에서 평복 차림으로 연을 만났다.

표는 군막 앞마당 평상 위에 앉았다. 연은 평상에 오르기를 거절하고 스무 걸음쯤 떨어진 땅바닥에 앉았다. 내군 위장 서너 명이 군막을 멀리서 시위했고, 다른 병력은 없었다.

표와 연 사이에 무녀가 앉아서 양쪽의 말을 옮겼다. 무녀는 사람의 말을 쓰지 않는 자에게 사람의 말을 전했고, 사람의 말을 쓰는 자에게 사람의 말을 쓰지 않는 자의 말을 전했다.

연은 두 팔을 길게 뻗어 땅바닥을 짚고 앉아서 머리를 쳐들어 표를 노려보았다. 연은 이따금 입을 크게 벌려서 먼 데를 쳐다보며 하품을 했다. 입안의 깊은 어둠 속까지 흰 이가 가득 차 있었다.

연의 몸과 표정 어디에서인지 분명치는 않았지만, 연은 혈육이라는 운명의 느낌을 전신으로 뿜어내고 있었다.

… 저것이 내 동생이로구나.

표는 그 운명이 자신을 옥죄일수록 거기에서 벗어나고 싶었다.

표와 연의 대화 내용은 『시원기』에 기록되어 있지 않다. 표와 연 사이에서 말을 옮긴 무녀가 그 내용을 부락민들에게 전했는데, 그 파편이 후세에 전한다.

표가 말했고, 무녀가 표의 말을 연에게 옮겼다.

— 너와 함께 초원으로 말을 달리고 싶었다. 너는 요즘
   말을 타느냐?

— 나는 말을 타지 않는다. 말들은 모두 초원으로 돌려보
   냈다.

— 부왕은 돈몰하셨다. 너는 알고 있었느냐? 알면서도
   모른 척했느냐? 알았거나 몰랐거나 불충하고 불효
   하다.

— 나는 알지 못했다. 알았다 하더라도 아무 차이 없다.
   돈몰하는 사람 앞에 무슨 충효가 있겠는가.

— 너는 말이 많이 늘었구나.

— 하하, 그러냐? 사람의 말을 쓰지 않기 때문일 것이다.

… 이 자식이 많이 컸구나. 점점 다루기 힘들어지는구
   나….

표는 생각했다.

— 너는 무얼 하며 소일하느냐?

— 나는 소일하지 않는다. 나는 시간과 더불어 흘러간다.

나는 다만 들에 나가 바람을 쐰다.

무녀는 말을 옮기는 중간중간에 하늘을 향해 두 팔을 쳐들고 짐승의 고함 같은 소리를 질렀다.

표가 무녀에게 물었다.

— 그게 뭐 하는 짓이냐?

— 너의 말을 네가 아닌 자가 알아들을 수 있도록 바꾸려고 신기를 불러들이는 것이다. 너는 알려고 들지 마라. 나는 사람과 사람 아닌 것 사이에 있다.

표가 연에게 물었다.

— 나는 싸움에서 돌아왔다. 너는 어째서 싸움의 득실을 묻지 않느냐?

— 아하, 피가 많이 흘렀겠구나. 그래, 돌무더기는 다 치웠느냐?

— 다 치우지 못했다. 돌은 완강하다.

— 그렇겠구나. 부왕께서도 그 어려움을 아시니, 스스로 돈몰하신 것이다.

— 나는 부왕의 아들이다. 이 세상 땅 위의 금을 끝까지 없애려 한다. 너는 내 가까이에 머물면서 왕통을 두텁게 해주지 않겠느냐?.

— 땅 위의 금은 지울수록 더욱 드러난다. 나는 내 자리로 돌아간다. 나의 자리에는 금이 없다.

표가 무녀에게 물었다.

— 너의 자리는 어디냐?

— 아주 먼 곳이다. 말해줘도 너는 모른다.

— 거기도 초의 땅이냐?

— 그 땅에는 이름이 없다.

연이 물었다.

— 나를 보자고 한 까닭이 무엇이냐? 나를 불러들이자는
 것인가?

— 그렇다기보다는 혈육의 정리로서 생사를 확인하고
 싶었다. 불러들일 수 없다는 걸 알았다.

— 알았다니 돌아가겠다.

연은 자리에서 일어섰다. 연은 보따리가 없었다. 표는 연의
행선지를 묻지 않았다. 표는 말 두 마리가 끄는 마차에 길양
식을 실어서 연을 따르게 했다. 연과 무녀는 걸어서 갔고 마
차가 그 뒤를 따랐다. 연이 떠난 지 하루 만에 나하 쪽으로 가
는 떨기나무 숲길에서 연이 버리고 간 마차가 부락민의 눈에
띄었다. 마차에는 길양식이 그대로 실려 있었는데, 부락민들
이 가져가서 먹었다. 마차에는 말이 묶여 있지 않았다. 말은
풀어져서 초원으로 돌아갔다. 연이 버린 길양식을 먹은 부락
민들은 마차를 땅에 파묻었고 부족장에게 보고하지 않았다.

16

유생

초군의 철수병력은 나하를 건넌 지 한 달 만에 왕궁에 도착했다. 초군은 행군대오를 갖추지 않고 단위부대로 이동했다. 신월마 토하는 정남총병마사 표를 태우고 달리거나 걸었다. 표가 박차를 지를 때 토하는 아랫배에 벼락이 꽂히는 느낌이었다. 벼락은 전신으로 퍼져 나가서 피를 솟구치게 했고 네 다리가 몸무게를 싣고 허공에 떠서 무게가 없어진 몸은 앞으로 내달렸다. 표의 박차를 받고 달릴 때 네 발굽이 토하의 몸을 땅속으로 분산시켰고, 땅의 속박에서 풀려난 몸은 바람처럼 흘러갔는데, 바람 속에서 몸은 살아서 떨리고 있었다.

철수하는 행군대열은 느려서 표는 박차를 자주 지르지 않았다. 토하는 아랫배 쪽이 허전했다.

날이 저물면 표와 근위들은 천막에 들었고 일등품 이상의 말들은 나뭇가지로 엮은 바람막이 뒤에서 밤을 지냈다. 군병들은 짐승 가죽을 덮고 노지에서 잠을 청했다.

군병들은 여린 풀을 베어와서 지체 높은 말들을 먹였고, 말에게 부채질을 해서 물것을 쫓았고, 말 발목에 고약을 붙여서 빈대를 막았다.

토하는 표의 천막에 함께 들었다. 군병들은 멀리서 길어온 물로 토하를 목욕시키고 빗질해서 천막에 넣었다. 천막 한구석이 토하의 자리였는데 사람과 말 사이에 가림막이 없었다. 밤에 토하가 똥을 누면 숙직 근위가 똥을 치웠다. 표는 잠자리에 들기 전에 토하를 쓰다듬고 입속을 살펴서 이빨 사이를 닦아주었다. 표는 천막 안에서 여자를 품었다. 토하는 교접하는 인간 남녀의 벗은 몸을 바라보면서 뒷다리로 땅을 긁었다. 인간 남녀의 동작은 뒤죽박죽이었고 소리가 났다. 여자가 토하의 시선이 거북하다고 말하자, 표는 말은 말을 하지 못한다고 말했다.

토하는 나하를 건너기 전날, 부교 앞에서 만난 수말 야백을 생각했다. 그날 토하는 야백의 몸을 받았지만, 야백이 단의 군독 황의 말이라는 사실을 몰랐다. 말들은 본래 몸을 알 뿐, 지체의 높고 낮음을 알지 못하는데, 번쩍이는 장신구를 걸치고 살아온 말들은 상대의 관작을 알아볼 수 있었다. 그날 야백은 아무런 치장도 없었고, 갈기는 먼지에 절어 있었고, 입 냄새가 탁했다.

야백의 몸은 토하의 몸속에 가득 찼는데, 가득 찰수록 모자라서 토하는 머리를 들고 비명을 질렀다.

그날 물가에서 야백과 헤어질 때 토하는 하품하는 야백의 입속을 보았다. 양쪽 어금니가 빠진 자리가 휑했고, 재갈을 물고 있지 않았다. 야백의 이 빠진 자리는 토하의 마음에 깊이 자리 잡았다. 재갈이 없고 고삐가 없다면 등급이 낮은 말일 터인데, 수말의 몸은 빛났고 힘이 가득 차 있었다.

표의 여자가 돌아누우며, 말이 자꾸 쳐다봐요, 라고 말했다. 표는 토하의 눈에 가리개를 씌웠다. 토하가 콧바람을 힝힝거리자 표는 조용히 하라고 꾸짖었다.

야백의 몸을 받은 뒤 토하는 희뿌연 안개가 낀 것처럼 몸속이 답답했다. 안개는 몸속을 이리저리 밀려다녔다. 안개 너머에서 뭔가 알 수 없는 것이 꾸물거렸고 작은 반딧불 같은 빛의 점이 반짝거렸다. 빛의 점은 흐리고 멀었는데 점차 가깝게 다가오고 또 멀어졌다. 안개는 뭉쳐서 어떤 형상을 이루는 것 같다가 이내 흩어졌다. 토하는 대낮에도 졸면서 꿈을 꾸었다. 꿈은 꿈을 더 깊은 꿈으로 끌고 갔다. 꿈이 생생해서, 깨어나면 오히려 꿈속 같았다.

초원에 큰 강이 흐르고 하늘에 초승달이 걸려 있었다. 강은 넓어서 초원과 산맥의 모든 물을 몰아서 느리게 흘렀고 가는 달의 서슬이 날카로워서 하늘은 팽팽했다.

토하는 물가에 있었다. 달이 토하의 넋을 끌어당겼다. 토하는 자신이 걷고 있는지, 흘러가고 있는지 의식이 없었다. 네 다리는 저절로 움직였다. 강이 바다와 닿는 하구의 물소리가 환청으로 다가왔는데, 거기가 신월마의 선조들이 초원을 건너와서 물 마시던 자리였다. 물에 초승달의 푸른 기운이 섞였다.

앞으로 나아가면서 토하는 몇 달 전에 나하 물가에서 흘레 붙던 수말이 따라오는 듯한 환각에 뒤돌아보았으나 뒤에는 아무도 없었고, 달맞이꽃이 피어서 밤의 초원은 지평선 너머까지 노랬다. 색의 바다는 노랑에서 파랑으로 건너갔는데 바람이 불면 노랑과 파랑이 섞여서 흔들렸다.

초저녁 꿈에 상양성이 불타고 있었다. 상양성은 불티가 되어서 흩어지고 돌무더기들이 내려앉았는데, 불탄 자리에서 또 다른 상양성이 솟아올라서 불에 타기를 거듭했다. 군병들은 싸움에 나서지 않고 멀리 떨어져서 불을 구경하고 있었다. 상양성의 불길은 다함이 없었는데, 땅이 불을 토해내는 듯싶었다. 구경하는 사람들이 그 자리에서 늙어 죽은 후에도 불은 계속 솟는다는 소문이 돌았다. 토하는 네 다리를 꿇고 주저앉아서 치솟고 흩어지는 불길을 바라보았다. 열기가 다가와서 온몸에 통증이 느껴질 때 토하는 잠에서 깼다. 오줌을 지려서 아랫도리가 젖어 있었다. 토하는 몸을 흔들어서 오줌을 털었고 먹은 것을 토했다.

상마관들이 토하의 증세를 진단했다. 상마관들은 토하를 말뚝에 묶어놓고 토하의 생식기를 열어 보았고 목구멍 안을 살폈고 눈꺼풀을 뒤집어 보았다. 토하의 증세는 수태 초기였다. 상마관들이 목마청(牧馬廳)에 토하의 증세를 알렸다. 목마청의 군독은 겁에 질렸다. 신혈마 전풍일품이며, 발전홍의 작위에 오른 왕의 총마가 어느 수놈의 종자인지 모를 새끼를 배었다면 목마청 목부와 상마관, 마의 들은 죽임을 면치 못할 것이었다. 군대가 나하를 건너기 전 부교 앞에서 토하가 웬 낯선 말과 흘레붙어서 입으로 안개를 뿜어내며 헐떡이는 모습을 보았다는 목격자가 있었으나, 그 수말의 근본이 무엇인지는 알 수 없었다.

토하의 배가 부르기 전에 낙태시키고, 조섭(調攝)을 빠르게 마무리해서 일을 감추기로 마관들은 합의했다.

표는 순혈 특등마 다섯 마리를 오준(五駿)이라고 이름 지어서 따로 관리했다. 표는 오준 다섯 마리에게 모두 벼슬을 내렸는데 토하가 일등관작이었다. 표는 계절마다 말을 바꾸어 탔고, 달이 차고 기우는 정도에 따라서 털 색이 다른 말을 탔다.

마의는 표가 삼등관작 말을 타고 먼 변방으로 갔을 때, 토하를 낙태시켰다. 마의는 독이 든 풀을 토하의 먹이에 섞어서 먹였다. 토하는 잠이 들어서 쓰러졌고 자궁 안에 붙어서 숨 쉬던 핏덩이는 녹아서 흘러나왔다.

잠에서 깼을 때, 몸속의 안개가 걷혀 있었고 핏덩이가 빠져나간 자리에 모래가 깔린 느낌이었다. 토하는 그 느낌의 정체를 알 수 없었다. 마의가 토하에게 갈나무의 백 년 넘은 뿌리를 고아서 보약으로 먹였다. 돌아온 표는 토하가 낙태한 것을 알지 못했다.

토하의 몸에서 흘러나온 핏덩이를 부르는 말은 유생(流生)이다. 토하뿐 아니라 사람을 포함해서 모든 짐승의 태에 붙어서 생겨나던 도중에 떨어져 나온 핏덩이를 유생이라고 불렀는데, 물굽이에 사는 부락민들이 지은 이름이다. 유생은 흘러나온 목숨이란 뜻이다. 유생은 형태가 없어 흐물거렸고 물 같기도 했고 멀건 죽 같기도 했으나 온기가 있었다. 떨어져 나온 태자리 쪽으로 꿈틀거렸으나 옮겨가지는 못했다. 유생은 이름이라기보다는 모양을 형용한 말이다. 유생에게도 영혼이 있지만, 발생 초기의 이 영혼은 아직 동물의 종(種)별로 분류가 되지 않아서 사람의 영혼이나 들짐승, 날짐승의 영혼이 모두 똑같았으며, 흐느적대고 너풀거리며 서로 끌어안고 뒤엉켰다고 한다. 물굽이 부락민들은 모든 유생의 넋을 위해 흐르는 물 위에 갈나무의 새잎을 띄우고 나뭇잎이 보이지 않을 때까지 노래했다. 유생의 넋은 모두 하늘로 올라가 은하수 너머에서 별이 되는데, 멀고 흐려서 사람이나 짐승의 눈에 보이지 않는다.

토하의 몸에서 흘러나온 유생이 야백의 씨라는 소문은 흘레를 목격한 자들이 퍼뜨렸다. 토하의 유생은 말의 유생들 가운데 으뜸이라고 부락민들은 수군거렸지만, 별자리가 흐려서 보이지 않기는 마찬가지였다. 토하의 유생이 말이었으므로, 이 유생은 백산 무당 요의 아버지 손에 죽은 총총의 별자리 곁으로 갔다.

장마가 걷히고 하늘이 맑은 밤에, 요는 때때로 밤하늘의 유생들을 백산으로 불러들여 생명으로 태어났으나 생명이 되지 못한 넋들을 짝지어서 하룻밤을 지내게 해주는데, 이날 토하의 유생도 백산에 초대되었다.

17

바람

단 왕 칭은 넉 달 만에 상양성으로 돌아왔다. 소금 굽는 묘동에서는 산 머리와 죽은 머리가 뒤섞여 있었고 목숨이 뜬 소문처럼 느껴졌다. 묘동에서 오래 지체하면 스스로 가왕이 되어서 목이 떨어져 나가고 살아서 허깨비가 될 것이었다. 가짜 왕도 진짜 왕을 죽일 수 있었다. 초군의 잔류 병력은 여전히 상양성을 멀리서 압박했다. 초군은 단 왕 칭이 죽은 것으로 알고 다시 상양성을 공격하려고 대오를 수습하고 있었다. 초군은 유술을 주력으로 삼아서 개를 훈련시키고 있었다. 단의 첩자들이 초군 진영 주변에 숨어들어서 칭왕이 죽지 않고 살아서 상양성으로 돌아왔다는 말을 퍼뜨렸다. 정보가 엇갈렸으므로 초군은 공격을 머뭇거리면서 상양성 안으로 첩자를 들여보냈다. 칭왕은 죽음이네 삶이네 하는 일컬음이 모두 말(言) 위에 떠 있는 것처럼 느껴졌다. 목 위에 얹혀 있는 머리가 죽은 가왕의 것이 아닌가 싶었다. 술 취한 저녁에 칭왕은 손바닥으로 제 머리를 쓰다듬었다. 머리는 제자리에 붙어 있었다.

근시들이 군독 황의 최후를 칭에게 보고했다. 성이 위태로울 때 황이 스스로 돌덩이가 되어 투석기로 발사되어서 몸이 가루가 되었으므로 그 충성을 위로해야 한다고 근시들은 진언했다. 칭왕은, 황은 살길이 없었다, 황은 제 편한 길을 간 것이다, 돌멩이를 포상할 수는 없다고 진언을 물리쳤다. 근시들은 날로 무정해지는 왕의 심성을 근심했다.

근시들은 또, 황이 죽자 황의 총마 야백이 군진에서 도망갔다고 보고했다. 칭은 이따금 야백을 타고 달릴 때의 승마감을 떠올렸다. 말이 쓰는 힘이 말 탄 자에게 느껴지지 않았다. 힘차고 가벼웠으며, 솟구치고 내려앉을 때의 출렁거림이 순했다. 야백이 스스로 머리를 부딪어 재갈 무는 이빨을 빼낸 자해를 근시들은 알지 못했고 보고하지 못했다.

—아까운 말이로구나.

칭왕은 혼잣말처럼 중얼거렸다.

—황의 몸이 날아가서 으깨지는 걸 말이 보았느냐?

— 말이 늘 황의 곁에 있었으니 아마도 보았을 것입니다.

근시장이 대답했다.

— 주인이 죽는 꼴을 보고 말이 달아난 것이냐?

— 말에게 무슨 마음이 있겠습니까.

— 말에게 마음이 없다면 어찌 사람을 태우고 달리겠
느냐?

— 말이란 본래 사람을 따르는 짐승입니다.

군신 간에 하나 마나 한 말이 계속되었다.

— 아까운 말이로구나. 말이 어디로 갔느냐? 적에게 갔
느냐?

— 말이 간 곳을 알지 못합니다. 말이 딱히 갈 곳을 정해
놓지는 않았을 것입니다. 말은 풀밭을 오락가락할 것
입니다.

칭왕은 보료에 기대어 시녀가 가져온 술을 마셨다.

— 말이 적에게 갔다면 크게 쓰이겠구나.

— 말은 본래 충효가 없사옵고, 등에 올라탄 자가 주인이
옵니다.

칭왕은 술 한 모금을 깊이 마셨다.

— 그것이 말의 충이다.

왕의 말이 칼이 되어서 근시들의 심장을 찍는 듯했다. 근시
들은 더 이상 대거리하지 않았다.

칭왕은 부족민들 가운데 몸과 정신이 성치 못한 자들을 따로 모아서 그중에서 그나마 온전한 자를 감독으로 삼아서 밭농사를 짓도록 했고 먹고 남은 소출은 성안으로 들였다. 남녀는 따로 갇혀서 교접하거나 번식할 수 없었다.

칭은 부릴 수 있는 장정들을 상양성 안으로 끌어들여서 노역을 시켰다. 칭은 성이 공격받을 때 달아나거나 잡혀갔거나 성벽에 올라가서 젖을 내놓고 울부짖다가 죽은 여자들의 처소를 부수고 그 주춧돌과 담장 돌을 뽑아서 성벽이 터진 자리를 막았다. 성벽 밑에 함정과 암문을 파고 성벽 위에 백여 군데 기름 끓이는 가마를 설치했고 사람과 가축의 똥을 구덩이에 모아놓았다.

칭은 소금 굽는 묘동에 사람 키의 열 길이 넘는 건물 두 채를 짓고 동서(東書), 서서(西書)라고 이름 붙였다. 칭은 상양성에서 급히 빼낸 선왕들의 전적, 사서, 서화들을 모두 이곳에 보관했다. 건물 주변에 경비대를 배치하고 검서관들을 상주시켜서 장마가 끝날 때마다 서물들을 모두 끌어내 그늘에 말려서 습기를 제거했고 봄가을에 서물을 향해 제사 지냈다. 두 건물은 청기와 추녀 양 끝을 지그시 눌러서 위엄이 땅 위로 깔렸고 용마루에 청동을 입혀서 기상이 하늘을 찔렀다. 서물과 전적을 보관하기에는 상양성보다 적에게서 먼 묘동이 더 안전했다.

말[言]이 빛나고 돌이 가지런해야 사직의 영광이 나하의 남북에 고루 떨칠 수 있다는 선왕들의 유훈은 상양성 싸움 후에 더욱 새로웠다. 칭은 개 떼를 풀어서 싸움을 몰아가는 초의 전술을 천하고 더럽게 여겼다. 그것은 인간의 종자끼리 싸우는 방식이 아니었지만, 개 떼를 풀어서 개 떼를 막아낼 수는 없었다. 초는 개를 앞세우므로 초의 백성은 개와 다름없었다.

가을이 깊고 맑아서 지평선 너머까지 시선이 열렸다. 가을에 초원은 더 멀고 넓었다. 사람 키를 넘는 풀들이 풍매하는 꽃씨를 날렸다. 지평선을 넘어가는 바람을 따라가며 풀들은 쓰러졌고 일어섰다. 바람과 바람이 갈라지는 사이에서 또 다른 바람이 일었다. 초원은 말라서 버스럭거렸다. 마른 초원 여기저기에 초군의 진영이 들어서 있었다. 싸움이 없는 날에 말들은 누워서 뒹굴었고 개들은 마른풀 위에서 버둥거렸다.

칭왕은 상양성 북장대(北將臺)에 올라 가을의 초원을 살폈다. 풀들은 바람의 갈래에 따라 이랑을 이루었다. 바람의 흐름은 길어서 지평선 너머까지 풀을 눕혀 이어갔다. 먼 바람이 더 먼 바람을 끌어당겨서 바람의 일어남과 잦음은 끝이 없었다. 새들이 바람을 거슬러 날지 못하고 돌멩이처럼 땅으로 떨어졌다. 초군의 야진(野陣)은 땅을 파고 들어가서 지붕을 가죽으로 덮었고 말들은 바람의 반대쪽으로 머리를 두고 땅에 꿇어앉아 바람을 피했다. 백산 언저리에서 일어나는 바람이 나

하의 양안을 따라서 하구 쪽으로 초원을 쓸어갔는데, 바람의
큰 흐름은 사람의 눈에 보이지 않았다. 이 바람이 불면 나하
의 물이 뒤집혀서 물덩이가 하늘에 떠다녔고 물고기들은 강
바닥에 붙어서 움직이지 않았다.

칭왕은 바람을 심호흡했다. 바람이 입에서 항문까지 이어
지는 듯했다.

…바람이 일고 물이 흐르듯이 싸우자. 보병의 밀집방패
　　대열을 버리자.

칭왕의 시야 속에서 바람이 불로 바뀌고 있었다. 초의 개를
막으려면 불을 써야 할 터인데 불은 곧 바람이었다.

…바람 부는 초원에 바람이 불어가는 쪽을 향해 불을 지
　　르자. 초군 진영이 동서로 전개되어 있으므로 남북으
　　로 불을 지르자. 불길은 동풍에 실려 서쪽으로 몰려갈
　　것이다. 짐승들은 본래 불에 맞서지 못하므로 초군의
　　말과 개는 부릴 수 없게 되고 초군은 서쪽으로 달아날
　　수밖에 없을 터인데, 불길은 거기에 먼저 와 있을 것
　　이다. 바람으로 불을 몰아가면 군사를 쓰지 않고도 이
　　길 수 있다.

그날 칭왕은 내위장에게 아무 말도 하지 않았다. 내위장은
다만 왕이 바람을 쐬러 나온 줄 알았다. 칭왕은 왕궁으로 돌

아와서 화공을 불러서 초군의 진지를 그리게 하고 그 동쪽을 세로로 잇는 지점 백여 군데에 화점을 표시했다. 칭왕은 가볍고 빠른 군사 백여 명에게 기름통을 짊어지워서 백여 군데의 화점에 불을 지를 작정이었다. 권역이 넓고 화점 간 거리가 멀어서 포진에 여러 날이 걸렸다. 백여 개 화점에 동시에 불을 일으키려면 불화살을 써야 했다.

18

삼등마

초군의 첩자들은 갈대로 엮은 배를 타고 나하를 건너다녔다. 건너갈 때는 상류 쪽 나루에서 출발해서 하류 쪽 대안을 향해 강을 비스듬히 건너갔으므로 사공은 노를 젓지 않고도 넓은 강을 건너갈 수 있었다. 건너올 때는 강물의 흐름에 반대로 올라탔다. 대안에 도착해서는 배를 묻어서 흔적을 없앴고 돌아올 때 다시 만들었다.

초의 매복군들이 상양성 북문에서 잡아 죽인 단 왕은 가왕이며, 진짜 단 왕은 죽지 않고 살아서 상양성으로 돌아왔고, 단 왕 칭의 독려로 상양성은 느리게나마 복구가 진행 중이며, 나하 남쪽에 주둔시킨 잔류군은 초원에 포진해서 명령을 기다리고 있는데, 싸운 지 오래되어서 개들의 눈이 뿌예졌다고 첩자들은 보고했다.

표는 내위들과 함께 첩자의 보고를 받았다. 내위장이 표에게 고했다.

— 전하, 가짜 머리를 들고 와서 진짜라고 아뢴 자들을 죽이소서.

표가 대답했다.

— 머리가 내 앞에 도착했을 때 이미 썩어서 물컹거렸다. 들고 온 자들을 죽일 것까지 있겠느냐. 관작을 떼어서 귀양 보내라. 가짜도 진짜만큼 쓸모가 있다.

표는 나하를 건너가는 첩자들의 배편에 말 잘하는 세객(說客)과 젊은 복술가, 무당 들을 태워서 단의 땅으로 들여보냈다. 강을 건너온 자들이 상양성 주변으로 흩어져서 나루터나 장터에 술집, 무당집을 차려놓고 말을 퍼뜨렸다. 진짜 단 왕은 상양성이 위태로울 때 달아나다가 북문 앞에서 초군에 붙잡혀 죽었고, 지금 상양성에 들어와 있는 자는 죽은 진짜와 어미끼리 먼 집안 되는 희미한 핏줄인데 생김새와 목소리는 죽은 진짜와 비슷하다는 소문이 초원에 퍼졌다. 소문은 상양성 안까지 흘러들어왔는데, 물처럼 돌 틈으로 스며서 막을 수가 없었다. 칭은 성벽이 말에 떠밀려가는 환영을 느꼈다. 단의 왕실과 백성들이 소문으로 웅성거리고 있다고 초의 첩자들

217

이 표에게 고했다.

··· 말(言)이란 개 떼와 같구나. 풀어놓아서 마구 날뛰어
야 힘이 생긴다. 말은 말(馬)로 막지 못한다. 개로도 막
지 못한다.

표는 중얼거렸다.

멀리 나하 너머를 쓸고 지나가는 바람의 기운이 초의 왕궁
주변에서도 느껴졌다. 순혈 전견(戰犬)들은 턱 밑에 돋은 긴
수염의 떨림으로 먼 바람을 감지했다. 개들은 혓바닥으로 수
염을 축여서 감각을 선명히 했다. 개들은 잘 때 낯선 바람의
반대쪽으로 머리를 두었고 늑대들이 흙을 물어 와서 바람구
멍을 막았다.

개들의 웅성거림을 보면서 표는 나하 남쪽에 두고 온 군사
들과 마른 초원에 부는 바람을 걱정했다.

— 불은 쓰지 마라. 생피와 날 말고기를 먹어라. 진지를
물가로 옮기고 진지와 진지 사이에 마른풀을 제거해
라. 이것은 가벼운 잔소리가 아니다.

표는 이 명령을 실어서 전령들을 나하 너머로 보냈다. 기마
전령들은 밤에도 자지 않고 말을 바꾸어가며 이어 달렸다.

낙태 후에 토하는 자주 땅바닥에 배를 깔고 엎드렸다. 몸에
무엇이 왔다 갔는지 알 수 없었지만, 몸속이 비어 있었다. 몸

속에서 작은 등잔불 하나가 꺼져버린 듯했고, 큰 강물 한 줄기가 몸 밖으로 흘러나간 듯도 했다. 토하가 주저앉는 날이 계속되자 겁에 질린 상마관들이 토하 곁에서 증세를 관찰했다. 상마관이 마의에게 통고했다.

　—걸을 때 허리가 비스듬하고 앞다리 마디가 뒤뚱거린다. 눈을 부릅떴으나 초점이 흐리고 눈꼬리가 떨린다. 입술을 걷어 올려 이빨을 드러내고 볼을 실룩거려 위엄을 잃는다. 하품할 때 거품을 흘리고 거품에서 비린내가 난다. 콧구멍이 뜨겁고 콧물이 누렇고 끈끈하다. 혓바닥에 백태가 끼고 이빨 사이에 밥찌꺼기가 끼여 있다. 털이 까칠해서 털 끄트머리가 바스러졌고 가마가 헝클어졌다. 숨 끝에 톱질하는 소리처럼 갸룽갸룽하고, 들숨과 날숨 사이가 가파르다. 똥구멍의 조일 힘이 약해서 똥물이 흐르고, 생식기에 냄새가 나서 벌레가 꼬인다.

　마의들이 상마관의 보고를 받고 나서 토하를 진찰했다. 마의들은 토하가 상양성에서 전쟁의 불기를 너무 많이 들이마셔서 오장이 뒤집혔고 먹이가 혈기로 가지 못해 신기가 어두워진 증세라고 표에게 보고했다. 마의들은 여섯 가지 약재를 섞어서 칠박산(七朴散)을 만들어 어린애의 따뜻한 아침 오줌 반 사발에 개어서 토하에게 먹였다. 마의들은 토하의 낙태와 낙태에 따른 내허(內虛)와 탈신(脫神)의 증세는 보고하지 않았다.

표는 말했다.

— 전쟁이 거칠어서 병이 났다 하니 좋은 말이 아니로구나.

마의가 대답했다.

— 혈통이 워낙 고결한지라 황잡함을 수용하지 못하옵니다. 토하는 말의 꽃이옵니다.

— 말은 화초가 아니다.

표는 토하가 병약해진 책임을 물어서 전속 마의를 목부로 강등시켜 변방의 목장으로 보냈다. 토하의 병세는 가을이 지나도록 호전되지 않았다. 표는 토하의 관작을 삼등마로 낮추었다. 강등되었으나 토하는 여전히 익힌 곡식을 먹고 결명자차로 입가심을 하면서 오준 대접을 받았다.

표는 초승달에서 상현달에 이르는 기간에 토하를 타고 달렸는데, 토하가 기력을 회복하지 못하자 새로 발탁되어온 젊은 수말을 타고 다녔다. 오준에는 끼지 못했지만, 힘을 깊이 감추고 있는 듯한 기세가 있었고, 몸이 빛나되 번쩍이지 않았다. 이 수말의 몸통은 겹털로 덮여 있었는데, 아침햇살에는 붉은 기운이 돌고 저녁 무렵에는 보라색을 띠었다. 표는 이 말을 청적(靑赤)이라고 이름 지었다. 표가 청적을 총애하므로 근시들이 청적을 두려워했다.

　토하는 삼등마의 마구간으로 옮겨갔다. 마의가 토하의 입을 보면서 이빨들을 흔들어보았다. 이빨이 흔들리지는 않았으나 어금니가 닳아서 갈고 부수는 힘이 약해 보였고 이뿌리가 누렇게 삭아 있었다. 마의는 토하의 입안에 코를 박고 냄새를 맡았다. 몸속의 냄새가 여러 계통으로 갈라져 어수선했다. 장기들 사이가 부딪쳐서 조화롭지 못하고, 뼛속에 골수가 말라서 뼈마디가 갈리는 증세라고 마의는 판단했다. 토하의 병세는 호전되기 어려울 것이었다. 말들은 종자가 고매할수록 병도 유별나서 병에 맞는 처방을 얻기 어려웠다.

　토하는 삼등마 마구간에 배를 깔고 앉아서 표를 태우고 멀리 나가는 청적을 바라보았다. 청적은 몸을 움직일 때마다 푸르고 붉은 기운이 번갈아 나타났고 무릎 아래는 하얘서 백설을 밟고 달리는 짐승 같았다. 청적의 갈기는 백발이었다. 청적이 달리면 눈보라를 몰고 오는 듯했다.

　정신이 아득하던 날, 가랑이 사이로 흘러나간 핏덩이가 혹시라도 생명이었다면 저 아름다운 수말처럼 자랐을 것이라고 토하는 생각했다. 생각은 뿌옜고 생각은 정처 없었으나 생각은 발생 초기의 핏덩이처럼 토하의 몸속을 흘러 다녔다. 유생은 은하수 너머의 바람 속을 흘러 다니다가 청적의 육신을

받아서 초원으로 돌아온 것이라고, 토하의 마음은 이을 수 없
는 거리를 건너갔다.

19

벌레

연은 백산 쪽으로 걸었다. 젊은 무녀가 연을 따랐다. 초의 왕궁에서 백산 언저리까지는 걸어서 서너 달이 걸렸고 비가 내리면 날짜를 기약할 수 없었다.

백산 언저리에는 기이한 벌레가 많았다. 다리 스무 개를 물결처럼 움직여서 흐르듯이 기어가는 것들과 몸뚱이가 서른 마디로 구부러져서 굴러가는 것들과 더듬이를 높이 세워 하늘을 더듬어서 비가 올 건지 바람이 불 건지 알아내서 나무 위로 올라가고 흙구멍으로 들어가는 것들이 알을 슬고 있었는데, 기이한 벌레들은 세상 어디에나 서식하였고 세상은 날마다 새 벌레들이 새로 울어대는 것이어서 싱싱한 벌레를 만나려고 딱히 백산까지 가야 하는 것은 아니었다.

오래전에 말들이 지나간 자리에 풀이 자라서 길을 덮었으나 말똥의 거름기가 흙 속에 남아서 풀들이 빳빳이 일어서 있었다. 연은 그 희미한 자취를 따라서 걸었다.

젊은 무녀가 연을 따르며 수발을 들었다. 무녀는 낳은 어미를 알지 못했고, 낳은 어미는 딸이 누구의 자식인지 알지 못했다. 무녀는 신어미가 본래 없었고 백산의 흑백극에서 뻗쳐오는 신기를 곧바로 받았다. 신기가 꽂힐 때, 무녀는 백일을 혼절했다가 혼백을 겨우 붙들었다. 무녀의 혼백은 사람과 짐승 사이, 사람과 벌레 사이, 사람과 달 사이, 나무와 나무 사이로 돌아왔다. 혼백은 모든 사이사이에 내렸지만 발붙일 곳은 없었다.

무녀는 사람의 생각이나 사람의 말, 사람의 감각을 모두 벗어던진 것은 아니어서 사람의 말과 사람이 아닌 것의 말을 섞을 수가 있었다. 무녀의 말은 넓어지고 커져서 초원과 산맥에 웅성거렸으나, 사람이거나 사람이 아니거나 다들 제 껍질 속에 웅크리고 있으므로 알아듣는 자가 드물었는데, 무녀의 신기에 조금씩 닿은 자들은 겨우 알아들을 수 있었다. 무녀가 사람과 세상 사이에 말 길을 열었다는 소문은 초원의 백성들 사이에 퍼졌는데, 무녀의 이름은 후세에 전하지 않고 무녀가 사람이 아닌 것들과 주고받았다는 말의 내용도 전하지 않는다. 사람은 사람의 말만을 말할 수 있기에 무녀의 말은 사람에게 전해지지 않는 것이라고 초원의 백성들은 전해 들은 말을 전했으나, 이 세상 사이사이들의 말들은 대부분 흩어졌다. 연을 따르는 무녀가 백산 무당 요의 신딸이라는 소문도 흩어진 이야기들 가운데 하나다.

무녀는 나무나 풀에게도 소리 내서 말했고 나무 밑동에 귀를 대고 우듬지에 날아와 지껄이는 새들의 말을 듣고 뜻을 알아차렸다. 짐승이나 벌레들의 소리가 말하려는 것과 동작이나 표정의 의미를 무녀는 알았다. 무녀의 혼백은 세상의 모든 사이를 흘러 다니며 스쳤고, 사이사이에 스며서 말 길을 열었다.

연은 가끔 무녀와 교접했다. 누가 먼저 다가갔는지는 알 수 없다. 교접할 때 무녀는 무어라고 힘써서 지껄였는데, 그 말은 사람의 말은 아니었고 연만이 겨우 알아들을 수 있었다. 땅이 흔들린다는 말, 별이 빛난다는 말 같기도 했고, 몸이 떠내려 간다는 말 같기도 했으나 연은 그 말을 사람에게 전할 수 없었다.

그해 눈이 많이 내려서 연은 백산까지 가지 못하고 눈 쌓인 숲에서 겨울을 났다. 땅은 하얬고 하늘은 파랬다. 무녀가 하늘을 향해서 가파른 소리를 지르면 새가 날아와서 눈 속에 머리를 박았다. 연은 무녀가 소리로 새를 부르고 새가 응답하는 거라고 생각했다. 연은 새를 구워 먹었고 무녀는 깃털을 머리에 꽂았다.

초원의 봄은 땅속에서 번져 나왔다. 봄에 초원은 벌렁거렸다. 눈이 녹아서 부푼 흙 속에서 풀싹이 돋아나고 벌레들이 깨어났다. 벌레들은 땅속에서 올라오고 숲에서 살아났다.

벌레들은 가을에 모두 죽어서 없어지고 봄이 오면 새로운 벌레들이 초원에 나타나서, 모든 벌레는 작년에 죽은 벌레의 자식이 아니며, 이 세상에 처음으로 태어나는 새로운 벌레이고, 벌레들이 다 죽어도 벌레들의 초원에는 죽음이 없다고 무녀는 연에게 말해주었다. 입으로 소리 내서 말한 것이 아니라 무녀와 교접할 때 몸속으로 들어온 신호인데, 연은 사람이었으므로 무녀의 몸이 전하는 것들을 마음 안으로 받아들였고, 전하는 쪽과 받는 쪽이 크게 어긋나지는 않았다.

봄에 벌레들은 제 자리에서 번성했고 소리 냈다. 낮에 소리 내는 것들과 저녁에 소리 내는 것들과 밤에 소리 내는 것들이 따로였지만, 소리와 소리 사이에 이음새가 없어서 저녁 소리의 끝자락에서 밤 소리가 배어 나왔다. 소리는 강물처럼 초원을 흘렀는데 흐르는 방향은 어느 쪽도 아니었다.

연의 마음은 벌레들의 소리 위에 실려서 흘렀다. 무녀가 무어라고 지껄여서 그 흐름을 설명했다. 설명이라기보다는 흐름을 사람의 몸속으로 끌어넣는 주문에 가까웠다.

연은 풀숲에서 뛰는 버마재비의 몸놀림을 들여다보면서 흉내 냈다. 버마재비는 긴 앞다리로 땅을 짚고 몸뚱이를 나무 토막처럼 굴절시키며 앞으로 나아갔고, 더듬이로 앞을 더듬다가 뒤로 돌아섰다.

연은 긴 팔로 땅을 짚고 허리를 흔들어서 앞으로 기어갔다. 두 팔을 뻗어서 앞을 더듬었고 두 다리로 땅을 차고 뛰어올랐다.

연은 땅 위에 엎드려서 땅강아지와 장수하늘소의 앞다리를 흉내 냈고 방아깨비의 뒷다리를 흉내 냈다. 무녀가 연과 벌레 사이에서 지껄여서 벌레의 뜻을 연에게 전했다. 연은 무녀가 전하는 뜻을 받아서 벌레에게 전하는 소리를 내질렀다.

부락민의 아이들이 연의 기이한 동작을 흉내 냈다. 아이들은 낄낄거리면서 흙에서 뒹굴었다. 부모들이 말렸으나 아이들은 따르지 않았다. 버마재비 동작을 흉내 내는 아이들과 땅강아지를 흉내 내는 아이들이 패를 갈라서 싸움질을 하며 놀았다. 연이 풀밭에 나오지 않는 날에도 아이들은 저희끼리 벌레를 흉내 내며 놀았다. 아이들은 무릎이 깨지고 팔꿈치가 헐었다. 연은 몸통을 흔들어서 동작과 동작 사이를 이어나갔고 무녀는 벌레와 초목에서 오는 소리를 사람의 소리로 바꾸어서 내질렀다. 이 놀이는 그 노는 꼴이 거칠고 비루했으며 나라가 망하거나 큰 재앙이 들이닥칠 불길한 전조였다고 후세의 사서들이 기록하고 있는데, 아이들이 놀던 땅은 어느 나라도 아니었으므로 놀이와 국망(國亡) 사이에는 아무런 연관이 없었다. 놀이는 초원에 퍼져 나갔다. 이 소리는 곤가(坤歌)라고 이름 붙여져서 후세에 전해졌다. 곤가는 끝없는 땅 위로 끝없이 퍼져 나가는 노래라는 뜻이다. 곤가는 사람의 노래라기보다는 사람과 세상 사이의 소리였다. 초원에서 아이들이 곤가를 부르던 시절은 오래가지 않았다. 곤가는 곧 사라졌고, 초원은 풀벌레 소리로 가득 차서 수천 년이 흘러갔다.

20

불

초겨울 동풍에 단 왕 칭은 마른 초원을 불 질렀다. 기름통과 불화살을 짊어진 기병 화공대가 새벽에 상양성을 떠났다. 화공대는 초원에 깔린 초군 진지의 동쪽 외곽에 남북으로 포진했다. 화공대는 걸어서 한나절 거리마다 한 개씩 백여 개의 화점을 설치했다. 화점에는 아무런 시설물이 없고, 기름통과 화살과 말 두어 마리뿐이었다. 단의 화점은 마른풀에 덮여서 초군의 눈에 띄지 않았다.

화공대는 그믐밤 초저녁에 불을 댕겼다. 중앙 화점에서 불화살을 올리자 인접 화점들이 차례로 불을 받았다. 화점과 화점 사이에 시각 장애물이 없어서 불길은 삽시간에 남북으로 연결되었다. 불의 띠는 초원을 일자 종렬로 가로질렀다.

동풍은 백산 너머에서 일어나서 나하 하구 쪽 바다로 향했다. 동풍은 여러 갈래의 대열로 흘러갔다. 바람의 대열은 서로 부딪쳤고, 올라타서 포개졌다. 대열이 부딪치고 갈릴 때마다 바람은 짐승의 울음을 길게 울었다.

불길은 바람의 대열에 올라타서 흘러갔다. 바람이 불길을 몰아가면 불길이 바람을 끌어당겼고, 바람이 불보다 먼저 당도한 자리에서 마른풀은 출렁거리면서 불을 받았다. 불티가 날려서 밤하늘을 덮었다.

불길이 멀리서 너울거릴 때 초군은 들에 나와서 불을 구경했다. 불길은 먼 파도처럼 보였다. 불길이 다가와서 열기가 느껴지자 초군은 비로소 사태를 깨달았다. 초군은 병력으로 불길에 맞설 수 없었다. 젊은 군장 몇 명이 불길의 공세를 거꾸로 돌파해서 불이 잦아진 자리로 건너가려고 병력을 몰았으나 말들이 불 앞에서 주저앉았다.

어둠 속에서 불길이 흔들리자 어둠이 흔들렸다. 빛과 어둠이 바람 속에서 뒤섞였다. 초군은 흩어져서 서쪽으로 달아났다. 바람이 불티를 날려서 불은 사람보다 먼저 와 있었다. 초군은 불에 쫓겨 불 속으로 들어갔다. 넋이 빠진 말들이 재갈의 신호를 뱉어냈다. 말들은 왔던 길을 돌아갔고, 머리를 땅에 박고 공중제비를 돌아서 말 탄 자를 떨어뜨렸다.

초군의 개들은 멀리서 다가오는 불과 흔들리는 어둠을 향해서 짖었다. 개들은 불을 물어뜯으려고 덤벼들었으나 불은 물어지지 않았다. 불은 제 갈 길을 갔다. 흑풍의 종자는 본래 초의 북쪽 설원이 고향이었으므로 털이 길었다. 개들은 방향을 잃었고 개들은 사람을 버렸다. 개들은 불 앞에서 뒷걸음질 치며 짖어대다가 털에 불이 붙으면 바람 부는 쪽으로 달렸다. 몸에 불이 붙은 개들이 땅에 뒹굴면 마른풀에 불이 번졌다. 달아나는 개들이 불을 끌고 갔고, 불길은 개들을 앞질러서 먼저 와 있었다.

칭왕은 상양성 장대에서 초원을 태우는 불길을 바라보았다. 늙은 시종 무관장이 칭을 수행했다. 달아나는 초군의 군마 위로 불길이 덮쳤다.

칭왕은 군사를 움직이지 않았다. 칭은 성 밖으로 나가 있던 경계 병력을 성안으로 불러들였다.

─화공대는 돌아왔느냐?

칭은 시종 무관장에게 물었는데, 하나 마나 한 소리였다. 화공대는 사병(死兵)으로 애초부터 귀환 계획이 없었고, 칭왕은 그들의 정해진 운명을 모르지 않았다. 늙은 무관장은 왕이 원하는 대답이 무엇인지를 알고 있었다.

─화공대는 불귀병으로 퇴로가 없습니다. 멀어서 돌아

오지 못합니다. 공을 세우고 불 속으로 사라져 재가
되니 갸륵합니다.

무관장은 죽은 군독 황의 뒤를 이어 군독의 자리에 올랐으
나 나이가 많아서 야전에서 물러나 내직으로 들어왔다. 내직
인 시종 무관장은 군독보다 관작이 높았고 칭왕의 지근에 있
었다. 군독 황의 죽음은 무관장의 승진에 큰 도움이 되었으
나 무관장은 자신의 갑작스런 영달이 불안했다. 무관장은 칭
왕 마음속의 굴곡을 세밀히 살폈다. 불길이 지나간 자리에서
연기가 오르다가 바람이 불면 불길이 올랐다. 먼 불과 가까운
불이 뒤엉켰다.

칭왕이 말했다.

— 내가 할 일을 바람이 대신하니 민망하구나.

무관장이 말했다.

— 전하의 위엄이 바람과 불로 초원을 휩쓸고 있습니다.

칭왕이 히히히 웃었다.

— 불이 적을 죽이고 있으니, 적은 나를 허수아비로 알겠
구나.

초원을 동에서 서로 번져 나가던 불길의 한 흐름이 남쪽으
로 방향을 틀어서 상양성 쪽으로 향했다. 남진하는 불길은 세
가닥이었는데, 합쳤다가 갈라지기를 거듭했다. 불길은 초원
에 길게 늘어져서 머리를 들고 꼬리를 들었다.

시종 무관장이 말했다.

―적들도 바보가 아닌지라 바람을 부리는 힘이 어디서
　나오는지를 알 것입니다.

―들어가자. 바람이 거칠다.

칭왕은 불귀하는 화공대의 처자식들에게 곡식과 고기를
가져다주고 여자들이 돌아오지 않는 사내를 너무 오래 기다
리지 않게 하라고 무관장에게 일렀다. 불길은 남진하고 있
었다.

사흘 뒤에 불길은 상양성에 당도했으나 상양성은 이미 탈
수 있는 것은 모두 타고 돌덩이만 남아서 태울 것이 없었다.
불길은 상양성 남서쪽 외곽의 마른풀을 따라서 전진했다. 바
람에 날리는 불티가 메뚜기 떼와 같았다. 불티는 묘동 언저리
에 떨어졌다.

묘동이 불타기 전에 부락민들이 모두 떠났다.

묘동으로 들어온 칭왕이 가짜라 하더라도 진짜 노릇을 하
고 있으므로 적군은 칭왕의 진위여부에 관계없이 칭왕을 잡
으러 묘동에 들이닥칠 것이라고 부락민들은 수군거렸다. 멀
리 다니며 장사를 하던 부락민들은 이사하듯이 가볍게 살던
터를 버리고 떠났다. 버리고 간 가축들은 굶어 죽거나 들짐승
에게 먹혔다. 마을에 인기척이 끊어지자 풀들이 웃자라 지붕
을 덮었다.

사람 없는 빈 땅 위에 동서, 서서, 두 건물이 우뚝했다. 경비병들이 건물의 외곽을 지켰고 검서관들이 날마다 서책과 서화, 문서와 전적 들을 끌어내 그늘에서 거풍(擧風)했다.

불길은 새벽에 묘동의 네거리에 닿았다. 불길은 빈집들을 태우고, 야산의 능선을 따라서 동서, 서서로 달려들었다. 경비병이 먼저 달아났다. 검서관들은 달아나기 전에 서책을 향해서 큰절을 올렸다.

동서, 서서는 무너졌다. 잘 마른 서책과 죽간과 전적들은 불티로 허공으로 퍼졌고 재로 날렸다. 전적이 타는 재는 고왔고 반쯤 탄 서책들은 잉걸불이 되어서 할딱거렸다.

단이 문자로 모아놓은 것들은 대부분 여기서 불탔는데, 잿더미 속에서 서책 몇 권이 겨우 전해져 『단사』의 바탕이 되었다.

21

몰락

    초저녁에 표는 토하를 타고 초원으로 나왔다. 삼등마로 강등시킨 지 석 달 만이었다. 그동안 토하의 몸이 조금씩 허물어지고 있다고 마의들이 보고했다. 표는 먼 변방에까지 상마관을 보내서 힘세고 영특한 말의 종자와 혈통을 챙겨 왔으나 일등품 중에서도 늙고 병든 것들은 돌아보지 않았다. 말의 자질은 솟구치되 차분하고 날카롭되 진득한 품성을 으뜸으로 치며, 아무리 혈통이 좋고 허우대가 아름다워도 한번 크게 병들면 사기(邪氣)가 허리뼈와 사지에 스며서 회복할 수 없다고 마의들은 『마경』에서 말했다. 말은 부리는 것이지 받드는 것이 아니라고 『마경』에 적혀 있는데, 초의 선왕들은 총마 받들기를 요란히 했으나 버릴 때는 돌아보지 않았다.

표는 토하의 몸을 직접 확인해보려 했다. 문한인 근시 한 명이 수행했고 젊은 수말 청적이 사람을 태우지 않고 뒤따랐다.

표가 등에 올라탈 때 토하의 등뼈가 굳어 있었다. 표는 토하가 자신의 몸을 반기지 않는 기색을 느꼈다.

— 오랜만이구나. 지금도 안개를 토하느냐?

표는 토하의 목덜미를 쓰다듬으며 말했다. 표의 손길이 지날 때 토하의 얼굴에서 경련이 일었다.

표는 고삐를 당기지 않고 천천히 토하를 몰고 나갔다. 땅을 밟는 말 발바닥에 디디는 힘이 허술했다. 말 잔등에 앉아서 표는 그 허술함을 느꼈다.

초원은 저물고 있었다. 해가 지평선 아래로 내려가고, 붉은 잔광이 하늘에 퍼졌다. 바람의 세력이 나하를 건너가서 초원은 고요했다. 초저녁 어스름 속에서 새 짖는 소리가 멀리 나갔다.

나하는 멀어서 보이지 않아도 그 물소리는 초원에 퍼져 있다고 초의 옛사람들은 말했다. 풀잎이 찬바람에 서걱대는 소리나 벌레들이 풀에서 버스럭거리는 소리는 모두 나하의 물소리가 풀과 벌레를 따라서 초원에 퍼져 오는 소리이고, 나하의 흐름은 초원의 시간과 공간에 가득 차서 초원은 물의 흐름에 실려 가고 실려 와서 늘 새로운 땅에 새로운 물이 흐르고 새로운 풀이 돋아난다고 초의 옛사람들은 말했다. 지금 사람들은 그렇게 말하지 않는데, 옛말은 남아 있다.

붉은 노을 속에서 나하의 물소리가 들리는가 싶어서 표는 귀를 기울였다. 나하는 보이지 않았지만, 지평선을 넘어간 나하의 물은 노을 속으로 흘러가고 있었다.

표는 토하의 등 위에 올라앉아서 오랫동안 노을을 바라보았다. 불을 멀리하라는 명을 받들고 나하를 건너간 표의 밀정들은 기한이 지나도 복명하지 않아서 표는 상양성 주변에 머물러 있는 잔류 병력의 소식을 듣지 못했다. 나하 건너편은 너무 멀어서 두고 온 잔류 병력을 손아귀에 쥐려면 조일 힘이 모자랐다.

토하의 눈에 노을이 비쳐서 붉은 지평선이 눈동자를 가로질렀다. 토하는 코를 벌름거려서 노을을 냄새 맡았다.

저녁 이슬에 몸이 젖어서 토하는 한기를 느꼈다. 토하는 몸을 흔들어서 이슬을 털어냈다. 표가 고삐를 당겨서 토하를 나무랐다. 토하는 하품을 했다. 하품할 때 목구멍에서 바람 빠지는 소리가 났다. 표는 말이 재갈에 가 닿는 신호에 반응하는 속도가 느리다고 느꼈다.

… 말을 버릴 때가 지났구나.

표는 토하의 등에서 내려 청적으로 바꾸어 탔다.

토하는 가벼워진 몸을 또 한 번 털어냈다. 지고 있던 무게가 사라지자 뒷다리가 휘청거렸다. 바람 한 줄기가 토하의 콧구멍으로 들어와서 창자를 훑고 내려갔다. 토하는 헉헉대며 바람을 마셨다.

나하 건너편 노을은 해가 내려앉고 밤이 되어도 걷히지 않았다. 밤이 깊을수록 노을은 넓어져서 천중을 덮었다.

표는 근시에게 물었다.

— 저것이 노을이냐?

근시는 대답하지 않았다.

표는 알았다. 그것은 노을이 아니고 불길이었다. 표는 새벽까지 붉은 하늘을 바라보다 동틀 무렵에 청적을 타고 돌아왔다. 토하가 빈 몸으로 뒤를 따랐다. 표는 자주 뒤돌아보았다.

한 달 후에 표의 밀정이 당도했다. 밀정은 불에 대해 보고했다. 상양성 주변에 포진했던 초의 병력과 말들과 개들이 모두 불길 속으로 흩어져서 뒷일을 알 수 없고, 상양성 남서쪽의 묘동으로 불이 옮겨붙어서 단의 전적들이 모두 불탔다고 전했다. 불이 초원의 백여 군데에서 종렬로 동시에 일어섰으므로 단군의 화공으로 사료된다고 밀정은 제 생각을 덧붙였다.

22

꿈

　노을을 보고 돌아온 새벽에 토하는 삼등마 마구간 바닥에 주저앉아서 잠들었다. 서서 졸았는데 깰 때는 앉아 있었다. 새벽꿈에 야백이 보였다. 야백은 나하 건너편 쪽에서 이쪽을 향해 머리를 내밀고 있었다. 야백은 갈기가 헝클어졌고, 얼굴에 굵은 핏줄이 드러나 있었다. 목덜미 쪽에서 핏줄은 벌컥거렸다. 핏줄은 힘겨워 보였다. 야백의 몸은 물을 건너오지 못하고 머리가 허공에 떠 있었다. 토하는 물가에서 앞으로 나가지 못했다. 말은 헤엄쳐서 나하를 건널 수 없다는 것을 토하는 꿈속에서 알았다. 물 건너에서 야백은 입을 크게 벌려서 뭐라고 소리 지르고 있었는데, 물이 아득해서 무슨 소리인지는 들리지 않았고 이 빠진 자리에 재갈에 찌그러진 잇몸이 보였다. 야백의 잇몸은 닳아서 하얀 뼈처럼 보였다. 이 빠진 자리가 어둡고 넓었다. 야백은 입술을 말아 올리며 힝힝거렸다. 입술 양쪽에서 누런 침이 흘렀다. 침 냄새가 물을 건너서 끼쳐 왔다.

야백의 가슴에 찍힌 단의 낙인(烙印)은 피부가 늘어져서 흐려 보였다.

토하는 야백이 단의 장수들을 태우던 말이라는 것을 꿈속에서 알았다. 말 탄 사람들끼리는 서로 죽고 죽이는 적이었다. 사람을 태우고 사람이 몰아가는 방향으로 달리던 때의 충만감이 사람들 사이의 적개심으로 변하는 까닭을 토하는 알 수 없었다. 그것은 말이 알 수 있는 것이 아니었다.

물 건너서 야백의 얼굴에 드러난 핏줄과 힘줄을 보면서 토하는 얼마 전에 가랑이 사이로 흘러나간 핏덩이가 야백의 생명이라는 것을 느꼈다. 누가 가르쳐준 것은 아니었지만, 그 느낌은 나하의 흐름처럼 토하의 전신으로 스몄다. 생기다 만 그 유생이 왜 가랑이 사이로 흘러나갔는지를 토하는 알지 못했다. 꿈속에서 유생은 다시 한 번 흘러나갔다. 꿈이 거칠어서 토하는 식은땀을 흘렸다.

아침에 토하의 입속 양쪽에서 재갈이 걸리던 이가 빠졌다. 토하가 잠이 깨기 전에 이는 이미 잇몸에서 빠져나와 혀 위에 떨어져 있었다. 이가 빠질 때 토하는 아무 통증도 느끼지 못했다. 이 두 개가 아무 일도 없었다는 듯이 혀 위에 놓여 있었다. 하품할 때 이 두 개는 땅바닥에 떨어졌다. 재갈에 갈린 이는 가운데가 잘록해져 있었다. 토하는 고개를 숙여서 이를 들여다보았다. 제 몸의 가장 깊은 부분인 것 같기도 했고, 제 몸이 아닌 것 같기도 했다. 토하는 혀로 이 빠진 잇몸을 더듬었다. 살점이 해어졌으나 피는 나지 않았다. 아무런 통증이 없어서 토하는 어리둥절했다. 토하는 앞발로 비벼서 떨어진 이를 흙 속으로 밀어 넣었다.

순검 나온 마의가 토하의 입안을 살폈다. 마의는 이 빠진 자리를 들여다보고 손가락으로 더듬었다. 토하는 입을 벌려서 대주었다. 마의가 땅을 뒤져서 떨어진 이 두 개를 찾아냈다.

마의는 마의감에게 보고했다. 말이 병쇠해져서 이는 저절로 빠졌고 말이 스스로 부딪혀서 빼낸 것은 아니라고 마의는 제 소견을 말했다. 말의 혈기와 총기가 다한 것이라고 마의감은 판단했다. 마의감은 토하의 역종(役種)을 전마에서 역마(力馬)로 바꾸어서 마구간을 옮겼다. 역마들은 들에 나가서 젖은 풀을 뜯어 먹었고 눈이 쌓이면 먹지 못했다. 마구간 바닥에 구더기가 끓었고 역마들은 발굽에 묻은 똥을 땅에 비벼서 털어냈다.

23

땅의 노래

돌아온 밀정이 나하 남쪽의 판세를 표에게 보고했다. 밀정
은 초의 왕실에서 삼대를 간자(間者)로 봉직한 고위직으로 지
위가 찰정(察情)에 이르렀다. 밀정은 열 길 나무에서 뛰어내려
도 사뿐했고 단검을 던져서 달아나는 사슴을 쓰러뜨렸다. 밀
정은 가볍고 날랜 군사 오십 명을 데리고 갔다가 열 명으로
돌아왔다.

밀정은 말했다.

—지금, 단 왕 칭은 진짜 왕이지만 가짜와 다름없다. 그
　가 가짜의 머리를 내밀어서 초군을 속이고 살아남았
　지만, 그는 이미 스스로 죽은 것과 다름없다. 단 왕 칭

은 이제 강남을 틀어쥐지 못하고 강북을 겨누지 못한다. 칭은 죽은 자와 산 자 사이에 떠도는 유령이다.

— 초원의 불길은 바람이 잠들자 스스로 잦았다. 비가 크게 내려서 시커먼 물이 나하로 흘러들었고 죽은 물고기가 수면을 덮고 떠내려갔다. 열흘 후에 나하 물은 맑음을 되찾았다.

— 초의 잔류 병력은 불 속으로 흩어졌다. 불길 속에서 말들이 미쳐 날뛰어서 군병들은 멀리 가지 못했다. 군장들은 흩어지는 병력을 장악하지 못했다. 불타 죽은 초군의 시체가 들판을 덮었다.

— 상양성의 전각은 모두 탔고 돌담들은 쓰러졌다. 묘동이 탔다. 단의 전적들은 모두 불탔다. 단 왕 칭은 묘동이 위태롭다는 보고를 받고 묘동으로 향했다고 귀순자들이 말했는데 가짜를 보낸 것이라고 말하는 자들도 있다. 지금은 단 왕 칭의 생사를 알 수 없고 소재를 알 수 없다.

— 초원이 불탈 때, 나하 남안 갈대 평원에 살던 부락민들이 불길을 피해 월 땅으로 들어갔다. 이 지역은 강남에 속하기는 하지만 단의 지배력이 미치지 못해서 이름이 월이지만 아무 나라도 아니다. 백성들은 부지런하고 풍속이 순하다. 초가 다시 단을 도모할 때 월

243

의 백성들을 앞세우면 크게 쓰일 것이다. 나하 이남에
서는 단군도 초군도 더 이상 힘을 쓰지 못한다.

보고를 마친 밀정은 무릎걸음으로 표에게 다가왔다. 밀정
은 표에게 독대를 요청했다. 표는 배석했던 군독들을 내보
냈다.

— 전하의 동생 연 왕자에 관한 일이옵니다.

— 말하라.

— 연 왕자가 웬 무녀를 짝 삼아 거렁뱅이 광대 꼴로 떠
돌면서 월의 땅으로 들어갔습니다. 짐승과 벌레의 몸
짓을 흉내 내고 버러지들과 말을 통해서 지껄이고 있
습니다. 월의 아이들이 따라다니며 히히덕대고 있습
니다.

— 그 미치광이가 연인 줄을 어찌 아느냐?

— 소직이 내보낸 세작(細作)이 돌아와 보고하기를 얼굴
과 팔다리가 연 왕자와 똑같다고 했습니다. 세작은 연
왕자를 오랫동안 보아온 자입니다.

— 월은 강남이라는데 연이 어찌 나하를 건넜겠느냐?

— 알 수 없는 일이오나 아마도 갈대 배를 빌려 탔을 것
입니다.

— 연이 그 먼 길을 갈 수 있는가?

— 연 왕자님 걸음이 가볍고 빠르기가 바람과 같습니다.

표는 깊이 한숨 쉬었다. 돈몰한 부왕이 원했던 아들은 연이 아니었을까 싶기도 했다.

표가 물었다.

— 무녀를 아직도 데리고 다니더냐?

— 그렇습니다.

— 둘 사이에 소생은 있느냐?

— 알지 못합니다.

소나기가 초원을 두들기고 있었다. 풀들이 출렁이며 푸드득거렸다. 표는 초원 쪽으로 시선을 돌렸다. 비에 젖은 초군의 시체들이 표의 마음에 떠올랐다. 밀정은 표의 얼굴에 드리우는 그림자를 느꼈다. 한참 후에 표가 말했다.

— 어찌하면 좋겠느냐?

밀정은 이마를 바닥에 대었다.

— 무슨 말씀이시온지?

— 왕통(王統)에 누가 될까 두렵구나.

그러하옵니다, 라는 말을 밀정은 내보내지 못했다.

표는 말했다.

— 더 이상 내버려 둘 수 없다. 연을 내 가까이 숨겨두려
    한다. 너는 연을 찾아서 내게로 데려오라.

— 따르지 않으면 어찌하오리까?

— 묶어서 끌어오라. 무녀도 끌어오라. 죽이지는 말라.

245

밀정은 수하 스무 명을 거느리고 연을 찾아서 월 땅으로 떠났다.

연의 뒷이야기는 여러 갈래다. 『시원기』는 연에 관련하여서 기록하지 않았는데 이야기의 파편들은 초원에 흩어졌다.

월의 고토(古土)에 전해진 이야기에 따르면, 표가 보낸 밀정은 복명하지 않았다. 밀정은 월 땅으로 들어와 연의 자취를 탐문했으나, 연이 백산 쪽으로 갔다는 소문을 들었을 뿐 연을 찾지는 못했다. 월의 아이들이 낄낄거리면서 연의 뒤를 따라가자 월의 여자들이 아이들을 꾸짖어서 집으로 데려갔다. 무녀가 연과 함께 갔는데, 무녀는 갓난아이를 업고 있었다.

무녀가 밀정에게 주술을 걸어서 밀정 일행을 백산으로 데리고 간 것이라고 사람들은 이야기했다. 이야기들은 어긋났으나, 연이 백산의 무당 요의 혼백에게로 가서 백산의 식구가 되었다는 결말은 똑같다.

연이 사라진 후에, 월의 백성들은 곤가를 부르고, 아이들이 연의 벌레춤을 흉내 내며 놀았는데 지금 곤가는 노랫말도 선율도 전하지 않는다. 벌레춤도 그러하다.

24

말터

『단사』에 월의 성쇠는 소상하지 않다. 문장은 서너 줄뿐인데, 문장에 조일 힘이 없어서 사실에 다가가지 못한다.

근본 없는 백성들이 버섯처럼 돋아나서 마을들을 이루었다. 다스림이 헐거웠으나 풍속은 순했다. 땅 힘이 두텁고 비바람이 부드러워서 초목의 결실이 넉넉했고 짐승들이 때맞추어 털갈이를 하였다. 문자가 없어서 쓰거나 읽지 못했으므로 말로 전하는 이야기들이 어지러웠으나 지나간 일들이 살아 있는 자들을 가두지 않았다. 월은 나라가 아니므로 월의 지경(地境)이

247

어디까지인지를 말할 수 없다. 월은 작은 나라다.

『단사』에 월은 작은 나라라고 하였지만, 월의 백성들은 땅
위를 걸어 다니고 땅을 일구어 먹으면서 땅의 평평함을 알았
을 뿐, 땅의 크고 작음을 알지 못했다. 월의 강역은 넓거나 좁
지 않았고 다만 평평했다.

월의 백성들은 땅에 붙어서 살았지만, 땅에 금을 긋지는 않
았다. 각자의 집 앞마당은 그 집 곡식만을 말릴 수 있었으나,
넓은 들의 소출은 나누었다. 집들은 풀과 나무로 엮어서 낮
았고, 어른 허리 정도까지 땅을 파고 들어앉았다. 집집마다
방 한가운데 화덕을 마련해서 불씨를 귀하게 여겼다. 보름달
이 뜨는 가을밤에 백성들은 불씨를 한 줌씩 들고 와서 들판에
서 불씨를 모아 큰불을 일으켰다. 불길이 크게 타올라 얼굴들
이 환하게 보일 때 백성들은 서로 껴안았다. 불길이 사그라지
면 사람들은 잉걸불을 한 줌씩 나누어 가지고 돌아가서 화덕
에 묻었다. 그날 밤 남녀들은 교접했고 아이들이 여럿 점지되
었다.

밭곡식들이 가뭄을 견디었고 겨울에도 양지쪽에 나물이
파랬다. 숲속에 여러 가지 버섯이 돋아나서 끼니로 먹었고, 약
으로 먹었고, 짐승들이 먹었고, 아이들이 날것을 군것질로 먹
었다. 월의 백성들은 말을 타기는 했지만 달리는 일은 드물

었다. 말에 재갈을 물리기도 했지만, 역마들은 대부분 재갈을 물리지 않았고 줄로 목을 묶거나 대가리에 굴레를 씌워서 부렸다. 늙거나 병든 말은 먹이지 않고 풀어놓았다. 폐마들은 산의 낮은 언저리를 어슬렁거렸고 개울가에 모여서 밤을 지냈다. 폐마들은 서서 눈비를 맞았다. 깊은 겨울에는 주린 삵들이 산에서 내려와 말을 뜯어 먹었는데 나머지 말들은 조용히 눈을 맞고 서 있었다. 폐마들이 모이는 자리를 말터라고 하는데 마을마다 변두리에 말터가 있었다. 야백은 동쪽 마을의 말터로 들어갔다. 말터는 비스듬한 양지쪽이었는데 떨기나무가 둘러서서 아늑해 보였다.

야백은 말터 근처 숲길을 어슬렁거리다가 떨기나무 너머로 말터 안쪽을 들여다보았다. 늙은 말 수십 마리가 주저앉아 있거나 개울에서 물을 마시고 있었다. 얼굴에 굵은 핏줄이 드러났고, 눈에 핏발이 섰고, 앞니가 누렜고, 눈곱이 끼어 있었다. 재갈이나 고삐가 없어도 말들은 마을 밖으로 멀리 가지 않았다.

이 말터로 들어오려고 상양성에서 월까지 그 먼 길을 온 것은 아니었는데, 야백은 아무런 의문도 없이 목적도 없이 이끌리듯 들어갔다. 바닥에서 똥이 밟혔다. 똥은 질척거렸고 폐마들은 똥 냄새에 절어 있었다.

야백이 말터 안으로 들어올 때, 말들은 무심히 야백을 쳐다보았는데, 야백은 폐마들이 어디를 보고 있는지 알 수 없었다. 폐마들은 움직이지 않았다. 폐마들에게 야백은 본래 그 자리에서 살던 말처럼 보였거나 말터로 불어오는 바람처럼 보였다. 폐마들은 야백에게 가까이 오지 않았다. 말들은 야백을 환영하지도 적대하지도 않았다. 말들은 야백을 내버려 두었다. 말들은 소리를 내지 않았다. 폐마들은 무리를 지어 말터 밖으로 나가 들에서 먹고 날이 저물면 말터 안으로 들어왔다. 사람들은 폐마들을 말터에 가두지 않았으나 폐마들은 저물면 말터로 모였다. 모인 말들은 혼자서 잤는데 선 자세로 움직이지 않아서 잠이 들었는지 깼는지 말들끼리도 알지 못했다. 야백은 질퍽거리는 자리를 피해서 가장자리 바위 위에서 잤다.

마을 사람들은 이따금 폐마들을 노역에 부리기도 했지만 일이 없는 날들이 더 많았다. 말들은 빈둥거렸다. 늙고 병든 말들은 누런 콧물을 흘리면서 앉아서 버둥거리다가 죽었다. 죽은 말들은 똥 칠갑이 되었고 산 말들이 사체 주변에서 어슬렁거렸다.

상양성을 떠난 뒤 언제쯤인가부터 야백의 이마는 빛나지 않았다. 야백은 그 시점을 기억하지 못했다. 밤에 야백은 눈을 홉떠서 이마 쪽을 치켜보았는데 빛은 없었다. 말터에 들어온 뒤로 야백은 빛나지 않는 이마를 편안하게 여겼다. 야백은 말들의 덤덤한 시선이 거북하지 않았다.

월의 말들은 눈빛에 날이 서 있지 않았고 조바심이 없었다. 말들은 높이 울지 않았다. 말들의 시선은 먼 곳보다는 가까운 곳을 보았다. 발목이 굵었고 뒷다리 바깥쪽에 근육이 굳어졌고 등뼈가 솟아 있었다. 달리기보다는 노역에 부려진 말들의 몸매였다. 폐마들을 바라보면서 야백은 등에 사람을 태우고 달리던 일의 두려움을 떠올렸다. 말은 옆구리에 박차를 지르는 말 탄 자의 마음을 제 마음으로 삼아서 달렸고, 사람은 말의 몸을 제 몸으로 삼아서 달렸다. 말 탄 자들은 동쪽에서 서쪽으로 달렸고 어떤 자들은 서쪽에서 동쪽으로 달렸다. 달려갈수록 세상은 멀어졌고 지평선은 늘 제자리에 있었다. 야백은 달리던 시절의 지평선과 그 위에 뜬 노을을 생각했다. 박차를 받던 옆구리에 굳은살이 박여 있었다. 박차가 박힐 때, 콧구멍으로 노을을 빨아들이는 듯한 환상을 야백은 느꼈었다. 그때, 환상은 발굽을 튕겨주는 땅바닥보다 더 확실했다.

야백은 투석기로 발사되어 초군 진영으로 날아가던 군독 황의 몸뚱이를 생각했다. 날아갈 때 황의 몸뚱이는 점점 작아졌고, 돌과 다름없었다. 황은 제 갈 길을 가는 것처럼 보였다.

야백은 월의 폐마들에게 군독 황의 최후를 말해주고 싶은 충동을 느꼈다. 야백의 마음속에서 말은 뭉쳐서 들끓었다. 전장에 나가보지 않은 월의 말들은 야백의 말을 결국 알아듣지 못할 테지만, 말이 막힐수록 말하려는 충동은 간절했다.

말터의 말들은 눈이 내리기 시작할 때부터 그칠 때까지 서서 눈을 맞았다. 속눈썹에 눈이 쌓였다. 가끔 몸을 털어서 등에 쌓인 눈을 털어냈고 눈 속으로 허연 입김을 뿜어냈다.

눈을 맞으면서 야백은 입술을 말아 올려서 재갈 무는 어금니가 빠진 자리를 폐마들에게 보여주며 힝힝거렸다. 폐마들은 야백을 향해 입술을 말아 올리고 힝힝거렸는데, 늙고 병든 말들은 앞니와 어금니가 모두 빠져 있었다. 이 빠진 자리는 본래 이가 없었던 것처럼 보였다.

월의 백성들은 마을에 공동 작업이 있을 때 말터의 폐마들을 끌어와서 부렸다. 홍수에 쓸려 내려간 개울둑을 다시 쌓을 때나 새로 일군 밭의 물고랑을 끌어댈 때, 돌림병으로 떼죽음한 마소의 시체를 실어낼 때는 폐마를 부렸다. 월의 백성들은 마을 변두리에 큰 구덩이를 파고 똥오줌을 누었는데 구덩이가 가득 차면 똥오줌을 멀리 가져다 버리는 일도 폐마의 몫이었다.

25

버려짐

『시원기』나 『단사』는 인간이 말(言)에 크게 의지하지 않던 시절의 이야기를 제 생각에 갇혀 있는 후세의 사가들이 빼고 보태서 기술한 서물인 까닭에 인간이 살아가는 일의 알맹이를 거머쥐지 못하는 문한의 헛발질이 곳곳에 드러나 있다. 이 헛발질이 후세의 역사 서술에 자유의 공간을 허용했다는 학설이 있는데, 글쓰기의 두려움을 피해가려는 허무한 소리라는 공격을 받았다. 어쨌거나, 두 사서는 연대가 내려올수록 생활에 닿지 못하는 항담과 잡설이 뒤섞여서 이야기가 황잡하고 문장의 그물코가 풀어져서 걸리는 것이 없고 건더기가 빈약하다.

초와 단이 부딪쳐서 스스로 소멸하였으니 여름이 가면 가을이 오는 이치와 같고, 초와 단이 스러진 뒤에도 초원의 비바람은 거칠고 또 순조로웠다.

싸움이 끝난 들판에서 쓰러진 말들은 초의 말이거나 단의 말이거나 모두 대가리는 백산 쪽으로 향하고 죽었는데, 백산 무당 요에게로 가려는 뜻이었다.

이 같은 문장이 사서에 적혀 있어, 글 쓴 자의 게으름을 스스로 드러낸다. 두 사서는 끝부분에서 뜬금없이 월의 존망을 끌어들이고 있다. 이 같은 서술 흐름의 일탈은 절벽을 피해가려는 두려움의 소산일 테지만, 초원에 자리하되 초원에 속하지 않는 새로운 시간과 공간 안에 문장과 이야기의 씨를 뿌린 결과가 되었다고 나하 상류 산골 마을의 무명 서생이 평가했다. 그의 언설은 그럴싸했고 구전(口傳) 사례를 들이대며 거증하고 있었지만, 대처에서는 용납되지 않았다. 대처의 학설들은 월의 존재를 긍정하지 않았다. 월은 출토 유물이 없었다.

나하 건너편에서는 일 년 내 아무런 소식이 없었다. 가끔 뿌연 기운이 강 건너 하늘에 번져서 흘러갔는데, 메뚜기 떼인지 연기인지는 식별할 수 없었다. 복명하지 않은 밀정들을 찾느라고 다시 보낸 밀정들도 복명하지 않았다. 표는 소식 없는 초원이 불안했다.

우기가 끝나고 바람이 가벼워지는 초가을에 표는 나하를 건너서 출정했다. 단은 이미 불타서 주저앉았으므로 싸움의 규모는 크지 않을 것이었지만, 표는 단의 불탄 자리를 확인할 필요가 있었다.

표는 왕성 수비대의 청년 군장들을 지휘부로 삼고 지방군 수천 명으로 소규모 원정대를 조직했다. 병력과 수송대를 갖추었으나 살기(殺氣)가 허술해서 출정이라기보다는 순행(巡行)에 가까웠다. 표는 일등품 군마 청적을 타고 선두에서 대열을 이끌었다.

삼등마 토하는 수송대에 편성되었다. 짐말 수백 마리가 행군하는 군병의 뒤를 따라갔다. 짐말들은 두 마리가 한 조로 묶여서 네 바퀴 수레를 끌었고, 앞 수레와 뒤 수레가 한 끈으로 묶여서 길게 이어졌다. 수레 위에는 무기가 실렸고 비상식량으로 말린 말고기가 실렸는데 짐말들은 무엇이 실렸는지 알지 못했다. 다리를 절고 주저앉은 말들을 군병들이 채찍으로 갈겼다. 갈겨도 일어나지 않는 말들은 수레에서 풀어서 내버렸다. 묶인 말들은 끌다가 죽었고 풀어진 말들은 주저앉아서 죽었다. 죽은 말이 끌던 짐은 산 말의 수레로 옮겨졌다. 행군이 계속될수록 말이 끄는 짐은 무거워졌다. 말들은 낮에는 끌고 밤에는 서서 잤다. 밤에도 말들은 끌채에서 풀려나지 못했다.

토하와 한 수레에 묶인 말은 애꾸눈이었다. 수말이었는데 갈기가 바스러져서 암말인지 수말인지 구별되지 않았다. 침을 흘렸고 입에서 구린내가 났다. 애꾸 말은 오른쪽 눈이 멀어서 걸음이 왼쪽으로 쏠렸다. 토하와 애꾸 말의 발걸음이 어긋나서 굴대가 흔들리고 짐이 떨어졌다. 군병들이 애꾸 말을 수레에서 풀어서 내버렸다. 애꾸 말은 주저앉아서 어둠 속을 바라보다가 죽었다. 나하의 부교를 건너올 때까지 토하의 짝은 세 번 바뀌었다.

표는 월을 알지 못했다. 선왕들은 월의 존재를 풍문으로 알았는데 나하 물가에 서식하는 짐승의 무리쯤으로 여겼다. 표가 월에 관해서 아는 것은 밀정의 보고가 전부였다.

표는 밀정의 전략을 따르기로 했다. 표는 나하를 건너서 우선 월의 땅으로 들어갔다. 월의 백성들을 붙잡아서 싸움에 앞세우거나 전장을 정리하는 노역에 부릴 작정이었다. 월은 군대가 없다 하니 부딪칠 일은 없을 것이었다. 표의 군대는 아무런 저항 없이 월의 땅으로 접근했다.

월의 지경에는 구획이 없었다. 부교를 건너서부터 토하는 푸른 똥을 흘렸다. 똥구멍이 열려서 똥이 마렵지 않아도 똥물은 흘러내렸다. 뒷다리 뼈마디가 갈려서 통증이 전신으로 퍼졌다. 토하는 수레를 매단 채 주저앉았다. 군병이 달려와서 채찍으로 토하의 머리를 갈겼다. 때려도 일어서지 않자 군병은 토하를 수레에서 떼어냈다. 아기손꽃이 피어서 초원은 지평선까지 노랬고 초저녁 어스름이 내리고 있었다. 대열은 노란 어스름의 끝으로 멀어져갔다. 토하는 버려짐으로써 짐에서 벗어났는데, 다른 모든 버려진 말들도 그러했다. 짐을 벗은 말들은 버려진 자리에서 죽었다.

토하는 죽지 않았다. 토하는 아기손꽃이 무더기로 피어 있는 자리에 쓰러져서 이틀 밤낮 동안 몸을 뒤챘다. 토하는 아기손꽃을 먹고 이슬을 핥았다. 아기손꽃의 약효가 토하의 기력을 회복시켰다는 이야기가 초원에 퍼졌다.

토하가 네 다리로 일어섰을 때 월 쪽 저녁 하늘에 달이 걸려 있었다. 가는 달의 기운은 푸르고 날카로웠다. 그 달은 지금 이 시간의 달이 아니라 미래의 하늘에 나타난 달처럼 보였는데, 현재의 하늘에 걸려 있었다.

토하가 왜 월 쪽으로 방향을 잡았는지는 사람이 말할 수 없다. 토하는 초승달을 향해 달리던 신월마의 까마득한 후손이므로 달의 기운이 토하의 넋을 달이 뜬 월 쪽으로 이끌었다고 월의 아이들이 곤가로 노래 불렀다고 하는데, 노랫말은 지금 전하지 않는다.

표의 군대는 월에 접근하면서 길을 잘못 들어서 사흘을 산 속에서 헤매었다. 표는 첨병군장을 죽였다. 다시 길을 찾았을 때, 군병들 사이에 역질이 돌았다. 병에 걸린 군병들은 흰 똥을 싸면서 헛소리했다. 군대는 열흘 동안 숙영지에 머물렀다.

토하는 표의 군대보다 먼저 월의 지경 안으로 들어왔다. 왼쪽 뒷다리 인대가 늘어지고 이두근이 비틀려서 뒷다리는 땅을 디디는 힘을 앞으로 밀어내지 못했다. 왼 다리의 부기가 오른 다리에 걸렸다. 토하는 절뚝거리며 걸었다.

개울물을 마시고 머리를 들 때 토하는 물 건너편 덤불숲 안에 모여 있는 말들을 보았다. 거기에 말들이 있었으므로 토하는 말들에게로 갔다. 월나라 마을의 말터였다. 늙은 말, 다친 말, 병든 말 들이 주저앉아서 저녁을 맞고 있었다. 말들은 말터 안으로 들어오는 낯선 말을 무심히 바라보았다. 말들은 침을 흘리며 하품했다.

26

재회

야백은 비척거리면서 일어섰다. 야백은 토하 쪽으로 걸어
갔다. 어디서 본 듯한데 기억은 희미해서 다가오지 않았다. 뜨
겁게 꿈틀거리던 살의 느낌이 멀리서 가물거렸다. 이게 그 말
인가 싶어서 야백의 걸음은 멈칫거렸다.

토하는 눈을 꿈적거리면서 야백을 바라보았다. 눈을 한 번
꿈적거릴 때마다 야백의 모습은 조금씩 선명해졌다. 이 말이
그때의 그 말인지는 확실치 않았으나 토하는 말하여질 수 없
는 인연의 그림자를 느꼈다. 가까워졌을 때, 토하는 야백의
몸 냄새를 들이마셨다. 부교 근처에서 만났을 때의 누린 땀
냄새는 없었고, 털에 퍼진 곰팡내가 끼쳐왔다. 핏발이 선 야백

의 눈동자에는 맑고 서늘한 기운이 남아 있었다. 야백의 몸을 받을 때 잠깐 스쳤던 눈동자의 기억이 토하의 눈동자 속에서 흘러갔다. 이 눈동자가 그 눈동자인가 싶어서 토하는 눈을 끔벅거렸다. 야백의 갈기는 뿌옇게 바랬고 끄트머리가 바스러져서 먼지처럼 보였다. 저 갈기는 그 갈기가 아니라는 생각과 저 갈기가 그 갈기라는 생각이 토하의 마음속에서 부딪쳤다. 야백의 늘어진 입술 안쪽으로 이 빠진 자리가 어두웠다. 토하는 그 어두움을 향해 걸어갔다.

토하가 뒷다리를 절며 걸음을 옮길 때마다 비틀리는 엉덩이가 좌우로 흔들렸고 엉치뼈가 드러났다.

… 저 말이 그 말인가, 저 말이 몸속으로 살의 산맥을 출렁이게 하던 그 말인가.

야백이 머뭇거리면서 토하에게 다가왔다. 낯설었으나 남은 아닌 것 같았다. 너도 아니고 그도 아닌 말이었다.

말 둘이 윗입술을 말아 올리고 입을 마주 댔다. 말 둘의 이빨 빠진 자리가 드러났다. 말 둘이 서로의 입안으로 혀를 들이밀어서 이빨 빠진 자리를 더듬었다. 서로의 입안에서 혀 둘이 뒤엉켰다. 잇몸뼈가 굳어서 들뜬 흔적이 없었고 본래 이빨이 없었던 것처럼 횅했다. 빠진 이빨의 옆 이빨이 기울어져 있었다. 서로의 이빨 빠진 자리가 제 이빨 빠진 자리처럼 느껴졌다. 가랑이 사이로 흘러나간 유생이 토하의 마음에 떠올랐다. 토하는 혀를 더욱 들이밀었고 야백이 토하의 혀를 빨아당겼다. 말 둘의 입가에서 침이 흘러내려 땅에 닿았다. 말 둘은 어두워질 때까지 입을 마주 대고 이빨 빠진 자리를 핥았다. 이 말이 그 말이구나…, 그 말이 이 말이구나…. 다른 폐마들은 어둑한 말터에 제각기 혼자 서 있었다.

표의 군대가 다가오자 월 백성들은 동쪽으로 달아났다. 표의 군대는 월 백성들이 버린 가축을 먹었고 밭곡식을 거두었고 달아나지 못한 백성들 가운데 부릴 수 있는 수백 명을 끌고 갔다. 끌려가지 않은 자들과 달아나지 못한 자들은 빈 마을에서 저절로 죽었다. 월을 휘젓고 나서 표의 군대는 상양성으로 향했다. 저항이 없고 땅이 말라서 대열은 빠르게 움직였다.

불탄 자리는 비에 씻겼고 풀뿌리는 그을려서 죽었는데, 나하 건너편에서 새 풀씨가 눈처럼 날아왔다. 못 보던 꽃들이 초원을 덮어서 새들이 놀라서 내려앉지 못했다.

상양성 앞 벌판에 불타 죽은 초군의 시체가 널려 있었다. 여름이 한 번 지나가서 살은 썩어서 흙이 되었고 옷은 바스러졌다. 흰 뼈 토막들이 꽃 속에 흩어졌고, 물이 굽이친 자리에서 무더기를 이루었다. 뼈 토막은 어느 편인지 구분되지 않는데, 그 옆에 흩어진 월도는 초의 무기였다.

표는 뼈 토막 사이로 천천히 말을 몰았다. 말들이 뼈 토막을 밟았다. 해골이 널려 있었다. 두 쪽으로 깨지고 구멍 뚫린 것도 있었고 온전한 것도 있었다. 몸통에서 분리된 것도 있었고 등뼈를 달고 있는 것도 있었다. 해골들의 눈구멍과 입구멍을 들여다보다가 표는 문득 놀라서 멈칫했다. 해골들의 표정은 제각각이었다. 제각각의 표정은 흰 뼛속에 각인되어 있었고, 겉으로 드러나 있었다. 캄캄한 입구멍으로 제가끔 뭐라고 지껄이고 있었고, 캄캄한 눈구멍으로 산 자들의 세상을 두리번거리고 있었다. 표는 진저리쳤다.

표는 혼잣말처럼 중얼거리면서 시종장에게 물었다.

— 저것이 우리 군대냐?

— 죽은 자는 군대가 아니오나 월도는 우리의 것입니다.

— 제가끔 흩어져 따로따로 뒹굴고 있구나.

— 해골은 부릴 수 없습니다. 죽은 자들을 버리는 것이 초의 용맹입니다.

표는 더 이상 말하지 않았다.

불에 그을린 상양성은 거무튀튀했고 성벽과 망루 곳곳이 무너져 있었다. 표는 성안의 군세를 알지 못했다. 단의 잔병이 남아 있을 수도 있었다. 표는 군대를 좌우로 펼쳐서 학익(鶴翼)으로 성을 포위하고 중군을 몰아서 성안으로 들어갔다. 저항은 없었다.

단의 백성들은 시커먼 돌무더기 틈에서 서식했고 타다 남은 전각 기둥은 뽀개서 화목으로 쓰고 있었다. 단의 잔병들은 무기를 버리고 백성들 틈에 섞여서 피난민과 다름없었다. 아이들이 표의 군대를 따라다니면서 먹을 것을 구걸했다. 무너진 전각 터에 새 풀이 우거졌다. 표는 단의 백성들에게 군대를 부딪지 않았다. 표는 폐허를 두리번거렸다. 무너진 돌무더기가 나하 하류 쪽으로 길게 뻗어 있었다. 불 지르고 부순 자들이 모두 죽어서 돌무더기는 스스로 무너진 것처럼 보였다.

표는 성안에 찰병(察兵)들을 풀어서 단 왕 칭의 행방을 수소문했다. 정보는 엇갈렸다. 군대를 이끌고 나설 때, 표는 단 왕 칭을 죽이거나 끌고 갈 생각은 없었다. 우선 단 왕 칭을 대면하고 나서 처분을 결정할 작정이었는데, 묶지 않고도 대면할 수 있을지를 표는 걱정했다. 칭을 대면해서 무슨 말을 하려는 것인지는 표 자신도 알지 못했다. 칭의 이목구비가 표는 궁금했다. 표는 묘동에까지 군사를 보내 칭을 수소문했으나 보고는 믿고 움직일 만하지 않았다.

달아난 칭왕의 정전(正殿) 마당에서 표는 군병들에게 격구를 시켜놓고 술 마시며 구경했다. 말들은 부딪치고 자빠져서 먼지를 일으켰다. 표는 깃발을 흔들어서 싸움을 몰아붙였으나 싸움이 아니라 놀이였다.

표는 멀리까지 찰병을 보내 단의 땅을 염탐했다. 땅이 크고 산맥들이 굵어서 단의 변방들은 따로 살았다. 상양성이 깨지자 단의 지방군들은 농사지으러 돌아갔다.

돌아온 찰병들은 보고했다.

—동쪽 이틀 거리 밖 마을에서 백성들이 못의 물을 푸고 고기를 잡았는데, 어린아이만 한 것들이 많았습니다.

—서쪽 열흘 거리 밖 마을에서 수소와 암말이 흘레붙었습니다. 백성들이 낄낄대며 구경했습니다.

표는 상양성의 불탄 자리를 순시하면서, 돌무더기를 치우라는 부왕의 마지막 말을 생각했다. 부왕은 돌무더기를 저주하면서 돈몰의 강으로 떠내려갔는데, 돌무더기를 기어이 치우려 했던 부왕의 초원에도 보이지 않는 돌무더기는 들어서 있는 듯했다. 상양성에서 표는 뜻밖에도 한가로웠다. 표는 그해 겨울에 부교를 건너 초로 돌아왔다.

27

길

상양성을 떠날 때 표가 단이 차지했던 강남을 어떻게 정치 군사적으로 재편성했는지는 『시원기』나 『단사』에 기록이 없다. 두 사서는 세상의 시간과 공간을 문장으로 매조지지 않았으므로 후세에 대처의 사가들은 두 사서를 사료로 인정하지 않았다. 초와 단의 역사적 존재를 부정하면서 그 모든 이야기가 몽매한 백성들의 지껄임이라고 말하는 자들도 적지 않았다. 표는 초로 돌아와서 주색잡기로 허송세월하다가 나하에서 돈몰했다는 이야기도 있었는데 황탄해시 옮기지 않는다.

그러하되 우기(雨期)의 나하가 초원을 뒤집으면 단허(旦虛)의 깊은 지층에서 불에 그을린 석재와 표정이 남아 있는 인마의 해골들이 무더기로 출토되었으니 인간세의 옛일을 겨우 짐작할 수 있었다. 나하의 부교는 홍수에 떠내려갔고 월이 살던 자취는 물에 씻겨 흩어졌다. 부교가 놓였던 자리는 강폭이 좁고 흐름이 순해서 사람들이 강을 건너다니기에 좋았다. 부교가 떠내려간 후에 사람들은 이 자리에서 나룻배를 타고 나하를 건너다녔다.

오랜 세월 이 나루터의 이름은 월진(月津)이었는데, 강 건너쪽 나루도 월진이었다. 강남과 강북의 도로들은 월진으로 집중되었고 월진에서 강 건너로 연결되었다. 월진에는 상인과 짐꾼, 객주와 거간 들이 들끓었고 여인숙, 주막, 창고가 즐비했다. 월진은 대처를 이루었다. 밤에도 나룻배가 강을 건너다녔고, 창기들은 밤새 양쪽을 오가며 손님을 받았다.[2]

월 백성들의 피난 행렬은 백산을 지나서 동쪽으로 이어졌다. 초군은 퇴로를 확보하려고 월의 지경 안에 병력을 남겨놓

---

2 이십 세기 중반에 이 자리에 8차선 도로의 현수교(懸垂橋)를 놓았다. 다리 중간에 현악기 모양의 행거 아치가 들어서서 밤에는 푸른 야광을 뿜는다. 강물 위로 뻗어서 초원을 건너가는 이 교량은 자연풍광과 기술문명을 조화시킨 토목공학의 걸작으로 꼽힌다. 나하 하구에서 상류까지를 오가는 기선들의 왕래가 잦아서 다리 아래에는 내륙 등대가 들어섰다. 이 교량의 가로등은 나트륨등이다. 안개 긴 날이면 주황색 불빛이 안개에 풀려서 몽환적 풍경을 이룬다. 많은 연애영화와 첩보영화가 이 다리 위에서 촬영되었다.

았다. 월의 백성들은 살던 자리로 돌아가지 못했다.

월 백성들의 짐은 많지 않았다. 사람이 앞에 서고 마차를 끄는 짐말들이 뒤를 따랐다. 마차 위에는 노인과 어린애, 여자들이 탔고, 농기구와 곡식이 담긴 옹기들이 실려 있었다. 월의 백성들은 멀고 낯선 땅의 토질과 비바람을 알지 못하면서, 밭작물과 과일나무의 씨앗을 자루에 담아서 짊어지고 갔다. 백성들은 먼 길을 예비하고 있었다.

마을을 떠날 때, 백성들은 말터의 폐마들 가운데 부릴 만한 것들을 끌고 갔다. 폐마들은 수레에 묶지 않고, 허리 양쪽에 길양식이 담긴 망태기를 매달았다. 폐마들은 대열의 맨 뒤에서 걸었다. 폐마들은 멀리 갈 수 없을 것이므로 백성들은 폐마 등에 실린 곡식을 먼저 먹었다.

야백은 토하의 뒤에서 걸었다. 토하가 절름거릴 때마다 엉치뼈가 좌우로 흔들렸다. 야백의 코가 토하의 엉덩이에 닿을 듯했다. 비탈길을 오를 때 토하는 똥물을 흘렸다. 토하는 엉덩이에 와 닿는 야백의 콧김을 느꼈다. 마루턱에서 토하는 쓰러졌다. 쓰러진 토하의 몸에 걸려서 야백이 쓰러졌다. 말 두 마리는 일어서지 못했다. 백성들은 후미에서 말 두 마리가 쓰러진 줄을 모르고 앞으로 나아갔다.

백성들의 대열은 벌판에서 긴 띠를 이루었다. 저녁에는 초원에 초승달이 뜨고 졸린 아이들이 칭얼거렸다. 대열이 지나간 자리에 풀들이 누워서 희미한 길의 자취가 드러났고, 바람에 지워졌다.

뒤에

나는 경기도 고양시 일산에서 이십 년 넘게 살고 있다. 가끔 서울에 갈 때는 지하철 3호선을 탄다.

지축, 구파발, 연신내를 지나면서 나는 창밖의 풍경에 놀라서 얼굴이 하얘진다.

오래 보아온 일상의 풍경 앞에서 저기가 대체 어디인가, 저기는 왜 저렇게 생겼나, 사람들은 왜 저기에 모여 있는가, 이런 의문이 나를 분해한다.

이 의문은 몽매하고 절박하다.

나는 과거에서 아무것도 전수받지 못한 미물로서 외계에 내던져져 있다.

지하철 3호선 전동차 안에서 나는 자주 놀라고 문득 놀란다.

세상을 지워버리고 싶은 충동이 내 마음 깊은 곳에 서식하고 있었던 모양인데, 이 책은 그 답답함의 소산이다.

세상을 지우면 빈자리가 드러날 테지만, 지우개로 뭉갤 수는 없어서 나는 갈팡질팡하였다.

2020년 여름
김훈

달 너머로 달리는 말
ⓒ 김훈 2022

초　판 1쇄 발행 2020년 6월 15일
특별판 1쇄 인쇄 2022년 11월 15일
특별판 1쇄 발행 2022년 11월 25일

지은이 김 훈
펴낸이 정해종

펴낸곳 ㈜파람북
출판등록 2018년 4월 30일 제2018 – 000126호
주소 서울특별시 마포구 토정로 222 한국출판콘텐츠센터 303호
전자우편 info@parambook.co.kr **인스타그램** @param.book
페이스북 www.facebook.com/parambook/ **네이버 포스트** m.post.naver.com/parambook
대표전화 (편집) 02 – 2038 – 2633 (마케팅) 070 – 4353 – 0561

ISBN 979-11-92265-83-4　03810
책값은 뒤표지에 있습니다.